# 잉크와 별의 소녀

# 잉크와 별의 소녀

**초판 1쇄** 2023년 11월 10일

**글쓴이** 키란 밀우드 하그레이브
**옮긴이** 이승숙

**펴낸이** 조영진
**펴낸곳** 고래가숨쉬는도서관
**출판등록** 제406-2006-000090호
**주소** 경기도 파주시 회동길 329(서패동) 2층
**전화** 031-955-9680~1
**팩스** 031-955-9682
**블로그** https://blog.naver.com/goraebook
**이메일** goraebook@naver.com
**편집** 이규수 김주영



ISBN 979-11-92817-20-0 43840

Original English language edition first published in 2016 under the title THE GIRL OF INK AND STARS by The Chicken House, 2 Palmer Street, Frome, Somerset, BA11 1DS

"필립 풀먼Philip Pullman과 닐 게이먼Neil Gaiman의 작품처럼 대단한 판타지 소설을 떠올리게 하는 책." — 《타임스The Times》

"읽자마자 푹 빠지게 된 책."

— 맬로리 블랙맨Malorie Blackman, 《넛츠 앤드 크로시스Noughts and Crosses》의 저자

"마법과 신화를 정교하게 엮어낸 이야기." — 《데일리 텔레그래프The Daily Telegraph》

"마법과 현실을 유쾌하게 버무린 소설." — 《파이낸셜 타임스Financial Times》

"처음부터 끝까지 눈을 뗄 수 없다." — 《위크 주니어The Week Junior》

"독자들의 마음을 사로잡는 지도, 신화, 우정에 관한 이야기." — 《가디언The Guardian》

"우정과 용기를 뜨겁게 다룬 이야기." — 《선데이 타임스 컬처The Sunday Times Culture》

"차를 마시며 읽고 싶은, 매력적인 소설."

— 프랜시스 하딩Frances Hardinge, 《거짓말을 먹는 나무The Lie Tree》의 저자

"실제 신화를 다룬 듯한, 시대를 초월해 사랑받을 만한 이야기."

— 사만다 섀넌Samantha Shannon, 《본 시즌The Bone Season》의 저자

"정말 아름답고 매혹적인 이야기."

— 피어스 토데이Piers Torday, 《라스트 와일드The Last Wild》의 저자

"아름답고 시적인 표현과 전개가 정말 좋다."

— 피터 번즐Peter Bunzl, 《톱니바퀴 심장의 모험Cogheart》의 저자

"신비하고 생생한 이야기가 서정적이고 감동적으로 전개된다."

— 캐서린 도일Catherine Doyle, 《스톰 키퍼스 아일랜드The Storm Keeper's Island》의 저자

"아름다운 이야기." — 아비 엘핀스톤Abi Elphinstone, 《드림스내처The Dreamsnatcher》의 저자

"마법과 신화, 모험이 있는 매혹적인 세계."

— 엠마 캐롤Emma Carroll, 《프로스트 할로우 홀Frost Hollow Hall》의 저자

# 차례

## 1부 조야 섬



## 2부 잊힌 땅



## 3부 미궁



## 4부 서해 어딘가

북위 28.6139°, 동경 77.2090°의 별,
사빈 캐럴에게

북위 51.7519°, 서경 1.2578°의
글을 쓸 수 있게 도와준 사람들에게

1부

# 조야 섬

위도 28　05’36”N (북위 28도 5분 36초)
경도 17　06’35”W (서경 17도 6분 35초)

# 1장

총독이 오던 날, 어디선가 까마귀들도 날아왔다고 사람들은 말했다. 작은 새들은 전부 바다로 날아가 조야 섬에는 고운 소리로 지저귀는 새는 한 마리도 남지 않게 되었다. 이제 이곳에는 우악스럽게 울어대는 덩치 큰 까마귀들뿐이었다. 나는 눈을 가늘게 뜨고 불길한 징조처럼 지붕 위에 앉아 있는 까마귀들을 바라봤다. 거기에 까마귀가 아니라 아빠가 기억을 되살려 그려줬던 되새나 솔새 같은 새가 앉아 있다고 열심히 상상하면 그 새들이 노래하는 소리가 얼핏 들리는 것 같기도 했다.

"다른 새들은 왜 떠난 거죠, 아빠?" 나는 묻곤 했다.

"떠날 수 있었으니까, 이사벨라."

"늑대도요? 사슴도?"

아빠의 얼굴이 어두워졌다. "도망 다니느니 차라리 바다로 뛰어드는 편이 나았던 거겠지."

그러면서 아빠는 소녀 전사 아린타나 바다 위에 떠 있는 조야 섬의 전설을 얘기하며 슬쩍 화제를 돌리려 했다. 아빠가 늑대나 떠나간 새에 관해 말하고 싶어 하지 않는다는 걸 알면서도 나는 같은 질문을 자꾸만 반복했다. 스스로 답을 알게 된 그날이 오기 전까지는.

그날 아침도 여느 날과 다를 바 없었다.

좁은 침대에서 눈을 뜨자, 이제 막 방의 흙벽을 밝히기 시작한 아침 햇살이 눈에 들어왔다. 탄 죽 냄새가 공기 중에 진동했다. 묵직한 토기 냄비에 오트밀 죽을 끓이려면 시간이 오래 걸렸기 때문에 아빠는 벌써 몇 시간 전에 일어난 게 틀림없었다. 방 밖에서 암탉 미스 라가 곡식 부스러기를 찾느라 바닥을 헤집고 다니는 소리가 들렸다. 미스 라는 나와 똑같이 열세 살이었다. 사람이 열세 살이면 아직 어린 나이지만, 닭이 열세 살이라는 건 늙어도 보통 늙은 게 아니었다. 미스 라의 깃털은 회색빛이었고, 늘 심기가 사나워 고양이 펩조차 미스 라를 무서워했다.

팔을 쭉 뻗어 기지개를 켜는데, 배에서 꾸르륵 소리가 났다. 내가 몸을 일으키자 펩이 내 다리 위에 엎드리고 있다가 큰 소리로 울었다.

"일어났니, 이사벨라?" 부엌에서 아빠가 소리쳤다.

"안녕히 주무셨어요, 아빠."

"죽 다 됐다. 사실 좀 너무 끓였나 싶긴 하다만……."

"금방 갈게요!" 나는 천천히 다리를 뻗고 밤새 헝클어진 고양이의 거친 털을 쓰다듬었다. "미안해, 펩."

펩은 가르랑대며 초록색 눈을 슬며시 감았다.

나는 창가에 놓인 대야에서 세수를 했다. 그리고 매일 조금씩 더러워지고 있는 가보의 침대 위 이불 주름을 단정하게 펴다가 침대 위 어루쇠(구리 따위의 금속을 반들반들하게 갈아 만든 거울을 가리키는 순우리말-옮긴이)에 비친 내 얼굴을 향해 혀를 쏙 내밀었다. 가보의 베개 옆에는 가는 관이 아치 모양을 그리며 이어져 있었다. 아빠가 벽부터 천장까지 가늘고 긴 홈을 파 만들어준 음성 전달관이었다. 그 끝에 입술을 바짝 붙이고 말을 하면 작게 속삭여도 소리가 관을 타고 전달돼 방의 이 끝과 저 끝에 놓인 침대에 누워서도 대화할 수 있었다.

벌써 3년이나 됐구나. 그때 나는 열병으로 죽어가며 뜨겁게 타오르던 가보의 손을 잡고 거기 앉아 있었다. 나의 쌍둥이 형제인 가보의 생명이 마치 꺼져가는 성냥불처럼 그렇게 순식간에 어둠 속으로 사라지던 때. 그 후로 3년이란 시간이 지났다.

그래도 여전히 나는 가보의 모습을 눈앞에 불러낼 수 있다. 숨 쉬는 것만큼 쉬운 일이다.

하지만 오늘만큼은 슬픈 마음으로 하루를 시작하고 싶지 않았다. 나는 얼른 가보 생각을 떨쳐버리고 교복을 입었다. 교복은 6주 전과 다름없이 헐렁했다. 가장 친한 친구인 루페는 나를 보고 늘 놀리듯 말하곤 했다. '아직도 우리 반에서 네가 제일 작아!'

빗지 않은 머리카락을 재빨리 땋아 내리며 여름 내내 제대로 빗질 한번 하지 않은 걸 아빠가 알아채지 못하기만을 바랐다. 펩은 아직도 침대 위에 웅크리고 있었지만, 교복을 입은 후에는 고양이를 쓰다듬을 수 없었다. 담임인 펠리스 선생님이 내 옷에 붙은 적갈색 털을 볼 때마다 짜증스러운 표정으로 털을 집어내곤 했기 때문이다.

방문으로 사용하는 커튼을 열어젖히고, 미스 라를 넘으며 조심스럽게 발을 내디뎠다. 내 발에 곡식 부스러기가 흩어지자, 미스 라는 큰소리로 꼬꼬댁거리며 한바탕 난리를 피웠다. 미스 라는 부연 눈을 가늘게 뜨고 내 발목을 쪼아대고도 분이 풀리지 않는지, 평소 식사를 하거나 대화를 나누며 쉬는 큰방까지 계속 나를 쫓아왔다.

광활한 지도의 바다 중간에 홀로 우뚝 서 있는 나무 탁자, 그 위에 검게 탄 오트밀 죽이 큰 그릇에 담겨 있었다. 벽에는 더 많은 지도가 붙어 있어 내가 옆을 지날 때 바스락거리는 소리를 냈다. 마치 산들바람이 말을 거는 것 같았다.

나는 매일 아침 습관처럼 지도 앞에 섰다. 은색 물감으로 된 아프릭의 강줄기가 애집트의 강과 만나는 지점을 꼼꼼히 살핀 다음, 애집트와 이어진 유로파 만(灣)의 곡선 지형을 손가락으로 짚으며 따라갔다. 마치 바다 건너 한 손이 다른 손을 꽉 잡고 있는 것처럼 보였다. 반대편 벽에는 암리카 해안과 길게 이어진 해류를 스케치한 지도가 붙어 있었다. 그리고 옆에는 '얼어붙은 땅', '사라지는 삼각지대', '하늘색 바다'처럼 이상하고 신기한 이름이 적혀 있었다. 지도의 종이는 근사한 진청색으로 염색돼 있었고, 해류는 실로 장식돼 있었다. 아빠는 머리카락처럼 가는 바늘을 사용해 하늘색 바다는 금실로, 사라지는 삼각지대 주변은 검은색 실로, 얼어붙은 땅 주변은 흰색 실로 해류를 표현해놓았다. 하지만 동쪽 해안을 지나면 모든 게 멈추고 말았다. 빈 공간에는 딱 한 단어만 적혀 있었다.

'인코그니토.' 알지 못한다는 뜻이었다.

잉크가 마른 지 오래인 그 글씨에는 아빠의 실망감이 묻어 있는 것만 같았다. 아빠는 마지막 여행을 떠났을 때 조류를 잘못 만나는 바람에 계획보다 일찍 조야로 돌아와야만 했었다. 그리고 총독이 이 섬에 오면서 아빠는 두 번 다시 넓고 거친 바다로 나가지 못했다. 아도리 총독이 항구를 폐쇄하고 사람들을 섬 밖으로 나가지 못하게 막았기 때문이었다. 그리고 우리가 사는 그로메라 마을과 섬의 나머지 지역 사이, 해안에서 해안까지 뻗어 있는 숲을 경계로 삼은 다음, 자신의 통치에 불만을 품는 사람은 그 너머로 추방해버렸다. 그로메라는 조야의 나머지 지역과 단절되었고, 숲에는 굵은 가시덤불이 가로놓였다. 그리고 숲을 지나 마을로 넘어오는 사람이 있는지 감시하기 위해 거대한 종들을 줄에 매달아 연결해놓았다. 하지만 지금까지 종이 울린 적은 한 번도 없었다.

아빠는 암리카 지도의 빈 곳을 채우는 날이 오기만을 꿈꾸고 있었지만, 사실 나는 다른 곳보다도 숲 경계선 너머의 잊힌 땅을 지도에 담고 싶었다. 하지만 그런 바람을 아빠에게 말한 적은 없었다.

우리가 사는 섬 전체를 그린 지도는 딱 하나밖에 없었고, 그 지도는 아빠의 서재 벽에 걸려 있었다. 나는 그걸 '엄마 지도'라고 불렀는데, 엄마네 집안 대대로 전해 내려온 보물이기 때문이다. 어쩌면 아린타의 시대, 그러니까 천 년 전부터 전해 내려온 것일 수도 있었다. 아빠가 지도 제작자인데 엄마 집안의 유일한 보물이 지도라니, 어쩌면 그건 엄마 아빠가 하늘이 정해준 인연임을 보여주는 신의 계시인지도 모른다고 나는 생각했다.

'우리는 각자 자기만의 지도를 갖고 있는 것 같아. 우리가 걷고 성장하는 방식에 따라 각자의 피부에 지도가 만들어지고, 우린 그 지도를 따라가며 사는 거지. 이걸 봐라. 아빠는 손목 핏줄이 파랗지 않고 까맣게 보이지? 네 엄마는 항상 이걸 잉크라고 했어. 그러니까 아빠는 심장 깊숙한 데까지 지도 제작자인 거라고.' 아빠는 말하곤 했다.

"물병 좀 꺼내 줄래?" 아빠 목소리에 깜짝 놀라 나는 다시 현실로 돌아왔다.

의자를 끌어다가 높은 선반에 있던 물병을 조심스럽게 내린 뒤, 죽 그릇이 놓인 탁자 위에 내려놓았다. 암녹색의 그 물병은 엄마가 만든 마지막 도기였기 때문에 우리에게는 매우 특별했다. 우리는 새 학기 첫날이나 생일, 축일에만 그걸 사용했다. 아빠는 손이 닿지 않는 높은 곳에 물병을 보관했고, 닦을 때도 아주 조심스럽게 닦았다.

가끔은 엄마에 관한 기억이 떠오를 때도 있었다. 엄마는 짙은 갈색 눈에 늘 웃는 얼굴이었다. 옷에서는 항상 엄마가 만지는 흑토 냄새가 났었다. 엄마는 흑색 점토로 마을 사람들이 쓰는 단지와 그릇을 만들거나 총독이 쓰는 정교한 도자기를 만들었다. 아니, 어쩌면 그건 노래하는 새처럼 내 상상이 만들어낸 모습인지도 몰랐다.

"잘 잤니, 우리 딸?" 아빠가 다리를 절뚝이며 부엌에서 나왔다. 나는 얼른 달려가 아빠가 들고 있던 우유 통과 컵을 받아 들었다.

"지팡이 없이 걸어 다니시면 어떡해요." 나는 아빠에게 잔소리했다.

아빠는 젊었을 때, 애집트 항구 부두에서 움직이는 배 위로 뛰어내리다가 다리가 부러진 적이 있었다. 그래서 아빠의 증조할아버지가 탔던 고기잡이배의 파편을 깎아 만든 지팡이를 짚고 다녔다. 이 방에는 내가 좋아하는 물건이 많았는데, 그중에서도 나는 이걸 특히 좋아했다. 종잇장처럼 가벼워서 물에 뜨는 것도 신기했지만, 더더욱 놀라운 건 이게 어둠 속에서 빛을 낸다는 사실이었다. 아빠는 나무의 수액 성분 때문이라고 했지만, 사실은 그게 마법의 지팡이기 때문이라고 나는 생각했다.

서둘러 탁자를 치우고 그 위에 있던 히말라이 산 지도는 선반

위에 올려놓았다.

아빠는 우유를 엄마가 만든 물병에 따른 뒤, 내 옆 긴 나무 의자에 내려놓으며 씩 웃었다. "어느 주머니인지 맞혀볼래?"

나는 눈을 굴리고는 대답했다. "왼쪽이요."

아빠가 눈썹을 씰룩거리자, 두 마리의 검은 애벌레가 꿈틀대는 것 같았다. "맞았어." 아빠는 주머니에서 작은 병 하나를 꺼냈다.

"소나무 꿀이잖아요!" 뚜껑을 열고 달콤한 꿀 향기를 한껏 들이마시니, 입안 가득 침이 고였다. "고마워요, 아빠."

"새 학기 첫날인데, 이 정도 선물은 있어야지."

나는 어깨를 으쓱했다. "에이, 새 학기가 뭐 별건가요."

"아, 그래? 그럼 나 혼자 다 먹어치워야겠구나." 아빠는 뚜껑이 열린 병을 집어 들어 입에 들이붓는 시늉을 했다.

"안 돼요!" 나는 병을 다시 움켜잡았다. "아빠 말이 맞아요. 오늘은 정말 중요한 날이에요. 두 병은 주실 줄 알았는데, 한 병밖에 없어서 당황한 것뿐이라고요."

꿀이 어찌나 달콤한지 나는 죽이 탄 것도 잊고 열심히 먹었다. 그러다 고개를 드니, 아빠는 음식에는 손도 대지 않은 채 등을 구부리고 가만히 앉아 있었다. 아빠가 그런 자세로 앉아 있다는 건 뭔가를 생각한다는 뜻이었다. 물병 위에 얹은 아빠의 손목에서 맥박이 뛰었다. 아빠는 멍하니 허공만 바라보고 있었다.

새 학기가 시작되는 날은 우리 둘 모두에게 힘든 날이었다.

나는 최대한 조용히 그릇을 치우고, 아빠의 죽 그릇을 아빠 앞으로 밀었다. "학교 다녀올게요, 아빠."

아무 대답도 듣지 못한 채 나는 책가방을 집어 들었다. 그러고는 칠이 벗겨진 초록색 문을 살그머니 닫고 집을 나섰다.

## 2장

경사가 급한 집 앞 도로는 서쪽 해안까지 곧게 뻗어 항구로 이어졌고, 그 길 양쪽으로는 똑같이 생긴 집들이 길게 늘어서 있었다. 진흙으로 벽을 세우고 그 위에 지푸라기로 지붕을 얹은 집들을 보고 루페는 아담하고 예쁘다고 했지만, 내 눈에는 바람만 한 번 세게 불어도 전부 바다로 굴러갈 것처럼 엉성하게 보였다.

평소 나는 시장이 열리는 광장까지 발뒤꿈치로 미끄럼을 타며 달려가곤 했는데, 그러면서 낮게 나는 까마귀들을 쫓아버리면 기분이 아주 통쾌했다. 하지만 오늘은 그냥 조금 빠르게 걷기로 했다. 이제 나도 어엿한 최고 학년이니, 너무 어린애처럼 뛰어다니면 볼썽사나울 거란 생각이 들어서였다.

길 건너에 사는 마샤 아주머니가 문간에 나와 서 있었다. 나는 손을 흔들면서 열린 문으로 집 안을 힐끗 들여다봤다.

"누굴 찾니?" 아주머니는 주름진 얼굴을 오래된 종잇장처럼 구기며 미소 지었다. "파블로는 벌써 한참 전에 나갔지. 해 뜨기 전에 일터에 나가지 않으면 총독한테 미운털 박히거든."

파블로는 마샤 아주머니의 늦둥이 아들이었다. 아주머니는 듬성듬성 흰머리가 나고 얼굴에 주름이 잡힐 정도로 나이가 들었을 때 아기를 갖게 되었다. 그 나이에 아이를 낳은 건 기적이라고 다들 말했는데, 진짜 기적은 따로 있었다. 어렸을 때부터 힘이 남달랐던 파블로는 열 살 무렵에는 양팔에 각각 아버지와 어머니를 안고 들어 올릴 정도로 힘이 세졌다. 마을 사람들은 물론이고 가보와 나도 항상 파블로를 경외심 어린 눈으로 보곤 했었다. 파블로가 어깨에 목말을 태워줄 때면 하늘을 나는 것처럼 기분이 좋았었는데, 최근에는 언제 봤는지 기억도 안 날 만큼 본지가 오래되었다.

2년 전, 마샤 아주머니가 허리를 다쳤을 때, 파블로는 학교를 그만두고 아주머니를 대신해 일터로 나갔다. 아주머니가 아무리 말려도 소용없었다. 이제 열다섯 살이 된 파블로는 수레도 종이처럼 가뿐하게 끌었고, 총독의 말을 돌보는 일도 맡고 있었다.

"루페 선물은 파블로가 가져갔어." 아주머니가 콧등을 찡그리며 말했다. 내가 하필 총독의 딸과 친하게 지내는 걸 아주머니가 영 못마땅해한다는 건 나도 알고 있었다. "네가 부탁한 대로 선물은 잘 감춰놓으라고 했어."

"고마워요, 아주머니. 내일은 파블로를 볼 수 있겠죠?" 내가 물었다.

"어쩌면." 말은 그렇게 하면서도 아주머니의 목소리에는 기운이 하나도 없었다. 그도 그럴 것이 파블로는 항상 해가 뜨기도 전에 일터에 나가 깜깜해져야 돌아왔기 때문이었다.

나는 아주머니에게 손을 흔들어 인사를 하고는 책가방을 어깨에 메고 언덕을 내려가기 시작했다.

이렇게 높은 곳에서 보면, 그로메라는 광장 시장을 중심으로 도로들이 밖을 향해 뻗어나가 꼭 바퀴처럼 보이기도 했고, 또 어떨 때는 폭발하는 별처럼 보이기도 했다. 도로의 일부는 항구로 이어졌는데, 긴 부두 사이로 배가 드나들 수 있게 병목처럼 생긴 항구는 물이 잔잔하고 넓어 물고기도 많았다. 구름 한 점 없이 맑은 밤에는 잔잔한 수면에 별빛이 내려앉아 마치 수련이 떠 있는 것 같았다.

항상 그렇듯 총독의 배가 거기 정박해 있었다. 아빠는 그 배가 아프릭에서 자라는 바오바브나무 한 그루를 통째로 깎아 만든 배라고 했다. 그게 사실이라면 바오바브는 정말 어마어마하게 큰 나무인 게 틀림없었다. 왜냐하면 선체가 항구의 폭과 맞먹을 만큼 길었기 때문이다. 돛이 접힌 채 하늘을 향해 우뚝 솟은 돛대는 움직이지 않는 거대한 산처럼 다른 어선들을 굽어보고 있었다. 총독이 소유한 다른 모든 것과 마찬가지로 그 배도 필요 이상으로 많은 공간을 차지했다.

동쪽으로는 총독의 집이 떠오르는 태양 빛을 받아 반짝이고 있었다. 배 다섯 척을 합친 크기에 검은 현무암으로 지은 저택은 파란 바다와 초록 숲 그 중간쯤에 자리 잡고 있었는데, 들판을 향해 뻗어 있는 모습이 마치 바다에서 몰려오는 먹구름처럼 보였다. 비록 여기서 보면 내 엄지와 검지로도 눌러 뭉그러트릴 수 있을 만큼 작게 보이긴 했지만. 저택 아래에는 마을이 있었고, 저택과 마을 사이에 학교가 있었다.

예전 학교 건물은 작긴 했어도 아빠가 쓰다 남은 염료를 가져가 벽을 칠했더니 알록달록 무지개색이 되어 생기가 넘쳤었다. 그랬는데 총독이 그걸 다 부숴버렸다. 루페가 집에서 혼자 공부하기 싫증 난다고, 다른 애들처럼 학교에 가고 싶다고 했기 때문이었다.

자기 딸이 다닐 곳이라면 좀 더 번듯해야 한다고 생각한 총독은 석재를 사용해 예전보다 두 배는 더 크게 학교를 다시 지었다.

"날 위한 게 아닌 건 너도 알지?" 루페는 씁쓸하게 웃으며 말했었다. 그러고는 상류층이 쓰는 말투로 이렇게 덧붙였다. "가문의 명예를 위해서지."

학교 건물을 새로 짓고 나니, 이제는 벽도 우리 마음대로 칠할 수가 없었다. 그것 때문에 아이들 대부분이 루페를 싫어했지만, 그게 루페 잘못은 아니라고 나는 생각했다.

총독의 집 뒤, 숲과 인접한 땅은 과수원이었다. 나는 한 번도 가보지 못한 곳이었다. 거기 점점이 흩어져 일하는 일꾼들이 마치 작은 개미 같아서 나는 누가 파블로인지 보려고 눈을 가늘게 뜨고 열심히 쳐다봤다. 서쪽의 검은 모래 해변이 밀려오는 조수에 서서히 잠기기 시작했다. 만조가 되면 우리는 바닷가에 있을 수도 없었고, 총독의 배를 띄우는 게 아니라면 배를 타고 바다로 나갈 수도 없었다. 바닷물을 떠올리니 발가락이 근질거리는 기분이었다. 바닷물 속에 있는 게 어떤 느낌인지 아빠에게 듣긴 했지만, 직접 해본 것과 같을 수는 없었다.

해변 위쪽은 점토 채굴장이었고, 그걸 보면 엄마에 관한 몇 안 되는 기억 중 하나—엄마가 가보와 나를 채굴장에 데려갔던 날의 일—가 자꾸 떠올라서 일부러 그쪽은 잘 보지 않으려고 했다. 엄마는 용혈수 나무에 덩굴을 걸어 몸을 묶는 법을 가르쳐준 다음('자, 이렇게 매듭을 묶은 다음, 손이 미끄러지지 않게 손바닥에 수액을 문질러.'), 한 사람씩 협곡 아래로 내려가도록 도와주었다. 그때 가보가 너무 겁을 먹고 버둥대는 바람에 덩굴 매듭이 풀렸고, 가보는 퍽 소리와 함께 부드러운 진흙 바닥으로 떨어지고 말았다. 엄마가 깜깜한 어둠 속에서 가보를 데리고 올라왔을 때, 가보는 온통 흙투성이가 되어 있었고, 나는 그게 웃겨 배가 아프도록 깔깔대고 웃었던 기억이 난다.

웃느라 배가 당길 만큼 아팠던 그때의 느낌은 지금도 그대로 남아 있다. 그리고 두 달 뒤 엄마가 돌아가셨을 때도 배에 똑같은 통증이 느껴졌는데, 다만 더 찌를 듯이 아팠다는 것과 이번에는 어둠 속에서 누군가를 데리고 올라온 사람이 아무도 없다는 게 다를 뿐이었다. 3년 뒤, 가보도 엄마와 같은 열병에 걸려 세상을 떠났다. 그게 벌써 3년 전 일이지만, 점토 채굴장에서의 일이 떠오를 때면 나는 어김없이 목이 메곤 했다.

※

루페와 나는 광장 시장 끝, 커다란 저수통 옆에서 만나 학교까지 함께 걸어갔다. 그러려면 루페도 일꾼들처럼 아침 일찍 일어나야 했는데도 계속 그렇게 했다. 광장에 도착하자, 우물 앞에는 차례를 기다리는 사람들이 이미 길게 늘어서 있었다. 아린타라 강이 말라가면서 물을 긷기 위해 우물로 오는 사람이 점점 늘고 있었다.

생선, 곡식, 가죽 따위를 파는 노점들은 모두 문을 열고 손님을 기다리고 있었다. 하늘을 걸어놓은 것처럼 시원한 파란색 차양을 치고, 가게 앞에 샛노란 색의 튼튼한 가판을 설치한 곳들은 대부분 총독이 소유한 가게들이었다.

저수통을 향해 걸어가는데, 누군가 내 손목을 덥석 잡았다. 나는 너무 놀란 나머지 옆에 놓인 가판에 부딪혔고, 그 바람에 진열되었던 채소가 바닥에 떨어졌다.

"이봐! 뭐 하는 거야?" 가게 주인이 버럭 화를 냈다.

나는 내 손목을 잡은 사람이 누군지 보려고 고개를 돌렸다. 초록색의 길고 헐렁한 작업복을 입은 아주머니였다. 초록색 옷은 과수원에서 일하는 일꾼들이 입는 옷이었고, 그렇다면 이 아주머니는 지금 과수원에 있어야 하는데……. 일터에 늦으면 매질을 당할 수도 있었다.

"죄송합니다." 아주머니는 내게서 시선을 떼지 않은 채로 가게 주인에게 말했다. "네가 이사벨라 리오스 맞니?"

"네, 그런데 누구……?"

"뭔가 일이 생긴 것 같아." 아주머니는 내 손목을 더 세게 움켜잡았다. 아주머니는 키가 작아서 눈높이가 나와 거의 비슷했다.

"지금 뭐 하는 짓이냐고?" 가게 주인이 쌓아놓은 감자 더미 뒤에서 걸어 나오며 다시 소리쳤다.

아주머니는 주인의 말은 아랑곳하지 않고 낮은 소리로 중얼거렸다. "캐타, 혹시 못 봤니?"

나는 얼굴을 찡그렸다. "캐타 로드리게스 얘기하시는 거예요?" 캐타와 나는 같은 반이었지만, 같이 한두 번 이야기를 나눈 게 전부였다.

아주머니는 고개를 크게 끄덕거렸다. "난 그 애 엄마야. 캐타가 너랑 친하다고 하던데. 캐타가 어디 있는지 혹시 네가 알까 싶어서 찾아왔어."

나는 어색하게 발을 바꿨다. 캐타는 매우 조용한 아이였고 그래서인지 모두 그 애를 무시했지만, 다른 애들에 비해 내가 캐타에게 친절하게 대해준 건 사실이었다. "죄송해요. 하지만 전 모르……."

"웬만한 데는 다 가봤어. 아침에 일어나보니 캐타가 없더라고. 난……." 아주머니는 숨을 거칠게 몰아쉬며 말을 잇지 못했다.

제대로 숨이 안 쉬어지는 것처럼 부르르 떨리는 손으로 가슴을 부여잡았다.

"거기 당신! 여기서 지금 뭘 하는 거지?"

아주머니는 깜짝 놀라 펄쩍 뛰었다. 파란색 튜닉을 입은, 총독의 부하 하나가 우리를 향해 걸어오자, 주변에 있던 사람들이 옆으로 비켜섰다.

"혹시라도 캐타를 보면 집으로 가라고 해줘." 아주머니는 걱정으로 일그러진 얼굴로 급하게 말했다. 그리고 총독의 저택이 있는 방향으로 뛰다시피 사라졌다.

"이게 무슨 난리야." 가게 주인은 혀를 차면서 떨어진 채소들을 줍기 시작했다. "아니, 아무것도 건드리지 마라. 괜히 일거리만 더 만들지 말고."

나는 약간 멍해진 채로 시장 끝, 늘 루페를 만나던 곳으로 걸어갔다. 아주머니의 표정이 너무나 절박해 머리를 한 대 얻어맞은 것처럼 정신이 없었다. 어떻게 된 영문인지는 몰라도 캐타가 무사했으면 싶었다.

"이사!"

뒤돌아보니, 루페가 책가방을 등 뒤에서 펄럭이며 광장을 가로질러 뛰어오고 있었다. 주변에 있던 마을 사람들이 루페로부터 물러섰다. 총독의 딸을 친구라고 여기는 사람은 많지 않았지만, 루페는 개의치 않았다.

“난 신경 안 써.” 엄마 때문에 어쩔 수 없이 촘촘히 땋은 머리를 하고 온 날, 어떤 여자애가 그걸 보고 놀리자, 루페는 그렇게 말했었다. “이사벨라는 예쁘다고 했으니까, 그걸로 충분해.”

루페와 나는 정말 어울리지 않는 한 쌍이었다. 루페는 남자애들만큼 키가 컸는데, 내 키는 루페의 어깨에도 못 미쳤다. 심지어 루페는 지난 한 달 사이 키가 더 자란 것처럼 보였다. 걔네 엄마가 좋아하지 않을 게 뻔했다. 아도리 부인은 슬픈 눈과 냉소를 머금은 얼굴에, 몸집은 작고 옷차림은 맵시 있었다. 루페 말로는 자기 엄마는 평소 잘 웃지도 않을 뿐더러 여자애들은 뛰어다녀도 안 되고 루페처럼 그렇게 키가 커도 안 된다는 말을 자주 한다고 했다.

루페는 나를 힘껏 끌어안았다가 뒤로 물러서며 위아래로 훑어보았다.

“뭐야, 아직도 쪼그맣잖아!” 루페는 부러운 듯 말하더니, 얼굴을 찌푸렸다. “어라? 얼굴도 더 하얘졌고. 여름 내내 너희 아빠가 바깥에도 못 나가게 했던 거야? 우리 엄마도 그랬는데, 그래도 난 몰래…….”

“캐타가 사라졌대. 방금 걔네 엄마를 만났어.” 나는 루페의 말을 끊었다.

“캐타가 누구야?”

나는 짜증 난 표정으로 눈을 굴렸다. “항상 교실 뒤에 앉아 있는 애 말이야.”

비스듬히 서 있던 루페가 몸의 중심을 반대쪽으로 옮겼다. 접시를 깬 펩이 시치미를 뚝 떼고 짓던 그런 표정이 루페의 얼굴에 떠올랐다.

나는 루페를 똑바로 바라봤다. "뭐야?"

"뭐가 뭐야?" 루페가 가방의 어깨끈을 끌어올리며 말했다.

"너 뭔가 알고 있지?" 내가 한 걸음 다가섰다.

"아니, 몰라." 루페가 뒤로 물러섰다.

나는 아빠에게서 배운 대로 눈썹을 올려 무서운 표정을 지었다.

루페는 기가 죽은 목소리로 말했다. "분명, 별일은 아닐 거야. 그냥 이번 여름에 보니 그 애가 부엌에서 일하고 있더라고. 그래서 어제 과수원에 가서 뭘 좀 따다 달라고……."

"뭐? 과수원!" 배의 통증이 되살아났다. "루페, 우리는 과수원에 가면 안 되는 거, 너도 알잖아."

"물론 알지. 하지만 용과를 못 먹은 지 너무 오래됐단 말이야. 그래도 생일이니까 이번엔 꼭 먹고 싶어서 걔한테 한번 부탁해 본 거야."

나는 평생 용과를 먹어본 적도 없었고 심지어 어떻게 생겼는지 본 적도 없지만, 루페가 제일 좋아하는 과일이란 건 알고 있었다. 그게 숲 가장자리에 있는 총독의 과수원에서 자란다는 것도. 그곳은 총독의 경비원과 하인 몇을 제외하고는 아무도 들어갈 수 없는 곳이었다.

"루페, 캐타가 거기 간 거라면 지금쯤 잡혀서 데달로에 갇혔을지도 몰라."

루페는 절대 그럴 리 없다는 듯 손사래를 쳤다. "아직도 그 지하 감옥 소리야? 나 거기 살거든? 그런데도 그런 곳은 한 번도 본 적이 없다니까."

등잔 밑이 어둡듯, 원래 사람은 자기 코밑에 있는 것은 잘 보지 못할 때가 많았다. 그리고 그 데달로—미궁—는 바로 루페 발밑에 있었다. 아도리 총독이 천연 동굴 바로 위에 자신의 저택을 지었기 때문이다. 현재의 데달로는 감옥으로 사용되고 있었는데, 마샤 아주머니의 남편이 돌아가시기 전까지 십 년 가까이 그곳에서 일했기 때문에 나는 그곳의 존재를 알고 있었다.

루페는 팔을 뻗어 내게 어깨동무했다. "에이, 괜히 엉뚱한 생각 하지 말자. 캐타는 괜찮을 거야!" 루페는 들판으로 이어진 좁은 길을 따라 나를 밀었다. "케타는 벌써 교실에 와 있을 거야. 어쩌면 내 용과를 입에 욱여넣고 있는지도 모르지. 너도 맛보게 해줄게. 그거 진짜 맛있거든. 그리고 오늘 밤 불꽃놀이 구경하는 것도 잊지 말고!"

루페는 깜깜한 건 싫어하면서도 불꽃놀이는 좋아했다. 별똥별처럼 빛을 내며 떨어지는 아름다운 색의 불꽃은 정말 특별한 볼거리였다. 하지만 펩이 너무 겁을 내서 나로서는 마냥 좋아할 수도 없었다.

"아빠가 폭죽 색을 직접 고르게 해주셨어. 그래서 금색이랑 파란색 하나, 빨간색 두 개……."

들판을 가로지르는 지름길을 걸어가며 나는 루페의 말을 듣는 둥 마는 둥 혼자 생각에 잠겼다. 어쩌면 루페 말이 맞는지도 몰랐다. 설령 캐타가 경비원들에게 잡혔다 하더라도 과일 좀 훔쳤다고 설마 여자애를 데달로에 집어넣기야 하겠어? 학교에서 캐타를 만나면 특별히 더 잘해줘야겠다고 나는 혼자 다짐했다. 오늘 밤 우리 집 마당에서 불꽃놀이를 같이 보자고 해도 좋을 것 같았다. "아, 맞다! 너 아직 이거 못 봤지?" 갑자기 루페가 걸음을 멈추며 나를 잡아 세웠다.

"뭔데?"

루페가 목에 걸린 두꺼운 금목걸이를 옷 속에서 꺼내더니 손바닥 위에 올려놓았다. 금으로 만든 로켓(작은 사진이나 기념물 등을 넣어 펜던트처럼 사용하는 작은 상자-옮긴이)이 햇빛을 받아 반짝였는데, 그 위에 새겨진 문양은 나도 본 적이 있었다.

"이거 아프릭에서 온 거야. 우리 아빠가 태어난 곳 말이야. 아빠가 생일 선물로 주셨어. 원래 할머니 거였대." 루페가 말했다.

"안에는 뭐가 들었어?"

루페는 어깨를 으쓱했다. "내가 더 크면 열어보게 해준대. 열쇠를 아빠가 가지고 있거든."

"진짜 예쁘다."

"좀 무겁긴 하지만, 마음에 들어. 아직 선물은 이것밖에 못 받았어."

루페는 기대에 찬 표정으로 내 얼굴을 바라보았다. 나는 무슨 뜻인지 모르겠다는 듯 딴청을 피우려고 했지만, 루페가 입을 헤 벌리고 너무 천진난만하게 웃으니 나도 더는 숨길 수가 없었다. 나는 책가방에서 둘둘 말린 종이 하나를 꺼냈다.

"생일 축하해!" 나도 씩 웃으며 말했다.

"지도잖아! X자 표시가 있네!"

별자리나 나침반 표시 없이 끝에 북쪽을 가리키는 화살 표시만 하나 있는, 아주 간단한 지도였다. 이런저런 단서를 남겨 제대로 된 보물찾기 지도를 만들 만한 시간이 없었기에 어쩔 수 없었다.

"보물 지도야." 나는 루페의 손을 꽉 잡았다.

"보물 있는 데까지 달리기 시합이다! 뒤에 오는 사람, 바보!" 루페가 먼저 뛰어가며 소리쳤다.

다리 길이로 보면 루페가 당연히 이길 것 같았지만, 루페는 한 다리로 뛰는 토끼처럼 자세가 엉성해서 우리는 거의 나란히 달렸다. 메마른 들판을 가로지르며 달리니 숨이 턱 끝까지 차올랐다.

'지금쯤 캐타는 학교에 와 있을 거야. 과일을 따 오라고 시킨 건 루페인데, 설마 별일이야 있겠어?'

마침내 루페가 X자 표시가 된 지점에 다다랐다. 버려진 토끼

굴로, 나 대신 파블로가 거기에 선물을 숨겨놓기로 되어 있었다. 굴 안에는 파란색 종이로 포장한 작은 뭉치가 들어 있었다. 루페가 종이를 펼치자, 소박한 모양새의 팔찌가 나왔다. 마샤 아주머니에게서 얻은 자투리 실을 알록달록하게 엮어 만든 팔찌였다. 금실도 한 가닥 섞여 있었는데, 그건 아빠 서재에서 몰래 가져온 거였다. 이제는 특별한 지도를 만들 일이 없었기에 아빠는 실이 없어진 것도 모를 터였다.

"정말 예쁘다!" 루페가 팔찌를 팔목에 감았고, 내가 매듭을 묶어주었다. "제일 마음에 들어."

순금 로켓보다 실 토막으로 만든 팔찌가 더 마음에 든다고 할 사람은 이 세상에 루페밖에 없었다. 내가 루페를 좋아하는 것도 그런 점 때문이었다.

"이제 그만 가자." 나는 땀이 축축이 밴 루페의 손을 잡고 언덕 아래 학교로 끌어당겼다. 루페 아도리라면 학기 첫날부터 늦어도 상관없지만, 고학년에 평범한 학생인 나는 선생님이 그냥 넘어갈 리가 없었다.

종이 울리기 전에 학교에 도착하기 위해 우리는 또 한 차례 신나게 달렸다. 거의 동시에 교문 안에 들어선 우리는 옆구리를 잡고 숨을 헐떡이면서 깔깔거렸다.

"내가…… 이겼다!" 루페가 헉헉대며 말했다.

"아니…… 나야! 내가…… 먼저…… 들어왔어."

"학생들!" 펠리스 선생님이 레몬이라도 먹은 것처럼 인상을 쓰며 교문 앞에 모습을 드러냈다. 루페의 얼굴을 확인하더니, 선생님의 표정이 레몬을 두 개 먹은 것처럼 더 일그러졌다. "세뇨리타 아도리! 분명 들었을 텐데? 내가 너희 아버지께 사람을 보냈는……."

"네? 왜요?" 루페가 얼굴을 찡그리며 물었다.

"일이 좀 있었는데…… 아무튼 그 일에 관해서는 너희 아버지께서 말씀하실 거야. 학교는 오늘 휴교야."

"휴교라고요? 하지만 왜요?" 나는 얼빠진 표정으로 물었다.

"질문은 그만!" 이렇게 쏘아붙이고는 우리 뒤쪽의 뭔가를 유심히 살피던 선생님의 얼굴이 새하얗게 변해갔다.

선생님의 시선을 따라 우리도 고개를 돌렸다. 암갈색 종마 한 쌍이 끄는 마차가 마을을 지나 여기저기 패인 길을 따라 천천히 이쪽으로 오고 있었다. 말들은 옆으로 걸음을 옮기거나 갈기를 뒤로 흔들며 쉴 새 없이 움직이는 듯 보였다. 마부 옆에는 남자 둘이 앉아 있었고, 옆에 찬 칼이 햇빛을 받아 반짝거렸다.

마차에는 해를 가리기 위해 파란색 커튼이 드리워져 있었지만, 그 위로 우람한 어깨를 가진 총독과 작은 몸집의 총독 부인의 윤곽이 드러나 꽤 먼 거리에서도 누가 타고 있는지 쉽게 알 수 있었다.

## 3장

마차는 교문 앞에서 멈췄다. 마부가 얼른 뛰어내려 마차 문을 열자, 아도리 총독이 커튼을 젖히고 먼지 속으로 걸어 내려왔다. 나는 뒷걸음쳐 루페의 그림자 속으로 숨었다. 가까이서 보니 총독은 생각보다 키는 작았지만, 어깨가 떡 벌어져 가슴팍이 커다란 물통처럼 보였다.

총독을 이렇게 가까이에서 본 건 처음이었다. 매년 퍼레이드가 열릴 때마다 마을 사람들은 모두 나와서 총독을 향해 환호해야 했는데, 그때 말을 타고 지나가는 걸 본 게 다였다. 심지어 총독의 호위대는 파란 깃발을 나눠주며 흔들게 했고, 깃발을 더럽힌 사람에게는 벌금을 물리기도 했다. 자기 딸 루페가 지도 제작자의 딸인 나와 친구 사이인 걸 총독도 아는지 나는 문득 궁금해졌다.

“이제 가자.” 총독이 루페에게 말했다.

루페가 머뭇거리며 나를 보았다. 나는 루페의 손을 슬그머니 놓았다.

“아빠, 무슨……?”

“묻지 말고, 그냥 타.”

“이사벨라도 태워주면 안 돼요?”

힐끗 나를 보는 총독을 향해 나는 꾸벅 고개를 숙였다. "안 돼. 곧장 집으로 갈 거야." 그가 말했다.

"마을 입구에서 내려주면 되잖아요?" 루페가 머뭇거리며 말했다. 루페가 아무나 집에 데려갈 수 없다는 건 나도 들어 알고 있었다.

총독이 혀를 쯧쯧 차더니, 내 쪽으로 손가락을 탁 튕기며 말했다. "빨리 타."

우리 옆에 서 있던 펠리스 선생님이 변명을 늘어놓았다. "아도리 총독님, 죄송합니다. 제가 댁으로 사람을 보냈는데, 루페가 들판을 가로질러 오는 바람에……."

총독이 성급하게 한 손을 들어 올리자, 선생님도 더는 말하지 않았다. 총독은 우리를 향해 마차에 타라는 시늉을 했다.

마차에 오르는데 다리가 덜덜 떨렸다. 나는 푹신한 바닥을 밟으며 아도리 부인의 맞은편 자리에 앉았다. 부인은 내 흙투성이 샌들에 닿기라도 할까 봐 치마를 살짝 들어 올렸다. 입을 꾹 다문 부인의 얼굴이 평소보다 더 창백해 보였다. 파란색 비단부채를 신경질적으로 흔들며 얼굴을 부채질하고 있었다. 아빠에게 듣기로 부인은 유로파 출신이라고 했는데, 옷차림만 봐도 그곳에서 왔다는 걸 금방 알 수 있었다. 더운 날씨에도 파란색 긴 실크 드레스를 입고, 땀 한 방울이 뺨을 타고 흘러내리는데도 닦아낼 생각도 하지 않고 가만히 있었다.

마차가 움직이기 시작했다. 마차를 타본 건 처음이었지만, 전혀 신나지 않았다. 학교는 왜 문을 닫은 거지? 그리고 총독은 왜 직접 루페를 데리러 온 걸까? 그동안 한 번도 이런 적이 없었는데.

나는 슬쩍 고개를 들어 총독을 관찰했다. 비좁은 마차 안에서 보니, 그는 더욱더 차갑고 냉정해 보였다. 루페보다 거뭇한 피부는 우리 아빠만큼이나 까맸고, 가는 눈매에 뱀처럼 검고 길쭉한 눈동자도 그런 인상을 두드러지게 했다. 마침 노란 잠자리 한 마리가 관자놀이 근처를 스치며 날아가자, 총독은 재빨리 손으로 잡아채 손가락 두 개로 뭉개더니 카펫 바닥으로 던졌다. 그걸 본 나는 온몸에 소름이 끼쳤다.

그는 왜 이곳에 온 것일까? 왜 그는 조야 섬이 몇백 년 동안 여기 살아온 사람들의 것이 아니라 자기 것인 양 구는 걸까? 총독 때문에 나는 세상 구경은커녕 섬 안의 다른 마을에도 가보지 못했고, 아빠도 지도 만드는 기술을 썩히며 시간만 헛되이 보내고 있었다. 총독 때문에 노래하는 작은 새들은 한 마리도 남지 않게 됐다. 마샤 아주머니는 강물이 마르는 것도 총독 때문이라고 했지만, 아빠는 그건 그냥 미신일 뿐이라고 했었다.

마차 안의 공기는 덥고 갑갑했다. 좌석을 감싼 벨벳 천이 다리에 달라붙었다. 나는 커튼을 걷고 바깥에서 무슨 일이 벌어지는지 보고 싶었지만, 총독의 허리띠에서 반짝이는 열쇠 꾸러미만 가만히 쳐다볼 수밖에 없었다. 루페 역시 불편해 보이긴 마찬가지였다.

"무슨 일이에요, 아빠?"

총독은 주먹을 쥐었다가 풀었다. "집에 가면 엄마가 설명해 주실 거다." 그러면서 또다시 그의 시선이 내게로 향했다.

"나쁜 일이 생긴 건 아니죠?"

총독은 음색이 좋지 않은 종처럼 낮고 공허한 소리를 내며 웃었다. 두려움이 나를 엄습했다. 총독은 왜 아무 얘기도 해주지 않는 걸까?

다시 침묵만 흐르던 중 총독이 큰 소리로 멈추라고 외쳤고, 마부가 급히 고삐를 잡아당겼다. 마부가 뛰어내렸는지 마차가 흔들렸고 곧 문이 열렸다. 커튼을 젖히자, 시원한 공기가 피부에 닿았다.

마차가 선 곳은 광장 시장이었는데, 사람이 아무도 없었다. 모든 노점이 다 문을 닫아 텅 비었고, 떨어진 조각들을 서로 차지하려고 싸우는 까마귀들뿐이었다. 이해할 수가 없었다. 한낮의 열기가 거리를 덮치기 전에 다들 장을 봤기 때문에 보통은 지금이 가장 붐빌 시간이었다.

아도리 총독의 목소리는 낮고 엄격했다.

"더는 데려다줄 수 없으니, 여기서 내려 집으로 가거라."

"우리 내일 학교에서 보는 거지?" 내가 문을 열려고 하자, 루페가 질문하듯 말했다.

"학교는 안 돼. 적어도 이삼일 동안은 집에 있어야 해." 총독이 소리쳤다.

가슴이 마구 방망이질하기 시작했다. 도대체 무슨 일이냐고 묻고 싶었지만, 목구멍이 꽉 막힌 것처럼 말이 나오지 않았다. 총독 부인이 내 발이 닿지 않게 다시 치마를 들어 올렸다. 나는 내 샌들로 부인의 실크 신발을 더럽히지 않도록 조심하면서 마차에서 내렸다.

총독이 마차 문을 닫으려는데, 루페가 얼른 팔을 뻗어 나를 꽉 끌어안았다.

"무슨 일이 생긴 건지 내가 알아볼게." 루페는 내 귓가에 속삭였다. "내일 저수통 옆에서 만날래? 해 질 무렵에? 그리고 불꽃놀이 잊지 말고!"

나는 고개를 끄덕였다. 마부가 채찍을 휘두르자 말이 움직이기 시작했고, 루페는 커튼 뒤로 사라졌다.

집에 도착했을 때, 나는 너무 놀라 숨도 제대로 쉴 수가 없었다. 문은 활짝 열려 있고, 문 옆에 있던 데이지 화분은 흙과 꽃을 다 쏟은 채 쓰러져 있었다. 나는 그 자리에 우뚝 멈춰 섰다. 나를 꼭대기까지 몰고 갔던 공포심이 이제는 내 발목을 붙잡고 있었다.

"아빠?"

아무 대답도 없었다.

나는 안으로 들어섰다.

"아빠!"

밝은 햇빛 속에 있다가 그늘진 곳으로 들어오니 눈앞에 무늬가 어른거렸다. 나는 어둠에 적응하기 위해 잠시 눈을 깜빡였다.

큰방에 아빠는 없었다. 방 안은 내가 나갈 때와 크게 달라진 게 없었다. 지도 위 그릇에 담긴 죽도 먹지 않은 채 그대로였다. 나도 모르는 사이 고개를 이리저리 돌려서 그랬는지, 벽에 붙은 지도들이 살짝 흔들렸다. 암녹색의 물병만 선반으로 다시 치워져 있었다.

아빠 서재에서 부스럭거리는 소리가 들려 순간 나는 안도했다. 아빠는 자주 그랬다. 지도 작업에 빠져 있을 때는 내가 뭐라고 해도 못 들을 때가 종종 있었다. 그러니 밖에서 무슨 일이 벌어져도 모를 수도 있었다. 나는 서재를 가리고 있는 두툼한 커튼을 젖히며 안으로 들어갔다.

"아빠?"

열린 겉창으로 산들바람이 들어와 책상 위에 놓인 종이들이 펄럭이고 있었다. 의자에 아무도 없는 걸로 봐선 조금 전 부스럭 소리는 종이가 바람에 날리는 소리였던 게 분명했다. 책상에 놓인 양피지에 뭔가 번들거리는 게 묻어 있었다.

나도 모르게 손부터 뻗어 만져보았다.

축축했다. 손가락에 빨간 것이 묻어 있었다.

방 전체가 빙빙 돌며 눈앞이 까매졌다.

※

'우리는 각자 자기만의 지도를 갖고 있는 것 같아…….'

아빠 목소리였다. 그런데 왜 이렇게 차갑고 느리게 말하는 것처럼 들리지?

'이걸 봐라. 아빠는 손목 핏줄이 파랗지 않고 까맣게 보이지?'

그리고 어떻게 나는 아빠의 다음 말을 정확히 알고 있는 거지?

'네 엄마는 항상 이걸 잉크라고 했어. 그러니까 아빠는 심장 깊숙한 데까지 지도 제작자인 거라고.'

집들이 나무처럼 바람에 흔들렸다. 아빠가 집들 사이로 뻗은 어두운 길을 지나 내 앞으로 걸어오고 있었다. 이제 보니, 그건 집이 아니라 진짜 나무였다. 아빠가 내게로 손을 뻗었는데 손바닥이 온통 빨갰다. 아빠의 가슴에 피 묻은 살점과 깃털이 보였다. 펩이 사냥한 까마귀처럼 검은 깃털로 덮여 있었다.

'심장 깊숙한 데…….'

나는 꿈을 꾸고 있었다. 꿈속에서 나를 향해 걸어오는 아빠의 얼굴에는 눈, 코, 입이 없었다. 뜨거운 땅바닥에 엎어졌던 나는 몸을 일으키고 기다시피 뒤로 물러섰다. 한 줄로 늘어선 나무, 거기 서 있는 아빠에게서 달아나려고, 꿈에서 벗어나려고 안간힘을 쓰고 있었다.

뭔가가 내 머리카락을 잡아당겼다.

미스 라였다. 내가 눈을 뜨자, 미스 라가 시끄럽게 꼬꼬댁거리며 제자리에서 빙글빙글 돌기 시작했다. 나는 서재 바닥에 엎어져 있었다. 펩이 문간에 앉아 조심스럽게 나를 내려다보고 있었다. 그런데 아빠는, 아빠는 어디 있지?

머리가 지끈지끈 쑤셨다. 손가락을 내려다보니, 짙은 빨간색 얼룩이 그대로 남아 있었다. 나는 천천히 일어섰다. 방이 한쪽으로 기우는 것 같았고, 쓰러지면서 바닥에 부딪혔는지 어깨도 아팠다. 비틀비틀 집 안을 걸어 다니며 부엌과 정원을 확인했다. 정원에는 가보가 아끼던 타바이바 나무가 폭죽 모양의 꽃대를 내밀고 꽃을 피우려는 중이었다. 미스 라와 펩이 나를 따라왔지만, 아빠는 어디에도 없었다.

집 앞 도로에도 사람이 없어 휑하기만 했다. 나는 문밖이 바다 한가운데라서 그걸 놓치면 빠져 죽기라도 하는 것처럼 문손잡이를 계속 꼭 쥐고 있었다. 풀벌레 소리, 벌레를 쫓는 까마귀 소리 위로 두근거리는 내 심장 소리가 귓가에 다시 들리기 시작했다.

"이쪽으로 와." 어떤 목소리에 나는 깜짝 놀랐다. "이사, 여기야, 여기."

마샤 아주머니가 창문 틈 사이로 나를 내다보고 있었다. 그제야 나는 문손잡이를 놓고 후들후들 떨리는 다리로 길을 건넜다.

내가 들어서자마자 아주머니는 얼른 문을 닫았다. "거기서 혼자 뭘 하고 있었던 거야?"

내 입에서 말들이 마구 쏟아져나왔다. “아빠요, 아빠가 집에 없어요. 아빠는 아무 데도 안 보이고 피가 있었어요…….” 나는 손을 내밀었다. 손이 내 의지와는 상관없이 계속 부들부들 떨리고 있었다.

“이사, 숨을 크게 들이마셔.”

아주머니는 옷소매로 눈물을 닦아주고는 나를 의자로 데려가 앉혔다. 화로에서 따뜻한 물을 한 바가지 떠오더니 내 손을 폈다. 그러고는 올이 굵은 천으로 손에 묻은 얼룩을 문지르기 시작했다. 바람이 안뜰의 흙냄새를 싣고 열린 뒷문을 통해 들어왔다.

“이건 피가 아니야.” 찡그린 얼굴로 열심히 손을 닦던 아주머니가 말했다.

“네?”

“피 아니라고. 봐봐. 내가 아무리 세게 문질러도 없어지질 않지?”

선홍빛 얼룩은 손가락에 그대로 남아 있었다.

“그럼 뭐죠?”

아주머니가 어깨를 으쓱했다. “아무래도 잉크 아닐까?”

“우리 아빠는요?”

뒷문 층계참에서 어떤 목소리가 들렸다. 눈을 가늘게 뜨고 힘을 주니 밝은 빛 사이로 널찍한 등의 윤곽이 보였다. 파블로였다.

“조금 전에 너희 아버지가 광장 시장 쪽으로 가시는 걸 봤어.

어딜 다치거나 하신 것 같진 않았고, 그냥 좀 불안해 보이셨어." 파블로가 말했다. 저음에 끝이 살짝 갈라지는 그의 목소리는 더 이상 소년의 목소리가 아니었다.

마샤 아주머니가 혀를 차며 말했다. "그런 일이 있었으면 빨리 말해줬어야지."

나는 침을 꿀꺽 삼켰다. "어디로 가시는지 봤어?"

"그 소식을 듣고 너를 데리러 학교에 가시는 것 같았어."

"그 소식이라니?"

"아직 못 들은 모양이구나?" 아주머니가 가느다란 목소리로 물었다.

나는 기운 없이 고개를 저었다.

마샤 아주머니와 파블로가 거의 동시에 입을 열었다.

"그럼 너희 아빠가 올 때까지 여기서 기다렸다가……."

"시체가 발견됐어."

"파블로!" 마샤 아주머니가 파블로를 나무랐다.

"왜요? 궁금해하잖아요. 결국엔 다 알게 될 텐데요."

"왜 그런 소릴 하는 거야? 애 겁먹게."

"저 겁먹지 않았어요." 나는 더 이상 울고 있지 않다는 걸 보여주려고 턱을 들어 올렸다. "그러니까 말해주세요."

마샤 아주머니는 내 손을 닦던 천을 내려놓았다.

파블로는 머뭇거리더니, 자리에서 일어나 캄캄한 집 안으로 걸어 들어왔다. "오늘 아침 과수원에서 사람들이 여자애를 찾아냈어." 마침내 파블로가 말했다.

내가 아무 말도 하지 않자, 이해를 못 했다고 생각했는지 마샤 아주머니는 내 손을 부드럽게 잡았다. "여자애가 죽은 채로 발견됐다는 뜻이야. 살해된 거지."

그러고는 다시 아무 말도 하지 않기에 내가 먼저 물어보았다. "그게 누군데요?"

아주머니는 파블로를 쳐다보며 잠시 머뭇거렸다. 파블로의 키는 지난 2년 사이 거의 성인 남성만큼 훌쩍 자라 있었다. 문득 궁금해졌다. 가보가 살아 있다면 나 정도로 키가 자랐을까, 아니면 훨씬 커졌을까?

"이름이 캐타라고 했어. 캐타 로드리게스."

귀에서도 쿵쿵 맥박이 뛰어 파블로의 목소리가 또렷하게 들리지 않았다. 나는 정신이 멍해져 한동안 파블로의 얼굴만 쳐다보았다. 파도처럼 몰려오는 질문을 막느라 손바닥을 이마에 갖다 댔다. 마샤 아주머니는 두 손으로 내 손을 꽉 잡았다.

"이사벨라, 지금은 좀 쉬는 게 좋겠어."

뭔가 말하려고 입을 열었지만, 아주머니는 손가락을 들어 올렸다. "지금은 아무 말도 하지 마. 아버지가 걱정돼서 그러는 건 알지만, 현명한 분이시니 분명 무사하실 거야."

나는 아무 말도 못 하고 고개만 끄덕였다.

"총독이 통행 금지령을 내렸어. 사건의 전말이 밝혀질 때까지…… 나갈 수 없게 됐어."

"통행 금지령이라고?"

"집 안에만 있으라는 거지. 어쩌면 너희 아버지도 어딘가에서 발이 묶여 통행 금지령이 풀리기만을 기다리고 계신 걸 수도 있어. 널 혼자 내버려둔다면 나중에 무척 화를 내실 게 분명해. 살인이 일어난 직후라 더더욱."

살인이라는 말에 방 안의 분위기가 냉랭해졌다.

"집에 가서 기다릴래요." 내가 일어서자, 마샤 아주머니는 단호하게 나를 주저앉혔다.

"아니, 지금은 쉬어야 해."

아주머니는 자리에서 일어나더니 파블로 옆을 지나 마당으로 나갔다. 문가에 선 키 작은 나무에서 뭔가를 따는 모습이 집 안에서도 보였다.

파블로가 나를 향해 고개를 돌렸다. 짙은 밤색 눈동자는 예전 그대로였지만, 턱이나 뺨의 얼굴선이 예전처럼 둥글지 않고 각이 져서 이제 그의 얼굴은 무척 늠름해 보였다. 나는 갑자기 쑥스러워져 발밑을 내려다보았다.

다시 집 안으로 들어온 아주머니는 양동이에 든 물을 컵에 따랐다.

"물부터 마시고, 이것 좀 먹어봐." 아주머니가 검은색 작은 열매 두 개를 내밀었다. "잠드는 데 도움이 될 거야."

"안 먹어도 괜찮……."

"많이 놀랐잖니. 뭘 좀 먹고, 네 아버지 오실 때까지 파블로 방에 가서 누워 있어."

"제가 여기 있는 걸 아빠가 모르시면요?"

"네 아버지가 오시는지, 내가 창가에서 지켜보고 있으마. 절대 한눈팔지 않을 테니 걱정 마."

아주머니는 열매를 테이블 위에 놓은 다음, 내가 집어 먹는 모습을 가만히 지켜보았다. 살짝 쓰면서 입안이 얼얼해지는 맛이었다.

나는 마샤 아주머니가 주신 빵까지 마저 꾸역꾸역 밀어 넣은 다음, 아주머니를 따라 파블로의 방으로 가 침대에 누웠다. 베개는 폭신했고, 이불에서는 라벤더 향이 났다. 열매를 먹어서인지 몸이 나른해지는 가운데 생각이 꼬리에 꼬리를 물고 이어졌다.

'죽은 채 발견된 캐타, 과수원, 용과, 루페, 죽은 캐타.'

## 4장

펑!

벌렁거리는 가슴을 손으로 누르며 침대에서 일어나 앉았다. 파블로의 방이 불길로 가득했지만, 뜨겁지는 않았다.

펑!

창문이 낮아 침대에서도 밖이 보였다. '피융' 소리에 이어 밤하늘에 루비 한 줌을 던진 것처럼 불꽃이 터졌다.

펑!

루페의 생일을 축하하는 불꽃놀이였다. 톡 쏘는 듯한 매운 연기 냄새가 콧속으로 들어왔다.

'유황이야. 황 성분 때문에 그렇게 큰 소리를 내면서 터지는 거야!' 루페는 내게 말했었다.

나는 다시 자리에 누웠다. 이후에도 폭죽은 세 번 더 터졌고, 방을 파란색, 금색으로 물들인 후에야 끝이 났다. 마지막 불꽃이 쉬익 소리를 내며 꺼졌을 때, 닫힌 문틈으로 낮고 다급하게 속삭이는 소리가 들렸다.

아빠가 지팡이를 짚을 때 나는 '탁탁' 소리에 가슴이 두근거리기 시작했다. 곧이어 아빠의 나지막한 목소리가 들려왔다.

"진짜로 자고 있다고요? 이렇게 시끄러운데?"

나는 눈을 꾹 감았다. 아빠가 마샤 아주머니에게 무슨 말을 할지는 모르지만, 분명 내게는 말해주지 않을 거라는 생각이 들었다. 하지만 그러면 그럴수록 더더욱 듣고 싶었다. 끼익 소리를 내며 문이 살짝 열렸다가 다시 닫혔다.

"금세 잠들었어요. 잠이 잘 오게 하는 열매를 먹였거든요."

"고마워요, 마샤. 그런데 우리 애도 캐타 소식을 알고 있나요?" 아빠가 물었다.

캐타의 이름이 나오자, 나도 모르게 이불자락을 손으로 꽉 말아 쥐고 있었다.

"알아요……. 나중에 알려주려고 했는데, 파블로가 말해버렸어요."

아빠가 길게 한숨을 내쉬었다. 낮게 웅얼거리는 소리가 들리는 걸로 봐서 파블로가 죄송하다고 사과하는 것 같았다.

"이사벨라는 괜찮을 거예요." 마샤 아주머니가 달래듯 말했다. "그나저나 어디 있었던 거예요?"

"애를 데리러 학교에 갔었는데……."

아주머니는 가만히 다음 말을 기다렸고, 나도 기다렸다.

아빠는 헛기침을 하고는 말을 이어갔다. "펠리스 선생을 만났어요. 이사는 별 탈 없이 집으로 갔다기에, 사람들과 같이 인근을 수색했어요."

"통행 금지령은 어쩌고요?"

"총독이 저렇게 손 놓고 있으니, 우리라도 뭔가 해야죠."

"이런 상황에서 자기 딸 생일이라고 불꽃놀이를 하는 인간이에요!" 파블로가 울분을 터트렸다. "사람이라면 어떻게 그럴 수가 있죠?"

아주머니가 '쉿' 소리를 냈다. "그래서 어디 갔었어요?" 아주머니가 아빠에게 물었다.

"과수원에 갔었어요. 숲으로는 들어갈 수가 없으니……."

"말도 안 돼요." 파블로가 끼어들었다. "제가 살인을 저질렀다면 전 분명 그리로……."

"조용히 하래도!" 마샤 아주머니가 나무랐다. 하지만 파블로는 고집스럽게 하던 말을 계속했다. 목소리에는 온통 날이 서 있었다.

"총독은 사람이 죽었건 말건 신경도 안 쓰잖아요. 안 그래요?"

"파블로!" 아주머니의 목소리에는 두려움이 가득했다. 총독을 비난하는 것은 매우 위험한 일이었다. 그런 말을 했던 사람들은 가축을 도난당해 나중에 보면 그게 총독의 농장에 가 있다거나 식수로 사용하는 우물이 흙탕물이 된 채로 발견되기도 했다.

"파블로 말이 맞아요. 아도리 총독은 지금 아무런 조치도 하지 않고 있어요. 살인을 저지른 자가 누구건 잊힌 땅으로 넘어갔을 가능성이 크다고 저도 생각해요."

"무슨 단서라도 찾았어요?" 마샤 아주머니가 물었다.

아빠가 목소리를 더 낮추는 바람에 나는 침대에서 기어 나와 문 가까이 다가갔다. "몸 여기저기에 상처가 나 있었어요. 내가 보기에는 동물의 발톱 자국 같았지만, 인근에 그렇게 큰 개는 없잖아요. 상처도 깊고, 내 엄지손가락만큼이나 두꺼웠다고요. 어쩌면 범인이 자신의 흔적을 감추려고 땅을 파다가 생긴 건 아닐까 싶기도 했어요."

나는 더는 참을 수가 없어 벌컥 문을 열어젖혔다.

아빠와 마샤 아주머니는 식탁에 앉아 있고, 파블로는 창가에서 있었다. 아빠는 아픈 다리를 살짝 헛짚었는지 비틀거리며 자리에서 일어섰다. 온몸이 흙투성이였고, 충혈된 눈 밑에는 그늘이 드리워져 있었다. 그리고 셔츠에는 빨간색 잉크가 묻어 있었다. 어쨌든 무사히 돌아왔으니 그걸로 됐다 싶었다.

나는 아빠에게로 달려갔다. "누구 짓이에요, 아빠? 총독은 왜 조사하지 않는 거죠? 누가……?" 그 말을 선뜻 내뱉기가 어려웠다. "누가 캐타를 죽인 거예요?"

세 사람 모두 똑같은 표정으로 나를 보고 있었다. 마치 나만 모르는 뭔가를 아는 사람들처럼.

나는 얼굴이 빨갛게 달아올랐다. "누구라도 나서서 뭐라도 해야죠!"

"됐다! 그만해라!"

묻고 싶은 게 더 많았지만, 나는 그만 움찔해 입을 다물었다.

내게는 큰소리 한번 안 치던 아빠였다.

“그만 가자.” 아빠가 무뚝뚝하게 말했다.

집까지 걸어가는 그 짧은 시간 동안 아무 말도 하지 않은 건 사실 꼭 통행 금지령 때문만은 아니었다.

나는 펩을 데리고 내 방으로 들어갔다. 밖에서는 아빠가 집 안을 정리하는 소리가 들렸다. 아빠가 내 방으로 들어왔을 때 나는 잠든 척했지만, 아빠는 다 안다는 듯 말했다.

“아까는 소리쳐서 미안했다, 이사. 그러면 안 되는 거였는데. 난 그저…….” 아빠는 땅이 꺼지도록 한숨을 쉬었다. “내가 너무 피곤했었나 보다. 캐타를 생각하면 마음이 너무 안 좋기도 하고. 네가 이해 좀 해주겠니?”

나는 작게 헛기침을 했다.

“이야기를 들려주면 네 화가 좀 풀리지 않을까 싶은데, 어떠니?” 아빠가 말했다.

내가 아빠를 향해 몸을 돌리자, 옆에 있던 펩이 심술궂게 울었다. “무슨 일이 있었는지는 왜 얘길 안 해주시는 거예요?”

“아린타 이야기는 어떠니?”

위험에 빠진 조야 섬을 구해낸 소녀 전사의 이야기, 그건 내가 가장 좋아하는 거였다. 루페는 이 나이에 아직도 아기처럼 잠자기 전에 옛날이야기를 듣는다며 놀렸지만, 그래도 좋았다. 하지만 지금은 화난 마음이 쉽게 풀리지 않았다. 내가 돌아눕는 바람에 펩이 날카롭게 울부짖었다.

"그래, 알았다." 아빠가 다시 한숨을 쉬며 말했다. "그만 나갈 테니 쉬어라."

아빠가 일어서기 전에 나는 슬그머니 뒤로 한 손을 내밀었다. "이야기 하나 정도는 들려주셔도 괜찮을 거 같아요."

아빠는 다시 앉아 이야기를 시작했다. 얼굴이 보이지 않아도 아빠가 미소를 띤 채 말하고 있다는 걸 알 수 있었다.

"천 년 전 조야 섬은 항해 중인 배처럼 바다 위에 떠 있었어. '아린타'라는 아주 용감한 소녀가 섬 한가운데 살고 있었지. 그때는 숲으로 된 경계도, 잊힌 땅 같은 것도 없고, 나무마다 온갖 새들이 즐겁게 노래하던 시절이었어.

그러던 어느 날, 바다 밑에 사는 불의 정령이 이 아름다운 섬을 보고는 섬을 독차지하고 싶다는 마음을 품게 된 거야. 이름이 '요테'인 이 정령은 몸길이가 강만큼이나 길고, 뜨겁기는 태양만큼이나 뜨거웠지. 요테는 바위기둥을 만들어 그걸 타고 올라와서 조야 섬을 붙들어 맸어. 섬사람들은 두려움에 떨었어. 요테가 이 섬을 불의 왕국으로 삼으려 한다는 걸 알고, 집과 고향을 떠날 수밖에 없었지.

아린타는 슬펐어. 숲과 바다와 노래하는 새들이 있는 조야 섬을 사랑했거든. 그래서 그날 밤, 아린타는 아버지의 검을 몰래 훔쳐 집을 빠져나왔어. 땅속에서 용암을 만들어 내며 조야를 집어삼킬 준비를 하던 요테를 찾아 나서기로 한 거지. 아린타는 뜨거운 불길로부터 몸을 보호하기 위해 몸을 물에 적신 다음, 폭포를 통해 땅속으로 들어갔어. 그리고 계속 걸어 마침내 요테의 은신처에 도착했어. 아린타는 결투를 신청했어. 요테도 아린타가 외치는 소리를 듣긴 했지만, 아랑곳하지 않고 땅속에서 계속 부글부글 끓는 용암만 만들어 냈어.

그래도 아린타는 포기하지 않았어. 그곳으로 바닷물이 흘러들어오도록 암벽을 검으로 내리치기 시작했지. 요테는 겁이 덜컥 났어. 강물 정도는 어떻게 해보겠지만, 바닷물이 덮친다면 그도 당해낼 도리가 없었거든. 요테는 아린타가 암벽을 부수는 걸 멈추면 섬을 차지하려던 계획도 없던 일로 하겠다고 했지. 둘은 약속을 지키기로 맹세했고, 아린타는 약속의 증표로 바위에 검을 꽂아놓은 채 그곳을 떠났어."

아빠는 거기서 멈췄다. "얘기는 이쯤 하는 게 어떨까?"

"하지만 결말이 아무리 슬퍼도 이야기는 반드시 마무리 지어야 한다고 늘 그러셨잖아요." 그 이야기는 워낙 많이 들어 다음에 나올 내용을 거의 외우다시피 했지만, 나는 끝까지 듣고 싶었다.

아빠는 서둘러 이야기를 끝내려고 말을 빨리하기 시작했다.

"그런데 요테는 움직임은 굼뜨면서도 자존심은 강한 정령이었거든. 자신이 어린 여자애한테 당했다는 사실을 섬사람들이 알게 하고 싶지 않았지만, 그렇다고 섬을 파괴할 수도 없었어.

천 년 동안 약속을 지키겠다고 이름을 걸고 맹세했기 때문이지. 그 대신 요테는 불의 개를 보내 아린타를 쫓게 했어. 개를 피해 도망치다 굴속에서 길을 잃게 만들었지.

아린타의 아버지는 아린타를 찾아 굴 이곳저곳을 샅샅이 뒤졌지만, 어디에서도 딸의 모습은 보이지 않았어. 누구는 아린타가 강이 됐다고도 하고, 또 누구는 아직도 땅속 저 아래에서 요테가 약속을 깨지 못하게 감시한다는 사람도 있어. 누구 말이 맞는지는 모르지만, 아린타가 조야 섬을 돌봐주고 있는 건 확실해. 섬을 위해 기꺼이 자신을 내던지려고 했던 아린타의 정신은 불의 정령을 능가할 만큼 힘이 셌던 거지."

# 5장

“우리 딸, 아침이야.” 아빠가 부드러운 목소리로 나를 깨웠다. “자는데 미안하구나. 기분은 좀 어떠니?”

걱정 때문에 꼼짝도 할 수 없는 기분이었지만, 차마 사실대로 말할 수는 없었다. “좋아요.”

내가 일어나 앉자, 펩이 침대 아래로 뛰어내렸다.

“혹시라도 뭔가 목격한 사람이 있지 않을까 해서, 오늘은 사람들이랑 집집마다 돌아다니면서 물어볼 생각이란다.” 아빠가 말했다.

“통행 금지령은 어쩌고요?”

“그렇다고 가만히 있을 순 없잖니? 걱정 마.” 나를 안심시키려고 아빠는 얼른 이렇게 덧붙였다. “우리도 어제 밖에 나갔었지만, 별일 없었잖아. 혹시라도 무슨 일 생기면 창문으로 마샤 아주머니를 부르고, 문은 꼭 잠가야 한다.”

집에 혼자 남겨질 생각에 겁부터 났지만, 아빠 말이 옳았다. 캐타를 죽인 범인을 밝혀내는 건 당연히 해야 할 일이었고, 펩과 미스 라가 있는 한 나는 혼자가 아니었다.

나는 아빠가 외출하기 전에 다친 다리를 물로 닦고 보호대를 채워드렸다. 무릎에서 발목까지 들쭉날쭉 길게 이어진 오래된 흉터가 꼭 붉은 혈관 같았다. 애집트의 부두에서 배로 뛰어내릴 때, 아빠는 그 배가 어디로 가는 배인지도 몰랐다고 했다. '우리가 아는 거라고는 수평선 끝, 그 너머 아무도 가보지 못한 곳까지 항해해 갈 거라는 것뿐이었어.' 아빠는 아주 오래된 지도를 손가락으로 가리키며 말했었다. 호랑이 같은 줄무늬 비늘에 집게발을 가진 거대한 물고기, 유리처럼 날카로운 엄니와 송곳니를 가진 외눈박이 코끼리, 그런 무시무시한 짐승들이 동부 해안에 살고 있었다고 했다. 하지만 옛날 지도 제작자들에게 그런 존재보다 더 두려운 건 미지의 세계라고 아빠는 말했었다.

어떤 곳을 모른 채 사는 것보다 차라리 괴물을 마주하는 게 낫다니. 들을 때마다 이상한 소리라고 생각했지만, 이제 그 말의 의미를 조금은 알 것 같았다. 이름도 얼굴도 모르는 살인자가 저 밖 어딘가에 있었다. 머리가 넷 달리고 칼처럼 긴 이빨을 가진 괴물이 범인이란 게 밝혀지면 오히려 지금보다 덜 두려울 것 같았다. 문을 나서는 아빠를 나는 평소보다 더 꽉 끌어안았다.

"아무 일 없을 거야, 이사. 문 잠그는 거 잊지 마라."

아빠는 여행이 끝나면 늘 진귀한 물건들을 가지고 집으로 돌아왔다. 서재는 그런 물건들로 가득했는데, 그중 가장 내 마음을 사로잡은 것은 유로파에서 가져온 망원경도, 차리나에서 가져온 천문도도 아니었다. 그건 바로 책상 앞, 벽에 걸린 엄마의 지도였다.

총독이 섬에 오기 전, 폐쇄령이 내려지기 전에 만들어졌고, 심지어 아프릭 출신인 아빠의 가족이 이곳에 정착하기도 전에 만들어진 지도. 섬이 한곳에 묶이지 않고 바다 위에 떠 있던 시절에 만들어진 것이었다. 아빠는 아린타가 실존 인물이라면 (나는 당연히 실존 인물이라고 믿었다) 이 지도 속 섬의 모습과 가장 흡사한 시대에 살았을 거라고 말했었다. 내가 책상 앞에 앉아 한참 동안 지도만 보고 있으니, 펩이 내 무릎 위로 냉큼 뛰어올라 자리를 잡았다.

연갈색 직물은 오랜 세월 손때가 묻은 탓에 가장자리가 너덜너덜하게 해져 있었다. 기껏해야 아주 기본적인 정보만 표시한 지도인데 특이하게도 어떤 부분은 또 아주 자세히 기록되어 있었다. 지도를 보면 예전 그로메라는 원래 아주 작은 마을에 불과했던 모양이었다. 늪지대인 마리스마 주변은 파란색 실로 수를 놓아 숲이라는 표시가 되어 있었고, 아린타가 요테를 만나기 위해 타고 내려갔다고 전해지는 아린탄 폭포에는 파란색 별이 그려져 있었다.

해안선을 따라 여섯 개의 마을이 드문드문 자리 잡고 있었고, 가장 북쪽에 '카멘트'라는 마을이 있었다. 지도의 한가운데는 비어 있었지만, 불빛을 비춰보면 잎맥처럼 희미하게 그어진 줄 같은 게 보였다.

조야 섬의 다른 지역은 어떻게 변했을지 궁금했다. 지금쯤 잡초만 우거진 곳이 되진 않았을까? 그리고 총독이 오면서 추방당했던 사람들과 다른 마을 사람들은 어떻게 됐을까? 우리가 생각하는 것처럼 전부 폐허가 되었는지도 몰랐다.

나는 펩의 귀 뒤를 가만히 긁어주었다. 아빠가 나를 위해 모아둔 이면지 더미에서 종이 한 장을 꺼냈다. 가보가 죽은 후로 아빠는 틈만 나면 내게 지도 제작법을 가르쳐주고 있었다. 내 주의를 다른 곳으로 돌리려고 시작한 게 분명했지만, 나 역시 지도 그리는 게 점점 재밌어지고 있었다. 나는 깃펜을 파란색 잉크병에 담갔다가 (빨간색 잉크는 쳐다보기도 싫었다) 잊힌 땅이 어떤 모습일지 상상해 그리기 시작했다.

다리에 감각이 없어졌을 즈음, 드디어 펩이 몸을 일으키더니 내 무릎에서 뛰어내려 기지개를 켰다. 나는 주먹을 쥐었다 폈다 하면서 반쯤 완성한 지도를 살펴보았다. 숲의 비율이 좀 이상했지만, 강의 굴곡은 잘 표현한 것 같아 만족스러웠다.

펩이 울었다. 벌써 밥 줄 시간이 지나 있었다. 창밖에는 어느새 어둠이 내리고 있었다. 나는 얼굴을 찡그렸다. 해 질 무렵과 관련해서 뭔가 기억할 일이 있었던 것 같은데…….

가슴이 철렁 내려앉았다. '루페!'

아빠와 한 약속이 마음에 걸렸지만, 나는 두 번 고민하지 않았다.

⁂

어제처럼 광장 시장은 괴괴한 정적에 휩싸여 마을 전체가 마치 귀신에 홀린 것 같았다. 까마귀들만 지붕 위에 앉아 깍깍대고 울거나 저희끼리 싸움질이었다.

휑한 노점들 너머로 루페가 보였다. 분홍색 호박단 드레스를 입은 루페가 저수통 위에 앉아 긴 다리를 흔들고 있었다. 무도회장에 가려다 나온 사람 같았다.

루페가 손을 흔들었다. 딱히 겁먹은 표정도 아니었다.

나는 발을 질질 끌며 루페를 향해 걸어갔다.

"난 또 네가 약속을 잊어버린 줄 알았잖아! 여기서 만나자고 하길 잘했지? 어제 불꽃놀이는 봤어?" 루페가 물었다.

나는 고개를 끄덕였다. 루페는 저수통에서 폴짝 뛰어내리더니 제자리에서 빙글빙글 돌았다. "너무 조용해. 조금 이상하지 않아?"

"조금 이상한 정도가 아니지."

"있지, 더 이상한 일이 일어나려 하고 있어." 루페가 돌다 말고 돌연 멈추며 말했다. "맞혀봐."

"무슨 일인데?"

"우리 여행 간대!" 루페가 두 팔을 쭉 뻗으며 말했다.

"그게 무슨 소리야?"

"무슨 소리냐면 아빠, 엄마, 그리고 나 이렇게 셋이 여행을 갈 거란 소리지. 아프릭으로." 루페는 내 시큰둥한 반응에 살짝 김이 샌 듯했다.

아프릭? 루페의 말이 얼른 와닿지 않았다. 총독이 섬을 떠난다고? "언제 가는데?"

"곧!" 루페가 즐거운 듯 외쳤다. "그런데 아무한테도 말하면 안 돼. 아빠가 비밀로 해야 한댔어."

"그냥 여행이야? 다시 돌아오는 거야?"

루페가 고개를 끄덕이자, 동그랗게 말아 올린 머리에서 머리카락 몇 올이 흘러내렸다. "안 돌아오는 거면 아빠가 그렇다고 얘기하지 않았겠어?"

과연 그랬을까? "어떻게 갈 건데?"

나를 놀라게 한 게 재밌었는지 루페는 씩 웃으며 말했다. "저걸 타고 갈 거야."

루페는 아래 항구에 정박해 있는 총독의 배를 손가락으로 가리켰지만, 나는 루페의 얼굴에서 눈을 뗄 수가 없었다. 오늘따라 그 애가 낯설게만 느껴졌다.

루페가 우리와는 다른 삶을 산다는 것도, 그래서 가끔 자기중심적인 모습을 보인다는 것도 알고 있었다. 하지만 루페는 상냥

하고 다정했다. 엉뚱한 소리를 조금 했다고 그것 때문에 그 애와 거리를 둔다거나 절교하겠다는 마음을 먹은 적은 없었다.

"왜 그래? 이 얘기 들으면 너도 좋아할 줄 알았는데……."

"왜 그러냐고? 넌 어쩜 이럴 수가 있어? 캐타가 그렇게 된 마당에?" 나는 화난 목소리로 말했다.

"그렇게 되다니?"

"지금 그걸 몰라서 물어?" 머리부터 발끝까지 화가 치밀어 오르는 기분이었다. "왜 시장에 사람이 아무도 없겠어? 통행 금지령은 왜 내려졌고?"

"아빠가 그런 얘긴 안 해줘서……."

"네 아빠가 자세한 얘긴 안 해줬나 보지? 사랑하는 딸에게 말해주기엔 너무 끔찍한 얘기라서?"

"너 왜 이렇게 못되게 말해?" 루페의 입술이 삐죽거렸다.

"캐타가 죽었다고!" 내 외침에 놀란 까마귀들이 푸드덕 원을 그리며 날아올랐다. "네가 캐타를 과수원에 보낸 바람에 캐타가 누군가에게 살해당했단 말이야!"

입 밖으로 터져나온 그 말이 루페에게도 충격이었겠지만, 나에게도 충격적이긴 마찬가지였다. 루페의 얼굴이 자기 엄마만큼이나 새하얗게 변했다.

"난 그런 줄 몰랐……."

"아니, 넌 그냥 알고 싶지 않았던 거야! 어차피 넌 네 인생 말고는 어떤 일에도, 누구에게도 관심이 없잖아. 네 아빠든 캐타든 뭐든 이해해보려는 마음이 없는 거야, 넌!"

"아니, 관심 있어. 나도 알고 싶다고! 말해줘. 아무도 나한테는 얘길 안 해준단 말이야!"

그동안 우리는 한 번도 이런 식으로 싸워본 적이 없었다. 루페의 눈시울이 붉어졌지만, 상관없었다. 나는 걷잡을 수 없는 분노에 사로잡혔다. 루페의 마음을 다치게 하면 그만큼 내 마음이 덜 아프기라도 할 것처럼 나는 속에 담고 있던 말들을 마구 쏟아냈다.

"네가 캐타에게 용과를 따 오라고 시켜서 이렇게 된 거야. 그날 밤, 캐타가 과수원에 갔다가 그놈을 만난 거라고. 캐타가 죽은 것도, 다시는 돌아오지 못하게 된 것도, 다 너 때문이야. 그리고 너희 아버지 때문에 우리는 누가 그런 짓을 했는지 찾지도 못하고 있어. 자기 딸 불꽃놀이 보여주느라 바빠서 다른 걸 할 수가 없거든. 모두 범인이 숲으로 도망쳤을 거라고 하는데도, 네 아버지는 수색대를 보내 숲을 뒤지려고 하지도 않아."

"수, 숲이라고?" 루페가 더듬거리며 말했다. "우리 아빠가 왜? 왜 수색하지 않는 건데?"

"왜냐하면 네 아버지는 겁쟁이에다가 뼛속까지 전부 썩어빠졌거든. 너희 가족은 전부 썩었어. 그래서 네 아버지가 여기 온 다음부터는 우리 마을까지 전부 다 곪아버렸어."

이제 루페는 울고 있었다. 내가 주먹으로 치기라도 한 것처럼 배를 감싸 쥐고 울었다. 나는 어찌나 주먹을 세게 쥐었는지 손톱에 손바닥이 얼얼해질 지경이었다. 분노가 두려움을 밀어내 지금 당장은 못할 말이 없을 것만 같았다.

"너희 가족 때문에 우리 엄마가 돌아가셨어. 가보도 그렇고. 네 아빠가 숲에 가지 못하게 막아버려서 아픈 걸 낫게 할 약초를 구하지 못해 그렇게 된 거야. 그리고 이제 캐타마저 죽었는데, 너희는 그냥 달아날 궁리만 하고 있어. 여길 이렇게 엉망진창으로 만들어놓고, 너희 가족 모두 아프릭으로 도망이나 치고. 아주 좋네, 좋아."

"이사, 난……." 루페가 나를 향해 손을 뻗었지만, 나는 맨땅을 발로 차 루페의 치마에 흙을 뿌렸다.

"가버려! 너희가 여기 있는 걸 좋아하는 사람은 아무도 없으니까."

찡그린 얼굴로 나를 보는 루페의 눈에서는 눈물이 줄줄 흘러내렸다. 루페는 껑충한 자기 다리에 자기가 걸려 넘어질 뻔하더니 다시 중심을 잡고 집을 향해 뛰어갔다.

나는 저수통을 세게 걷어찼다. 발가락이 어찌나 아픈지 헉 소리를 내며 바닥에 주저앉고 말았다. 순식간에 솟구쳤던 분노가 올 때처럼 빠르게 사라지고 나니, 가슴 속이 뻥 뚫린 것처럼 허전하고 이상했다. 내가 무슨 짓을 한 거지? 무릎을 끌어안았다. 내가 한 짓들 모두를 다시 되돌리고 싶었다. 루페는 듣지 못해서 몰랐던 것뿐인데…….

"이사벨라?" 파블로였다. "괜찮아?" 파블로가 손을 뻗으며 물었다.

울지 않으려고 잠시 눈을 꾹 감았다가 뜬 뒤, 파블로의 손을 잡았다. 워낙 힘 있게 끌어당겨 나는 가뿐하게 일어섰다.

"놀라게 했다면 미안해." 그러면서 파블로는 루페가 뛰어간 골목 쪽으로 시선을 돌렸다. "아까 그 애, 총독 딸 아니야?"

"어, 루페. 나랑 같은 반 친구야."

"친구라고?" 파블로의 눈썹이 위로 올라갔다. "그렇게 안 보이던데?"

나는 아픈 발가락을 다리에 대고 문질렀다. "내가 좀 뭐라고 했거든……."

"들었어. 그 애가 어딜 간다고 하지 않았어?"

"아프릭에, 총독의 배를 타고 갈 거래. 난……." 말하다 말고, 루페가 아무한테도 말하지 말라고 했던 게 그제야 떠올랐다. 내가 루페한테 너무했다는 생각도 들었다. "가서 사과해야겠어."

"그러지 마. 진정될 때까지 혼자 내버려둬. 넌 집에 가는 게 좋겠어." 파블로가 말했다.

나는 파블로에게 떠밀려 광장을 가로질렀다. 집 앞으로 이어진 도로에 접어들어서야 파블로의 팔뚝에 시퍼렇게 멍이 들어 있는 것을 알아차렸다.

"어쩌다 그런 거야?"

파블로는 팔뚝을 내려다보며 어깨를 으쓱했다. "말 뒷발에 차였어. 요 며칠 말들이 좀 이상했거든. 염소들도 그렇고. 아까 축사를 나오는데, 염소들이 전부 문에서 뚝 떨어져 한곳에 모여 있더라고."

"왜?"

파블로는 다시 어깨를 으쓱했다. "우리 엄마한테는 말하지 마. 엄마가 알면 불길한 징조네, 어쩌네 계속 그런단 말이야."

지난 몇 년 사이 파블로와 이렇게 길게 대화를 나눈 건 정말 오랜만이었다. 그런데 경사진 도로를 따라 발을 맞춰 걷다 보니, 또 이렇게 아무 말 없이 함께 걷는 것도 우리에게는 얼마나 익숙한 일이었는지 새삼 떠올랐다. 나는 어느새 가보가 죽기 전, 바닷가에서 하루 종일 놀다가 셋이 함께 집으로 걸어오던 그때로 돌아간 듯했다. 그 말을 하려는데, 어쩐지 파블로의 얼굴이 심각하게 굳어 있었다.

도로를 반쯤 올라왔을 때 파블로가 말했다. "좀 서둘러야겠어. 더 어두워지기 전에."

해가 지고 있었다. 지붕마다 까마귀 떼가 앉아 있었다. 통행금지령이 내려진 후로 거리에서 사라진 사람들을 대신해 자신들이 공간을 채우기라도 하려는 듯 까마귀의 숫자는 점점 더 늘어나고 있었다. 나는 계속 고개를 숙이고 걸었다. 붉은빛을 띠던 흙바닥이 우리가 녹색 문 앞에 도착했을 즈음에는 짙은 군청색으로 어두워져 있었다.

파블로가 문을 두드리자, 끼익 소리와 함께 문이 조금 열렸다. 근심 가득한 아빠의 얼굴이 문틈 사이로 보이고, 곧이어 문이 활짝 열렸다. "어딜 갔었니?"

"죄송해요, 아빠. 전……."

"메모 한 장 없이 나가다니, 내가 얼마나 걱정했는지 알아?"

"떠난대요." 파블로가 불쑥 끼어들었다. "총독 말이에요. 이런 상황에서 자기만 배를 타고 떠날 생각인가 봐요."

"총독이 떠난다면 차라리 잘 된 건지도 모르지." 아빠가 말했다.

파블로는 고개를 저었다. "아뇨, 그렇게 쉽게 떠나게 내버려둘 수 없어요. 본때를 보여줘야……."

"지금은 안 돼, 파블로." 아빠가 날카로운 눈빛으로 나를 힐끗 쳐다봤다.

"같이 가실 거죠?" 파블로는 쉽게 고집을 꺾지 않았다.

"아니."

"저 혼자 있어도 괜찮아요." 내가 입을 열었다.

"그만해라, 이사벨라."

파블로가 아무 말도 없이 가버린 뒤, 아빠와 나 사이에는 무거운 침묵만 흘렀다.

# 6장

천장을 올려다보았다. 뭔가 느낌이 달랐는데, 그게 좋은 의미인지 나쁜 의미인지 얼른 확신이 서질 않았다. 방의 흙벽이 아침놀에 온통 노랗게 물들어 있었다. 밖은 너무나도 적막했고, 담요를 덮은 것처럼 후텁지근한 공기가 어딘가 익숙한 듯 느껴졌다. 아빠가 죽을 태웠을 때처럼 탄내가 났는데, 평소보다 훨씬 매캐하면서 특이한 냄새였다.

펩이 방 한쪽 구석에 앉아 있다가 내가 쓰다듬으려고 하자 움찔하며 몸을 피했다. 마치 누군가와 싸우려는 것처럼 꼬리와 털을 잔뜩 곤두세우고 있었다.

"펩, 왜 그래?" 부드럽게 달래보았지만, 펩은 날카롭게 울며 가보의 침대 밑으로 들어가버렸다. 잠옷 차림 그대로 방 밖으로 나갔다. 아빠가 손으로 눈을 문지르며 탁자에 앉아 있었다. 매우 피곤해 보이는 얼굴이었다.

"아빠?" 자다 깨어 잠긴 목소리로 아빠를 불렀다. "펩이 좀 이상해요. 꼭 겁을 먹은 것 같아요. 저한테 화가 난 건가 싶기도 하고요."

"미스 라도 그래." 아빠가 부엌을 향해 고개를 돌리며 말했다. 미스 라가 닭장 벽에 대고 날개를 퍼덕대는 소리가 들려왔다.

"미스 라야 원래 까탈스럽잖아요."

"아니야. 얘들이 뭔가에 겁을 먹은 것 같아." 아빠는 불안한 표정이었다.

나는 부엌 쪽을 유심히 보았다. 뒷문 옆에 털이 한 뭉텅이 빠져 있었고, 바닥에는 발톱으로 마구 긁은 듯한 흔적도 남아 있었다. 펩, 아니면 미스 라, 아니면 둘이 동시에 집 밖으로 나가려고 발버둥을 쳤던 모양이었다. 속이 울렁거렸다.

"무슨 일이죠, 아빠?"

마당에서 들려오는 누군가의 헛기침 소리에 나는 깜짝 놀랐다.

"마샤 아주머니야. 할 얘기가 있어 오신 거니 안심해." 아빠가 나를 진정시켰다.

"무슨 얘기요?"

아빠는 천천히 고개를 저었다. "어젯밤에 일이 좀 있었다, 이사."

뒷문이 열리더니 마샤 아주머니가 느릿느릿 들어와 의자에 앉았다. 아주머니는 내 쪽은 쳐다보지도 않았다.

"이해가 안 되네요." 아빠가 먼저 입을 열었다. "아무래도 파블로가 난처한 일에 말려든 것 같은데…… 그래도 그 애는 괜찮을 거예요." 아빠는 얼른 이렇게 덧붙였다. "하지만 파블로 말고도 고라스에 다른 애들까지 그랬다니……."

"걔들은 아주 바보짓을 한 거예요." 아주머니가 대신 말했다

나는 두 사람의 맞은편 의자에 앉았다. “무슨 일인데요?”

“총독이 떠나도록 그냥 내버려뒀어야 했는데.” 아주머니는 충격을 받은 듯 멍한 표정이었다. “왜 복수심은 항상 그렇게 사람의 눈을 멀게 하는 건지 모르겠어요.”

“목소리 낮춰요, 마샤.” 아빠가 말했다.

심장이 쿵쿵거리기 시작했다. 총독 가족이 떠난다는 사실을 파블로에게 알려준 건 바로 나였다. 무슨 일이 생겼다면 내 잘못이었다.

“파블로가 뭘 했는데요?” 내가 물었다.

“직접 내 눈으로 확인했어요.” 마샤 아주머니의 목소리는 지나치게 덤덤했다. “이건 불길한 징조예요. 분명 무슨 일이 벌어지려는 거라고요. 그냥 하는 소리가 아니에요. 지난번 새들이 이 섬을 떠났을 때도…….”

“마샤, 제발, 그만해요.” 아빠가 말했다.

“하지만 맞다니까요, 불길한 징조. 파블로도 그랬어요. 자기들은 동물들한테는 아무 짓도 안 했댔어요. 배만 그런 거라고 했다고요.”

“동물요? 배요?” 뭘 하려는 건지 미처 깨닫기도 전에 나는 샌들을 꿰신고 떨리는 손으로 문의 걸쇠를 풀고 있었다.

“이사벨라, 안 돼!” 아빠는 의자에서 일어서려다가 불편한 다리에 힘이 실리지 않자 허둥지둥 지팡이를 찾아 손을 뻗었다.

아빠를 기다리지 않고 무작정 밖으로 나갔다.

저 앞 항구에서 연기가 피어오르고 있었다. 나는 달리기 시작했다.

※

사람들이 물가에 모여 있었다. 그리고 좀 전에 맡았던 그 톡 쏘는 냄새가 연기와 뒤섞여 제대로 숨도 쉴 수 없을 만큼 주변을 가득 메우고 있었다.

항구로 다가갈수록 연기에 가렸던 실체가 서서히 모습을 드러냈다. 재로 변한 돛과 검게 그을린 선체, 타다 남은 배의 잔해가 보였다.

매운 연기를 타고 파블로의 말이 머릿속에 떠올랐다. '총독 말이에요. 이런 상황에서 자기만 배를 타고 떠날 생각인가 봐요……. 본때를 보여 줘야 해요…….'

까마귀들이 파리 떼처럼 몰려와 머리 위를 빙빙 맴돌고 있었다. 나는 거친 숨을 몰아쉬며 사람들이 몰려 있는 곳으로 다가갔다. 고개를 숙이고 사람들의 팔과 다리 사이를 비집으며 앞으로 나아갔다. 바다에 와보기를 몇 년 동안이나 꿈꿔왔지만, 멈춰 서서 즐길 마음의 여유도 없었다. 파도가 밀려와 잠옷을 적시기 시작했을 때 나는 아래를 내려다보았다.

파도를 따라 이리저리 흔들리는 죽은 동물들이 내 눈앞에 펼쳐져 있었다. 소, 말, 닭, 염소…… 총독 소유의 낙인이 찍힌 가축들이 전부 물에 빠져 죽은 채로 만을 가득 메우고 있었다. 그 위로 벌써부터 까마귀들이 덤벼들었다.

파블로네가 이렇게 만들었다고? 도무지 믿을 수 없는 광경에 다리에서 스르르 힘이 풀렸다. 그때 거칠고 강한 손이 내 겨드랑이 밑으로 쑥 들어오더니 나를 인파 속으로 끌어내기 시작했다.

난데없이 주위가 소란스러워지며 여기저기서 고함과 비명 소리가 들려왔다. 총독의 호위병들이 사람들과 한데 뒤엉켜 있었다. 우중충한 색의 옷을 입은 주민들 사이에서 호위병들이 입은 파란색 튜닉은 더욱 선명한 빛을 띠었다. 나를 계속 잡아끄는 손을 뿌리치려고 해봤지만, 손아귀의 힘이 너무 강해 힘을 쓸 수가 없었다.

파블로였다. 어쩐지 하루 사이 더 나이 든 듯한 얼굴이었다. 파블로가 나를 옆구리에 끼고 달리기 시작했다. 다른 사람들도 도망치고 있었다.

나는 무슨 일인지 보려고 파블로의 어깨 너머로 목을 쭉 뺐다. 그리고 마치 시간이 멈춘 것처럼 그 모든 광경이 눈앞에 펼쳐졌다. 익사한 동물들이 둥둥 떠 있는 만, 모래사장에 떨어진 피, 채찍을 휘두르는 총독의 호위병들, 그리고 호위병들에게 떠밀려 호송용 수레에 올라타는 사람들.

차라리 아무것도 못 봤으면 싶어 눈을 질끈 감아버렸다. 하지만 검붉게 변한 바다가 눈꺼풀 뒤에서 자꾸만 아른거렸다.

마침내 가까이에서 아빠의 목소리가 들리고, 문이 열렸다. 파블로가 여전히 나를 옆구리에 낀 채 지도가 붙은 큰방을 지나 정리도 안 돼 있는 내 침대에 나를 내려놓자, 아빠의 손이 내 머리를 어루만졌다.

"이 망할 놈의 다리 때문에 쫓아갈 수가 있어야지."

"전 가볼게요. 놈들이 곧 들이닥칠 거예요."

"네가 그런 거야? 총독의 배를 불태운 게 설마……."

"배는 제가 그런 게 맞아요. 하지만 동물들은…… 그냥 풀어준 게 다였어요. 바다 쪽으로 몰지 않았다고요."

"그래, 네 말 믿는다. 미스 라와 펩도 심상치 않아 집 안에 가둬둬야 했었어. 계속 밖으로 나가려고 하더구나."

"진짜 가야 해요." 파블로가 문가로 성큼성큼 걸어가는 소리가 들렸다. 하지만 문이 열리기 전에 탕탕 문 두드리는 소리가 먼저 들렸다. 나는 일어나 앉았다.

"누구시죠?" 아빠의 목소리에 긴장한 기색이 역력했다.

대답은 들리지 않고, 다시 거칠게 문 두드리는 소리만 들려왔다.

"도망쳐!" 아빠가 낮게 소리쳤다. 파블로가 뒷문을 향해 급히 뛰어가다 의자에 부딪혔고, 곧이어 누군가 앞문을 세게 발로 차는 소리가 들렸다.

파란색 튜닉을 입은 호위병이 집 안으로 성큼성큼 걸어 들어왔다. 큰 키에 얼굴에는 흉터가 있고, 얼음같이 차가운 파란 눈에 눈썹이 짙은 남자였다. 그가 팔을 뒤로 뻗는 것과 동시에 손에 쥔 채찍이 크게 포물선을 그렸고, 나는 비명을 질렀다. '철썩!' 소리와 함께 채찍이 탁자를 내리치기 직전 파블로가 몸을 낮추며 고개를 돌렸다.

파블로가 호위병을 향해 덤벼들었다. 남자를 바닥에 쓰러뜨리고, 손에서 채찍을 뺏은 뒤 멀찍이 던져버렸다. 그리고 주먹을 쥐고 한 대 치려는 순간, 아빠가 파블로의 손을 잡았다.

"그만, 어서 가!"

파블로가 잠시 망설이는 듯하더니 앞문을 향해 튀어 나갔다. 경첩이 떨어져 문틀에 겨우 매달린 문짝이 서서히 집 안으로 기우는 중이었다. 그때 주름진 이마에 혹이 불룩하게 솟은 마샤 아주머니의 모습이 문 앞에 보였다. 파란색 튜닉을 입은 다른 호위병이 아주머니의 팔을 등 뒤에서 붙잡고 있었다.

파블로는 움찔했다. 바닥에 쓰러졌던 호위병이 다시 일어나 바닥에 피를 탁 뱉고는 허리띠에 걸렸던 수갑을 꺼내 들었다. 순순히 손을 내민 파블로의 손목에 수갑을 채우고는 파블로의 뺨을 있는 힘껏 갈겼다. 파블로는 얼굴만 살짝 찡그릴 뿐 반항하지 않았다.

붙잡혔던 팔이 풀리자마자 마샤 아주머니가 애원하기 시작했다. “제발요. 아직 어린애예요!”

“닥치시오!”

고개를 저으며 손끝을 깨무는 아주머니 앞으로 호위병이 수갑을 내밀었다.

“저희 엄마는 아무 짓도 안 했…….” 파블로가 말했다.

“우리는 명령에 따를 뿐이야.”

또 다른 호위병이 아빠의 팔을 등 뒤로 잡아 비틀었다.

“우리 아빠는 거기 간 적도 없어요. 저랑 같이 집에 있었어요.” 나는 앞으로 달려들었다.

“아이만 혼자 두고 갈 순 없소.” 아빠가 몸부림을 치며 말했지만, 누구도 신경 쓰지 않았다.

“제발요.” 나는 흐느껴 울었다. “잡아가지 마세요. 우리 아빠는 아무것도 안 했다고요. 제발 데려가지 마세요!”

호위병이 한 손을 번쩍 치켜들자, 아빠가 소리쳤다. “이사벨라, 안 돼!”

떠밀려 집 밖으로 걸어 나가는 세 사람을 보며, 나는 뒤로 물러섰다. 파블로에게는 호위병이 둘이나 달라붙었지만, 아주머니가 붙잡힌 이상 파블로가 혼자 달아날 리는 없었다.

몸에서 힘이 빠지고 어떤 말도 할 수가 없었다. 뭔가 해야 할 것 같았지만, 달리 방법이 떠오르지 않았다. 호위병들이 세 사람을 호송용 수레에 밀어 넣었다. 아빠가 수레에 올라타며 얼굴을 찡그리는 걸 보고, 나는 얼른 집 안으로 달려갔다. 벽에 세워져 있던 지팡이를 가져다가 창살 사이로 건네주었다.

하지만 제일 처음 집 안으로 들어왔던, 파란 눈의 호위병이 그걸 보았다. 그는 아빠의 손에서 지팡이를 빼앗더니 그대로 자기 무릎에 대고 꺾어버렸다. 지팡이가 두 동강 나면서 나뭇조각들이 바닥에 떨어졌다. 내가 바닥에 주저앉아 조각을 줍는 사이, 수레는 빠르게 언덕을 내려가기 시작했다.

⁂

혼자 뭘 어떡해야 할지 알 수가 없었다. 아직도 집 안에서는 탄내가 진동했고, 나는 부러진 지팡이를 손에 든 채 침대에 주저앉아 울었다. 어찌나 많이 울었던지 온몸이 쑤시고 눈이 퉁퉁 부어올랐다. 가슴에 커다란 구멍이 뚫린 기분이었다. 한참을 더 그렇게 앉아 있으려니 서재에서 펩의 애처로운 울음소리가 들려왔다.

펩은 다시 원래대로 돌아와 내 다리에 몸을 비벼댔다. 미스 라도 닭장 문을 열어주니, 내 손을 콕콕 쪼는 모습이 훨씬 진정된 듯 보였다. 나는 펩과 미스 라에게 먹이를 준 뒤, 뒤뜰로 나갔다. 집이 무섭도록 조용해 견딜 수가 없어서였다. 심지어 늘 부스럭대던 지도조차 오늘은 말을 걸지 않았다.

사방에는 아직도 연기가 자욱했다. 나는 부러진 날개처럼 돛과 돛대가 기울어져 있던 배의 모습을 떠올렸다. 총독이 그토록 화를 낸 건 다 그 배 때문이었다. 항구에 모인 사람들을 죄다 잡아간 것도, 파블로, 마샤 아주머니, 아빠를 체포해 간 것도 그래서였다. 총독에게는 죽은 여자애보다 자신의 불타버린 배가 더 중요했다.

펩이 나를 따라 밖으로 나왔다. 펩이 파리를 쫓는 걸 멍하니 지켜보는데, 배에서 꼬르륵 소리가 났다. 나는 마당의 나무에서 오렌지 하나를 따 들고 안으로 들어왔다. 서재를 향해 반쯤 걸어갔을 때 문 쪽에서 흔들리는 뭔가를 발견했다. 부서진 나무 문 틈새에 쪽지가 끼워져 있었다.

잉크가 번진 건 물론이고, 채 마르기도 전에 종이를 접어 문장 위로 다른 문장이 흐릿하게 찍혀 있는 걸 보니 매우 서둘렀던 모양이었다. 루페가 직접 쓴 편지를 보니, 목구멍에서 뭔가가 울컥 올라오는 기분이었다.

이사,

네가 이 편지를 꼭 찾았기를 바라. 난 아도리의 성을 이어받은 모두가 전부 겁쟁이는 아니라는 걸 너한테 보여주고 싶어.

난 썩지 않았다는 걸 보여줄 거야.

숲으로 들어가 캐타를 죽인 놈을 직접 찾아내겠어. 내가 무사히 돌아온다면 그땐 우리가 다시 친구로 지낼 수도 있겠지.

키스를 보내며,<br>사랑하는 친구, 루페가.

추신: 화분 밑을 살펴봐. 그걸 네가 대신 좀 맡아줬으면 해.

주위를 둘러봤지만, 루페의 모습은 어디에도 보이지 않았다.

그때 그 말은 진심이 아니었는데. 땅바닥을 자세히 살펴보니, 말발굽 자국이 숲 쪽으로 이어져 있었다. 루페가 말을 타고 간 모양이었다. 그 말은 총독의 가축이 전부 물에 빠져 죽은 건 아니라는 뜻이었다.

어떤 희미한 소리가 귓속에서 울리더니, 멀리서 철썩이는 파도 소리, 지붕 위에서 퍼덕대는 까마귀의 날갯소리, 거친 내 숨소리, 이런 소음들보다 점점 더 크게 들려오기 시작했다. 루페는 얼마나 멀리 간 걸까? 울음을 참으며 몇 시간 동안이나 뒤뜰에 나와 있었는데 왜 루페가 온 걸 알아차리지 못했을까?

나는 떨리는 손으로 문을 열고 화분을 들어 올렸다. 그리고 그 밑에서 두꺼운 체인을 집어 들었다. 루페의 로켓이었다.

이제는 윙윙대는 울림이 내 귀를 가득 채우고 있었다.

'난 썩지 않았다는 걸 보여줄 거야.'

이게 다 나 때문이었다. 그러니 내가 바로잡아야 했다.

# 7장

나는 덜렁거리는 문을 최대한 조심스럽게 밀어 대충 고정해 놓았다. 내 앞에 놓인 문제들이 마구 엉킨 실타래 같아 어디서부터 손을 대야 할지 막막하기만 했다.

일단 제일 급한 건 루페를 뒤쫓는 일이었다. 그러려면 나도 말이 필요한데, 어디에서 말을 구해야 할지 방법이 떠오르질 않았다. 그건 그렇고 캐타에게 그런 일이 있었으니, 여자애가 숲 근처에서 혼자 돌아다니는 걸 본다면 누구라도 나를 막아 세울 게 분명했다. 어쩌면 루페도 누군가에게 제지당했는지도 모르고……. 나는 깊이 숨을 들이마셨다. 루페는 아직 멀리 가지 못했을 거야. 호박단 드레스를 입고, 툭하면 웃는 루페가 숲을 지나 잊힌 땅까지 간다는 건 말도 안 되는 일이라고 생각했다.

펩이 어슬렁어슬렁 걸어오더니, 축 늘어진 내 손에 자기 머리를 비벼댔다.

"펩, 나 어떡하지? 어떻게 하면 이걸 바로잡을 수 있을까?"

펩은 내가 자기 등을 쓰다듬을 때까지 계속해서 내 손을 발로 긁어댔다. 공중에 둥둥 떠다니는 펩의 적갈색 털을 보니, 뭔가 방법이 생각날 듯했다. 등을 쓰다듬다 말고 가만히 있자, 펩이 머리로 나를 툭 건드렸다. 썩 마음에 들진 않았지만, 딱히 더 좋은 생각이 떠오르는 것도 아니어서 나는 자리에서 일어나 부엌으로 갔다.

부엌 닭장에서는 미스 라가 잠을 자고 있었다. 칼을 들고 내 방으로 갔다. 그리고 땋아 내린 머리를 손으로 두 번 감아 팽팽하게 잡아당겼다. 칼을 머리카락에 대고 톱질하듯 문지르기 시작하자, 몇 가닥은 칼이 닿기도 전에 끊어져 옆으로 삐져나왔다. 머리끝이 어찌나 아픈지 눈앞에서 불꽃이 튀는 것만 같았다.

마침내 머리카락 뭉치가 바닥에 툭 떨어졌다. 머리가 가벼워지며 현기증이 일었다. 좀 더 남자 머리처럼 보이도록 남은 머리카락을 더 잘랐다.

방 한구석에는 가보의 물건이 담긴 나무 장롱이 있었다. 힘을 주어 덮개를 밀어 올렸더니 벽에 부딪치며 먼지구름이 뽀얗게 일었다.

나는 기침을 하면서 가보의 빛바랜 면 튜닉과 바지를 꺼내 재빨리 몸에 걸쳤다. 위쪽에 놓였던 재킷도 끄집어냈다. 옷들이 농에 들어간 후로 꽤 긴 시간이 흘렀기에 시간의 길이만큼 소매도 발목도 댕강 올라가 있었다. 나는 깊이 숨을 들이마시고, 어루쇠를 들여다보았다.

가보가 휘둥그레진 눈을 깜빡거리며 나를 보고 있었다. 그리고 잠시 뒤, 다시 사라졌다. 나는 가슴이 뛰고 입이 바짝 말라 고개를 돌려버렸다. 아빠의 부러진 지팡이가 가보의 침대 위에서 특이한 빛을 발하며 놓여 있었다.

어쩌면 쓸모가 있을 수도 있겠다 싶어 그중 가장 긴 토막을 골라 헌 옷으로 감쌌다. 루페의 편지를 주머니에 넣고, 로켓은 목에 걸었다. '루페, 내가 곧 갈게.'

겉창이 닫힌 서재는 어두웠다. 양초 두 개에 불을 붙이니, 어둠 속에 환한 띠가 생겼다. 루페를 찾으러 가는 거긴 하지만, 잊힌 땅을 지도로 그릴 좋은 기회를 놓치고 싶지 않았다.

책이 들어 있던 아빠의 가방을 전부 비운 뒤, 지도를 그릴 때 쓰는 도구들을 챙기기 시작했다. 잉크, 깃펜, 종이, 마일을 표시하는 가죽 패드, 나침반, 찢어진 신발이나 지도를 붙일 때 쓰는 용혈수 수액, 휴대용 물병 두 개. 그리고 아빠가 아프릭에서 사 온 칼도 집어넣었다. 납작하고 구부러진 칼날에 끝이 톱니처럼 생긴 칼이었다.

마지막으로 벽에 걸려 있던 엄마의 조야 지도를 조심스럽게 떼어냈다. 지도를 단단히 말아 부드러운 천으로 감쌌다. 그리고 부러진 지팡이 옆에 나란히 잘 집어넣었다. 무거워진 가방을 들고 다시 큰방으로 갔다. 펩이 긴 나무 의자에 앉아 있었다.

"내 말 잘 들어, 펩." 펩이 배를 문질러 달라며 내 앞에 배를 드러내고 누웠다. 고양이에게 사태의 심각성을 깨닫게 하는 건 무리일 것 같았다. "한동안 너 혼자 지내야 해. 가기 전에 그릇에 물도 잔뜩 떠놓고 뒷문도 열어놓고 갈 테니, 혼자서도 잘 있어야 해. 알겠지?"

괜찮겠지 싶으면서도 자꾸 눈물이 차올랐다. 원래 길고양이였던 녀석을 데려와 키운 지 2년이 지났지만, 펩은 지금도 쥐나 까마귀를 잘 잡았다. 배를 문질러줄 기미가 안 보이자, 펩은 하품을 하고는 탁자에서 뛰어내려 부서진 앞문 틈 사이로 슬며시 빠져나갔다.

"그럼, 잘 있어." 나는 힘없이 말했다.

먼저 휴대용 물병에 물을 채운 뒤, 부엌에 있는 그릇마다 물과 먹을 걸 담았다. 그리고 뒷문에 받침대를 괴어 문도 열어두었다. 바람이 들어와 졸고 있던 닭의 깃털을 건드리자, 미스 라가 잠에서 깨어 닭장의 빗장을 쪼기 시작했다. 닭장 문을 막 열려던 참인데, 누군가 세게 문을 두드렸고, 그 바람에 문이 덜컹 내려앉았다. 한 번 더 두드리자 이번에는 쾅 소리와 함께 문이 아예 바닥으로 쓰러지고 말았다.

문가에 남자 둘이 서 있었다.

"문은 미안하구나." 별로 미안해하지 않는 목소리로 한 사람이 말했다. "우리가 처음 왔을 때부터 그랬어."

아직 목소리까지는 연습을 못 한 탓에 나는 말없이 고개만 끄덕였다.

"이 집 아들이구나. 엄마 안에 계시니?" 다른 남자가 친절한 목소리로 물었다.

나는 고개를 저었다.

“그러니까, 딱히 뭘 괴롭히려는 건 아니고. 그저 집집마다 닭을 좀 공출 받는 중이거든.”

“닭은 왜요?”

“총독께서 곧 원정을 떠나실 건데…….” 한 사람이 입을 열었다.

“보급품이 필요해. 공식 업무차 가시는 거라.” 다른 사람이 얼른 말을 잘랐다.

“원정이라고요?”

“그분 따님이 실종됐거든. 루페라고.”

루페의 이름을 듣는 순간 속이 울렁거렸다. 총독도 루페가 사라진 걸 알고 찾아 나설 준비를 하고 있구나.

“저흰 닭 없어요.” 나는 일부러 목쉰 소리를 냈다.

말이 끝나기 무섭게 미스 라가 요란하게 꼬꼬댁거리며 울었다.

그 소리를 듣고 남자가 나를 거칠게 밀며 부엌으로 들어갔고, 좀 더 친절한 말투의 남자가 내게 미안하다는 듯 웃었다. “아도리 총독님의 명령이야. 잠깐만…….” 그는 지도로 덮인 벽과 탁자를 보더니 얼굴을 찡그렸다. “혹시 여기, 지도 제작자 집이야? 데달로에 갇힌 그 남자?”

나는 고개를 끄덕였다. “우리 아버지세요.”

"아." 부엌에서 닭장의 빗장이 열리는 소리가 들렸고, 남자는 목소리를 낮추며 물었다. "너도 들었니?"

"듣다니, 뭘요?"

"네 아버지가……."

"가세." 부엌에 들어갔던 남자가 미스 라를 안고 나왔다. 미스 라는 잔뜩 성난 얼굴로 나를 보고 있었다.

"저희 아버지가 뭐요?" 가슴이 내려앉는 것만 같았다.

"너희 닭은 살살 다뤄줄 테니, 걱정하지 마." 남자의 목소리는 계속 친절했지만, 내 질문은 못 들은 척하며 두 팔로 미스 라를 조심스럽게 안아 들었다.

"요리사도 그럴 거라고는 장담 못 해." 다른 남자가 코웃음 치며 말했다.

"그만해!"

하지만 나는 정신이 멍해져 이미 다른 말은 귀에 들어오지도 않았다. 남자는 아빠에 관해 무슨 얘길 하려던 걸까?

남자들이 떠난 뒤, 나는 지도가 속삭이는 방에 혼자 남아 열심히 머리를 굴렸다.

원정대는 닭을 충분히 확보해야 출발할 것이다.

그렇다면 내가 닭들보다 먼저 총독의 집에 간다면 원정대를 따라갈 수도 있지 않을까?

⁂

늦은 오후의 햇살이 총독의 저택 위로 쏟아지고 있었다. 현무암 결정에 반사된 빛이 춤추듯 일렁여 집은 마치 신기루처럼 보였다.

엄마가 돌아가신 지 얼마 되지 않은 어느 밤이었다. 아빠는 나와 가보를 데리고 바닷가 절벽으로 갔고, 우리는 그곳에 나란히 앉아 달빛을 받은 저택을 한참 동안 바라보다 돌아온 적이 있었다. 그때 아빠는 이렇게 말했었다.

'땅속 불 때문에 생기는 암석에는 두 종류가 있어. 하나는 밝은색을 띠는 화강암이지. 그리고 화강암한테는 너희 둘처럼 쌍둥이 형제가 하나 있는데, 색깔만 검은색으로 달라. 그 암석 이름은 "가브로(반려암. 현무암질 마그마가 지하에서 굳어서 생성된 화성암을 가리킴-옮긴이)"라고 해.' 그 후로 한동안 나는 가보를 '가브로'라고 부르곤 했다. 가보는 그걸 질색하며 싫어했었는데.

묵직한 가방의 무게를 느끼며 생각에 잠겨 걷다 보니, 반짝이는 유리창이 보일 만큼 가까운 곳에 와 있었다(저택의 커다란 창에는 그로메라의 해변에서 채취한 모래를 녹여 만든 유리가 끼워져 있었다). 정면 한쪽 방에 사람들이 모여 있었다. 열린 창문을 통해 사람들의 목소리가 흘러나왔다. 검은색 나무 문 옆에는 경비원이 둘이나 지키고 있었다. 경비원들이 나를 들여보내주지 않으면 어쩌지? 미처 생각지 못한 부분이었다.

나는 기다시피 창 바로 아래까지 다가갔다.

"이건 시간만 낭비하는 거라고요. 지금 당장 찾아 나서야 합니다!"

"시간 낭비가 아니에요. 미리 계획을 세우고……."

"……따님의 안전을 어떻게 확신합니까?"

"……무모한 행동이에요. 어디로 간 줄 알고……?"

나는 주머니에서 루페의 편지를 꺼내 위와 아래를 찢어 이런 내용만 남게 했다.

숲으로 들어가 캐타를 죽인 놈을 직접 찾아내겠어. 내가 무사히 돌아온다면 그땐 우리가 다시 친구로 지낼 수도 있겠지.

키스를 보내며,
사랑하는 친구, 루페가.

안을 들여다보니, 방 안에는 파란 튜닉을 입은 호위병들이 열두 명쯤 모여 있었다. 화려하게 조각된, 커다란 탁자에 빙 둘러 앉아 창 쪽을 보는 사람은 아무도 없었다.

나는 재고 말고 할 것도 없이 열린 창 너머로 가방을 밀어 넣고 안으로 몸을 날렸다.

# 8장

열린 창을 괴고 있던 게 뭔지는 모르지만, 내가 바닥에 떨어지자마자 창문이 '쾅'하고 닫힌 걸 보면 내가 그걸 건드린 게 틀림없었다. 사람들이 동시에 나를 향해 고개를 돌렸다. 불현듯 방 안이 조용해졌고, 나는 시커먼 동굴 앞에 선 것처럼 덜컥 겁이 났다.

"넌 누구냐?" 마침내 누군가 입을 열었다.

말이 쉽게 나오질 않았다. 나는 서둘러 무릎을 꿇고 바닥만 내려다보았다. 바닥에는 사냥 장면을 묘사한 카펫이 깔려 있었다. 하필 내 무릎이 날고 있는 백조의 목 부위를 누르고 있어 나는 무릎을 살짝 옆으로 움직였다.

"저……."

"방금 저 창문으로 들어온 거냐?" 다른 남자가 물었다.

방 뒤편에 서 있던 남자가 과장된 몸짓으로 두 팔을 번쩍 치켜들며 말했다. "말을 하라고! 누구냐니까?"

"창문을 넘어 들어온 게 확실합니다."

"저, 이걸 보여드리려고요." 나는 겨우 입을 뗀 뒤, 주머니에서 구겨진 편지를 꺼냈다. "루페가 보낸 편지예요."

모두가 숨죽인 채 나만 쳐다보고 있었다.

"설마 장난치는 건 아니겠지, 소년?" 나지막하고 신중한 목소리였다.

순간 엉뚱하게도 그게 아빠 목소리일지도 모른다고 나는 생각했다. 하지만 사람들이 옆으로 물러서자, 그 목소리의 주인은 다름 아닌 총독이었다. 목이 조여 오고, 심장이 어찌나 쿵쾅거리는지 내 심장 뛰는 소리가 총독의 귀에까지 들릴 것만 같았다.

총독은 화려하게 조각된 탁자의 상석에 앉아 있었다. 그의 앞에는 종이들이 펼쳐져 있었고, 얼굴색은 이 집만큼이나 검고 어두웠다. 그가 자리에서 일어서는 걸 보고 나는 얼른 머리를 숙였다. 좁은 마차에서 그와 마주 앉았던 게 불과 며칠 전이었다. 짧은 시간이었고, 그가 나를 거들떠보지도 않았던 데에 희망을 거는 수밖에 없었다.

"장난치는 건 아니냐고 물었다."

"아, 아닙니다."

"내 딸이 왜 너에게 편지를 남겼지?" 낮은 목소리가 이제는 더 가까이에서 들렸다. 조금 전에 자른 목뒤 머리카락이 쭈뼛거리는 기분이었다. 나는 다시 그의 허리춤에서 반짝이는 금색, 은색 열쇠 꾸러미만 쳐다보았다. "아버지인 내가 아니라? 내가 말을 할 때는 고개를 들어라."

나는 시키는 대로 했다. 순간 총독의 눈빛이 뭔가를 알아본 듯했지만, 그런 기색은 금세 다시 사라졌다. 나는 쪽지를 내밀었다.

총독은 그걸 유심히 들여다보다가 고개를 들었다. “내 딸이 왜 너에게 이런 걸 썼지?” 총독은 눈을 가늘게 뜨고 조금 전 질문을 반복했다.

“그건 제 누이인 이사벨라에게 보낸 겁니다.” 루페가 남자아이와 친구로 지낸다고 하면 분명 총독이 싫어할 것 같아 나는 이렇게 둘러댔다. “둘은 같은 반 친구 사이예요.” 나는 최대한 사실에 가깝게 말해야겠다고 생각했다.

“그러면 루페가 이걸 직접 너한테 줬다는 거냐?”

“아니요, 네. 그러니까, 제 말은 그 쪽지를 남기고 사라졌다는 뜻입니다. 쪽지를 발견하고 곧장 여기로 왔습니다.”

“진짜 루페가 썼다는 걸 어떻게 확신하지?” 누군가 거드름 피우는 목소리로 말했다. “따님이 왜 하필 다른 사람도 아닌, 이 소년의 누이에게 그런 쪽지를 남겼겠습니까?”

“넌 누구냐?” 총독은 남자의 말을 무시한 채 느릿한 말투로 물었다.

“가보 리오스라고 합니다. 지도 제작자의 아들입니다.”

총독의 눈썹이 위로 올라갔다. “자기 분수도 모르고 고상한 체하는 그 인간 말이로군.”

“이제는 자기 분수를 제대로 알았을 겁니다. 저 아래 데달로에 서요.”

누군가의 빈정거리는 소리에 사람들이 다 같이 웃었다. 나는 아도리 총독에게서 시선을 떼지 않았다. 그는 쪽지를 보며 뭔가를 생각하는 눈치였다.

"이건 루페 글씨가 맞아." 총독은 단호하게 말했다. "적어도 붙잡혀 간 건 아니라는 뜻이니, 그나마 다행이군. 하지만 여기서 시간을 너무 많이 허비했어. 말은 몇 마리나 구했지, 바스케스?"

"아홉 마립니다." 바스케스가 말했다.

"겨우 아홉?" 총독이 버럭 소리를 질렀다. "그걸로는 턱 없이 모자라! 지금 내 딸이 실종됐다고. 대규모 수색대를 꾸려도 모자랄 판에!"

"총독님, 전부 모아온 게 그겁니다." 바스케스가 조심스럽게 말했다. "항구를 포함해…… 총독님 소유가 아닌 게 없으니까요."

총독은 혼잣말을 하고 주먹을 쥐었다 폈다 하며 우리에 갇힌 짐승처럼 왔다 갔다 했다. 마침내 그가 말했다. "어쩔 수 없지. 아홉 명으로 출발하겠다."

"마부 소년도 데려가야 합니다. 말들이 아직 겁을 먹은 상태라서요." 아빠를 잡아갔던 호위병인 걸 확인하고 나는 움찔했다. "말을 잘 다룰 줄 아는 사람이 필요합니다."

파블로 얘기였다. 파블로를 보게 될 거라는 생각에 조금은 마음이 놓였다.

아도리 총독이 손바닥으로 벽을 '탁' 쳤다. "뭔 문제가 이렇게 많아! 왜 자꾸 답답한 소리만 하고 있는 거지, 마르케스? 내 딸이 사라졌는데!”

영원히 사라진 캐타 생각에 나는 가슴이 아팠다.

“그리고 이 소년의 아비도 데려가야 합니다.” 바스케스는 총독의 화내는 모습에 익숙한 듯 차분하게 말했다. “길잡이도 없이 길을 나서는 건 위험합니다. 마실 물이나 쉴 곳도 찾아야 하고, 몸을 피할 곳도 필요합니다.”

나는 재빨리 머리를 굴리며 깊이 숨을 들이마셨다. 아빠는 잊힌 땅에 갈 수 없었다. 불편한 다리로 말을 타는 건 무리였다.

“그럴 줄 알고 아버지가 쓰던 도구들을 가지고 왔습니다.” 나는 가방을 들어 올렸다.

“그 절름발이가? 말을 탄다고?” 마르케스가 코웃음을 쳤다. 얼굴에 파블로에게 맞아 생긴 멍이 시퍼렇게 남아 있는 걸 보니 그렇게 고소할 수가 없었다.

“다른 대안이라도 있나? 아니면 잊힌 땅에서 길을 잃고 헤매자는 건가?” 아도리 총독이 쏘아붙였다.

“제가 할 수 있습니다.” 나는 큰 소리로 말했다.

“뭐라고?” 총독이 말했다.

“길 안내, 저도 할 수 있다고요.” 방 안에 누구도 선뜻 입을 열지 못하는 걸 보고 나는 자신을 얻었다. “훨씬 쓸모 있을 겁니다. 그러니까 제 말은, 다리가 불편한 저희 아버지보다는 말이죠. 그리고 제게는 지도도 있습니다. 잊힌 땅의 옛 지도인데, 폐쇄……,

아니 잊힌 땅이 되기 전에 만들어진 것입니다.” 나는 어설프게 말을 맺었다.

총독이 손가락을 들어 올리자 방 안이 조용해졌다. 딱정벌레처럼 까만 그의 눈이 내 눈을 뚫어져라 응시했다.

“지도를 읽을 수 있나, 소년? 그릴 줄도 알고?”

“할 수 있습니다. 아버지에게 배웠거든요.”

“이 자리에서 증명해봐.” 총독이 손가락을 탁 튕기자 뒤에서 사람들이 움직이더니, 작은 책상과 의자를 앞으로 가지고 나왔다. 내 뒤에 의자를 밀어 넣고, 책상 앞에는 잉크와 종이 한 장을 내려놓았다. “들판을 가로질러 왔겠지?”

“그렇습니다.”

“지도를 그릴 수 있다면, 현재 별들의 위치도 알 테지.”

아빠가 제일 먼저 가르쳐줬던 게 바로 별들의 위치를 파악하는 거였다. ‘별을 활용한 지도는 초창기 때부터 만들어졌으면서, 또 가장 정확하기도 해. 별은 아주 높은 곳에서 우릴 내려다보는 셈이니까, 나침반보다 더 확실하게 현재의 위치를 알려주지. 별 읽는 법을 배우면 길을 잃는 일은 절대 없을 거야.’

“그럼, 여기서부터 광장까지 가는 길을 지도로 그려봐라. 정확한 축척으로 건물과 들판의 경계를 표시하고, 북쪽의 위치, 풍향, 걸었을 때와 말을 타고 갈 때 예상되는 이동 시간까지 모두 기록해. 자, 시작해. 어서.”

총독이 성큼성큼 걸어 탁자로 돌아가자, 사람들이 내 주위로 몰려와 내가 하는 걸 지켜보았다. 총독이 시킨 것 중 일부는 지도 제작자가 아닌 항해사가 하는 일이었다. 하지만 아빠라면 그 정도쯤은 쉽게 해낼 터였다. 심지어 캄캄한 데달로 안에서도. 나는 갈대 펜을 집어 들고, 눈을 감았다. 눈꺼풀 위로 방금 왔던 길을 되짚어보았다. 춤추듯 움직이는 밤하늘 위로 별들이 각각 자기 자리에 위치를 잡았다. 눈을 뜨고 그걸 그리기 시작했다.

총독이 다시 입을 열었다. "바스케스, 내가 자리를 비운 동안 자네가 총독 대리를 맡게."

"대단한 영광입니다" 바스케스가 히죽 웃었다.

"각하, 자리를 지키시는 게 낫지 않을까요?" 마르케스가 말했다. "지금처럼 불안한 상황에서 바스케스가 그로메라를 잘 통제할 수 있을지 저로서는 의문……."

"불안한 상황이라고?" 총독이 싸늘하게 말했다. "평소 분란을 일으키던 인간들은 전부 잡아들였다. 그런 놈들이 더 있다면 바스케스가 잡아다 가두면 될 일이고. 지금 내 판단을 의심하는 건가, 마르케스?"

"물론 아닙니다." 그가 큰 소리로 대답했다.

"내가 뒷짐 지고 있을 거라고 생각했나?" 총독의 목소리가 점점 높아졌다.

"전 단지 거정돼서…… "

"그만. 걱정 따윈 집어치우고, 자넨 그냥 내가 시키는 대로만 해. 알아듣겠어?"

마르케스가 고개를 끄덕인 듯했고, 이후로는 말을 하거나 이의를 제기하는 사람이 아무도 없었다. 타바이바 나무줄기처럼 내 손 밑에서 길들이 사방으로 뻗어나가기 시작했다. 집들은 검은색 작은 꽃봉오리가 되고, 들판의 경계는 가지가 되었다. 따뜻한 바람이 구불구불 휘어지며 남동쪽 바다로 불어나갔던 것을 떠올리며, 바람이 지나는 길을 점선으로 표시했다.

이제 막 얽히고설킨 별자리들을 그리기 시작했는데, 총독이 다시 말을 걸어왔다. "아직인가, 소년?"

서둘러 귀퉁이에 추정 시간을 쓰자마자 총독이 종이를 휙 낚아챘다. 그는 냉랭한 눈으로 지도를 유심히 보더니 말했다. "마르케스, 페르디난드를 불러와."

마르케스가 나가자, 총독이 나를 내려다봤다.

"말은 탈 수 있나?"

"네."

"명령을 따를 수 있겠나? 말해야 할 때와 침묵해야 할 때 정도는 알고 있겠지?"

나는 그렇다는 걸 보여주기 위해 힘차게 고개를 끄덕거렸다.

총독이 미간을 찌푸리며 무게중심을 발뒤꿈치로 옮겼다.

"몇 살이지?"

미처 예상하지 못했던 질문이었다. 열세 살이라고 사실대로 말하려다가 루페도 열세 살이라는 데 생각이 미쳤다. 내가 진짜 나이를 말하면 총독은 분명 자기 딸을 떠올릴 테고, 그러면 나를 데려가지 않을 수도 있었다. 파블로는 열다섯 살인데, 성인 남성과 맞먹을 정도로 키가 크고 체격도 좋았다. 그 중간쯤이 제일 나을 것 같았다.

"열네 살입니다."

"열네 살치곤 몸집이 작군." 마르케스가 지적하듯 말했지만, 총독은 고개를 끄덕였다.

"어차피 지도 제작자를 데리고 가는 건 썩 내키지 않았어. 나이도 많은 데다가 고분고분하지도 않고, 그 다리도 걸리적거릴 게 분명하니까." 총독은 뒤돌아서며 말했다. "대신 널 데려가겠다."

나는 믿을 수가 없었다. "그렇다면 혹시 저희 아버지를 풀어주실 수도……?"

"네 운을 두 번 시험하지 않는 게 좋을 거다, 소년." 총독의 목소리에 등골이 오싹해졌다. "네가 나를 실망시키지 않는다면, 네 아비 일은 그때 가서 생각해보겠다."

문이 열리고 방 안으로 들어선 남자는 미스 라를 데려갔던 그 친절한 호위병이었다.

"페르디난드를 따라가 마부 소년을 데리고 와라. 그런 다음 같이 말에 안장을 얹어 준비시켜." 총독은 페르디난드를 돌아보며 말했다. "둘을 잘 감시해. 허튼수작이라도 부리면 당장 데달로에 처넣어 버리고. 그리고 루이스를 이리로 보내. 함께 갈 생각이니까. 아, 그리고 페르디난드?"

"말씀하십시오, 각하."

"지도 제작자와는 마주치지 않도록 하는 게 좋을 거야. 저 아래에서 무슨 난리를 피울지 모르니."

"네, 알겠습니다. 가자, 얘야."

그가 이끄는 대로 방에서 나와 어두운 복도로 접어들자, 목소리들이 파도처럼 밀려오기 시작했다. 내가 해냈어. 잊힌 땅으로 가게 됐어.

나는 페르디난드를 따라 복도를 걸어갔다. "왜 여기 올 거라고 말하지 않았어, 어? 태워줄 수도 있었잖아."

그는 나를 안심시키려는 듯 편하게 대해주었지만, 그래도 신경이 잔뜩 곤두서는 건 어쩔 수가 없었다. 총독의 저택은 어찌나 넓은지 끝이 보이질 않았고, 바닥에는 두꺼운 융단이 깔려 있어 걸을 때마다 발이 푹푹 빠졌다.

집 안 곳곳이 총독을 상징하는 파란색으로 꾸며져 있었다. 심지어는 천장도 하늘처럼 파란색이었다. 귀한 염료를 이렇게 허비하다니. 아빠는 지도에 바다를 그려 넣을 때도 파란색 염료를 아끼느라 조금씩 사용하곤 했었는데, 여기에는 아프릭 강이 있는 아주 큰 지도를 그리고도 남을 만큼 파란색 염료가 아주 많았다. 그리고 벽에는 근엄한 얼굴의 초상화와 배를 그린 그림들이 빼곡하게 걸려 있었다. 촛대는 또 어찌나 많은지, 주위에 사람이 없는데도 촛농을 뚝뚝 떨구며 촛불이 환하게 타오르고 있었다.

마침내 십자로처럼 복도와 복도가 서로 만나는 어떤 지점에 이르렀다. 그 중앙 바닥에는 커다란 금속 자물쇠가 달린 문이 있었다. 데달로로 들어가는 입구였다. 그걸 보고 나는 침을 꿀꺽 삼켰다.

경비원 하나가 문을 지키며 서 있었다. 우리가 다가가자, 그는 얼굴을 찌푸렸다.

"무슨 일이야?"

"루이스, 총독님께서 찾으셔. 응접실로 가봐." 페르디난드가 퉁명스럽게 말했다.

남자는 아무 말 없이 자리를 떠났다. 대꾸도 질문도 없이 명령에 따르는 게 어쩐지 이상하다고 나는 생각했다.

페르디난드는 허리띠에서 열쇠 하나를 꺼내더니 문 앞에 웅크리고 앉았다. 자물쇠에 열쇠를 끼워 힘껏 돌리니, 열쇠가 천천히 돌아갔다. 빗장이 요란한 소리를 내면서 움직였다.

목에 핏줄이 설 정도로 힘을 주어 문을 들어 올리자 삐걱 소리와 함께 내부가 보이기 시작했다. 페르디난드가 반쯤 열린 문에서 손을 떼자, 무시무시한 쿵 소리와 함께 문이 바닥을 때렸다. 입구 아래에서 축축한 기운과 뭔가가 썩는 듯한 이상한 냄새가 올라왔다. 페르디난드가 들고 있는 희미한 램프 아래로 돌계단이 칠흑 같은 어둠을 향해 이어진 것을 볼 수 있었다. 보기만 해도 머리가 어질어질해지는 광경이었다.

그는 처음 몇 계단을 아주 조심스럽게 내려가더니, 뒤늦게 내가 있다는 걸 떠올린 것 같았다. 걸음을 멈추고 다시 올라오더니 허리춤에서 쇠사슬을 꺼냈다.

"어이쿠, 깜빡했지 뭐야." 그는 쇠사슬을 내밀며 말했다.

그는 내 손목을 묶고, 묵직한 탁자 옆 벽에 박힌 못에 사슬을 고정했다. 얼마나 많은 사람이 데달로로 내려가기 전 여기 손이 묶인 채 붙잡혀 있었을까? 그런 생각으로 몸이 부르르 떨렸다.

페르디난드가 저 아래, 아빠가 있는 어딘가로 내려갈수록 램프 불빛은 점점 흐릿해지더니 이제는 아예 보이지 않게 되었다.

주위를 둘러보았다. 탁자 위쪽의 뭔가가 내 시선을 사로잡았다.

커다란 나비 한 마리가 날개를 펴고 하늘색 벽에 앉아 있었다. 끝이 검고, 무지갯빛 보라색 날개를 가진 나비였다. 그렇게 크고 화려한 색깔의 나비는 한 번도 본 적이 없었다. 나는 너무 빨리 다가가면 나비가 날아갈까 봐 서서히 몸을 앞으로 기울였다.

내 숨결에 날개가 흔들릴 정도로 가까이 다가간 후에야 그게 가슴에 핀이 박힌 채 유리 안에 박제된 나비라는 걸 알게 되었다.

# 9장

탁자 다리에 기대어 있으니, 마침내 파블로의 모습이 시야에 나타났다. 얼굴은 무척 지쳐 보였고 옷은 더러웠다. 손이 뒤로 묶인 채 발을 질질 끌며 걸었는데, 복도에 켜진 촛불을 보자 눈을 찡그렸다. 나를 보고 눈이 휘둥그레졌지만, 다행히 아무 말도 하지 않았다. 그리고 곧 뒤따라 나온 페르디난드가 내 손을 묶은 사슬을 풀어주었다.

우리는 입을 꾹 다물고 페르디난드를 따라갔다. 작은 안마당을 지나 마구간으로 가니, 말 아홉 마리가 한 줄로 늘어서 있었다. 평소 총독이 타거나 기르던 말들이 아니라는 걸 한눈에 알 수 있었다. 그중 한 마리는 누가 봐도 당나귀였다.

"너희 둘, 말썽 피우지 않는 게 좋을 거야. 금방 다시 올 거니까." 페르디난드는 또 다른 문을 가리켰다. 어디선가 요리하는 냄새가 풍겨왔다. "걱정 마! 너희 닭은 아니니까. 네 닭은 저기 상자들 중 어딘가에 들었어. 다른 닭을 어찌나 쪼아대는지, 상자 하나에 따로 넣을 수밖에 없었거든." 그가 나무로 된 상자 더미를 가리키며 말했다. 나는 얼굴을 찌푸렸다. 혼자든 아니든 미스라가 저렇게 좁은 상자 안에 갇히는 걸 좋아할 리 없었다.

"전부 싣도록 해." 페르디난드는 말을 향해 고갯짓하며 말했다.

파블로가 놀란 얼굴로 물었다. "닭들을 산 채로 가져간다고요?"

페르디난드는 어깨를 으쓱했다. "신선한 고기가 필요하니 산 채로 가져가야지. 다들 기다리고 계시니 서두르는 게 좋을 거야."

그는 파블로의 손을 풀어주고 안으로 들어갔다.

나는 문이 닫히기가 무섭게 파블로를 향해 고개를 돌렸다. "우리 아빠, 괜찮으셔?"

"머리카락은 왜 자른 거야?"

"여기 오려고."

파블로는 콧방귀를 뀌고는 말했다. "나름 잘 어울리네."

"어울리고 말고는 상관없어. 우리 아빠는 어떠셔?"

파블로는 뜻 모를 표정을 짓고 있었다. "여긴 도대체 왜 온 거야?"

"우리 아빠 어떠냐니까?"

"잘 계셔. 고라스가 옆에서 보살펴 드리고 있어."

"마샤 아주머니는?"

"그런대로."

"진짜야?"

"너희 아버지는 괜찮으셔, 이사벨라. 넌 네 걱정이나 해."

파블로가 말들을 한 마리씩 안마당으로 끌어냈고, 나는 상자가 쌓여 있는 곳으로 가서 미스 라가 어디에 들었는지 찾기 시작했다.

"도대체 무슨 일이 있었던 거야? 어젯밤 동물들한테……?"

나의 말에 파블로는 발끈한 표정으로 고개를 돌렸다. "그 일은 우리랑 아무 상관도 없어!"

"나도 아는데, 어떻게 된 건지 혹시 봤나 해서……." 만에서 본 그 광경을 딱히 뭐라고 말해야 할지 모르겠고, 파블로를 화나게 하고 싶지도 않아 나는 말끝을 흐렸다. 파블로가 그렇게 화를 내는 모습은 본 적이 없었다.

"아니, 나도 못 봤어. 하지만 데달로에 있는 사람들 모두 그 얘기뿐이야. 다들 뭔가 안 좋은 일이라고 했어."

나는 코웃음을 쳤다. "그건 누가 봐도 안 좋은 일이잖아."

"아니, 그냥 안 좋은 정도가 아니라 훨씬 끔찍한 걸 말하는 거야." 파블로가 마른침을 꿀꺽 삼키며 말했다. "나쁜 징조라고. 동물들을 바다로 뛰어들게 할 만큼 두려운 존재가 이곳에 왔다는 뜻이래."

파블로는 꼭 자기 엄마처럼 말하고 있었다.

"고라스랑 밖에 있을 때, 뭐 본 건 없었어?"

이번에는 파블로가 코웃음 칠 차례였다. 파블로가 말에 안장을 얹기 시작했다. 한두 번 해본 솜씨가 아닌 듯 동작이 아주 자연스러웠다. "문제가 있었어. 그때 우리가 아무것도 볼 수 없었다는 거. 어둠 속에서 호위병들한테 포위당하는 바람에 도망치다가 벼랑에서 떨어질 뻔했다니까." 그러면서 파블로는 적갈색 말의 갈기에 얼굴을 묻은 채 말했다. "진짜 최악이었어."

"그리고 또 다른 건 없었어? 배에는 어떻게 들어갔고? 경비원이 지키고 있지 않았어?"

파블로는 고개를 홱 들었다. "내 계획은 그게 아니었어. 우린 그저 사람들 시선을 항구 쪽으로 돌리려고 했던 거였다고. 저택으로 달려갈 때까지만 해도 충분히 성공할 수 있을 줄 알았는데."

"성공하다니, 뭘?"

"총독을 잡는 일 말이야."

"총독을 '잡는다'고?"

"이거 도와줄 거야, 말 거야?"

파블로는 상자들을 줄로 묶어 말 등에 얹기 시작했다. 내가 두 팔로 겨우 들어 올린 상자를 파블로는 마치 장난감 다루듯 한 손으로 가져가버렸다.

"만약에 정말 '잡았다면' 어떻게 할 생각이었는데?"

"총독? 나도 몰라." 파블로는 거북한 듯 자세를 바꾸었다. "다들 화가 많이 나 있었어. 무척 흥분하기도 했고……. 그때 우리가 총독을 잡았다면 총독은 죽었을 거야, 아마도."

"그런다고 달라지는 건 아무것도 없어. 죽은 캐타는 다시 살아날 수 없다고."

"적어도 캐타 같은 희생자가 더 나오진 않겠지."

"루페가 사라졌어. 직접 범인을 잡겠다면서 숲으로 갔어." 내가 말했다.

파블로가 고개를 끄덕였다. "나도 들었어. 근데 난 왜 너까지 우리랑 같이 가려는지 모르겠어."

"내 잘못이니까."

"그때 말싸움했던 것 때문에 그래?"

"맞아." 나는 얼굴을 찌푸렸다. "만약 캐타를 죽인 그 범인, 잡게 되면 사람들이 죽이겠지?"

"응." 확신에 찬 대답에 나는 움찔했다. "이사벨라, 이건 절대 가볍게 생각할 일이 아니야. 캐타의 시신을 본 사람들 얘기가, 한 사람의 소행으로는 보이지 않았대."

자세히 알고 싶진 않았지만, 그렇다고 겁먹은 티를 내고 싶지도 않았다. "그게 무슨 소리야?"

"여럿이 동시에 캐타를 공격한 것 같다고 하더라고. 무리 지어 다니는 짐승이 아니었을까 싶어. 마치……." 파블로는 주저하는 듯했다.

"뭐?"

"모르겠어. 머릿속이 복잡해."

나는 놀란 표정을 짓지 않으려 애썼다.

파블로는 어깨를 으쓱하고 말했다. "아무튼, 네가 지금 무슨 짓을 하는지 너희 아버지가 아시면 정말 엄청나게 화내실 거야."

"나도 알아."

"아무래도 저 사람들한테 말해서 널 돌려보내야겠어." 파블로는 문을 향해 고개를 까딱했다.

나는 최대한 사나운 표정을 지으며 말했다. "안 그러는 게 좋을 거야."

"내가 못 할 것 같아?"

"너도 아주머니 대신 일터에 나갔었잖아, 안 그래?"

"너랑 나랑은 다르지."

"다르지 않아. 네가 아주머니 대신 농장으로 나간 거랑 똑같다고."

파블로는 잠시 아무 말이 없었다. "그래, 하지만 나는 남자야."

"어른 아닌 건 똑같아. 그리고 여자인 게 뭐 어때서? 여자아이도 모험은 떠날 수 있는 거잖아."

"여자아이가 모험 떠났다는 얘기 들어본 적은 있고?"

어둠 속에서도 내 얼굴이 달아오르는 게 느껴졌다. 내가 아는 이는 딱 한 사람뿐이었다. "아린타."

"아린타는 진짜 훌륭한 영웅이라고는 할 수 없지, 안 그래? 결국엔 잡아먹혔잖아." 파블로가 말했다.

"그게 무슨 뜻이야?"

"불의 개 말이야. 마지막엔 불의 개한테 잡아먹혔잖아."

"아니, 아린타는 아직도 땅속 저 아래서 섬을 지키고 있어."

"그렇게 잘 지키고 있는 것 같진 않은데? 그리고 아무튼 그건 이야기일 뿐이야. 결말은 네가 원하는 대로 생각하든지 말든지."

우리는 더는 말하지 않고 한참을 서로 노려보기만 했다. 파블로가 먼저 눈을 깜빡이더니 다시 상자를 묶어 말 등에 얹다가 갑자기 '아' 하면서 손가락을 입에 넣었다. 손에서 피가 흐르고 있었다.

"아이씨! 이놈의 닭이 나를 쪼았어!"

"미스 라!" 나는 상자의 널빤지 틈새로 안을 들여다봤다. 부연 눈이 이쪽을 내다보고 있었다. 미스 라를 보자 웃음이 났다. "이 상자, 내가 탈 말에 묶을 수 있을까?"

"어떤 게 네가 탈 말인데?"

"제일 작은 말을 타라고 하지 않을까?"

파블로는 눈을 굴렸다. "너 하나로 모자라 저놈의 닭까지 데려가게 생겼구나."

나는 상자를 열어 지푸라기를 조금 넣어주었다.

파블로가 어이없다는 듯 웃더니 물었다. "숲을 지나면 어떤 곳이 나올 것 같아?"

잊힌 땅. 그곳이 어떤 모습일까 상상하느라 나는 얼마나 많은 밤을 잠 못 이루고 뒤척이곤 했던가.

"또 다른 숲으로 이어지겠지. 아린타라 강이랑……."

"잊힌 땅이 실재한다는 건 나도 알겠어. 그런데 그걸 내가 직접 보게 될 거라고는 생각도 못 해봤어. 어쩐지 만들어낸 세계인 것만 같아서 거기에 나무가 있고, 강도 있을 거라는 것도 잘 상상이 안 돼." 파블로가 말했다.

그럴 만도 했다. 폐쇄령이 내려지고 30년이라는 세월이 흐르는 동안 잊힌 땅의 모습이 크게 변했을 것 같진 않지만, 이제 사람들은 그곳을 마치 다른 나라라도 되는 것처럼 얘기하고 있었다.

"그럼 내가 널 뭐라고 불러야 하는 거야?" 파블로가 말했다.

"무슨 소리야?"

"다른 사람들 앞에서 널 뭐라고 부르냐고. 계속 이사벨라라고 부를 순 없잖아."

"가보."

파블로는 한결 누그러진 목소리로 나를 따라 말했다. "가보."

그때 부엌문이 거칠게 열리고, 페르디난드가 나타났다. "다 됐지? 총독님께서 곧 출발하실 거야. 말들을 현관으로 끌고 와."

⁂

총독과 호위병 다섯이 기다리고 있었고, 평소처럼 파란색 옷을 입은 아도리 부인도 나와 있었다. 총독이 부인의 뺨에 뽀뽀하며 작별 인사를 하자, 부인의 눈시울이 붉어졌다. 나는 혹시라도 부인이 내 얼굴을 알아볼까 봐 재빨리 고개를 숙였다.

총독은 먼저 흰색 암말을 고른 뒤, 다른 사람에게도 각각 말을 배정해주었다. 예상대로 가장 작은 적갈색 말이 내게 배정됐지만, 나는 그 말조차 올라타는 게 쉽지 않았다. 그래서 파블로가 나를 들어 말 등 위로 휙 던지듯 태워주었다. 그때 내 팔에 스친 그의 손이 무척이나 메마르고 거칠게 느껴졌다.

내 말은 살짝만 건드려도 반응을 잘하는 순한 녀석이었다. 그동안 말을 타본 경험이 많지 않았기에 천만다행이었다. 말이 일정한 속도로 달리기 시작하자, 시끄럽게 울어대던 미스 라도 잠잠해졌다. 상자 틈새로 들여다보니, 자고 있었다.

우리는 바다를 등지고 빈 들판을 가로질러 숲을 향해 곧장 달려갔다. 해가 지며 서서히 어두워지고 있었지만, 저 앞에 펼쳐진 숲은 그 존재감을 오히려 더욱 뚜렷하게 드러내고 있었다. 숨이 자꾸만 가빠지는 걸 느꼈다. 처음에는 이리저리 흔들리며 흐릿하게 보이던 숲이 가까이 다가갈수록 점점 견고해지고 커지는 걸 보면서 나는 계속 호흡을 가다듬었다.

금세 후텁지근한 밤이 찾아왔다. 계속 말을 타고 있으니 허리도 아프고, 가보의 장화를 억지로 구겨 신은 탓에 발도 무척 갑갑했다. 문 옆에 벗어놓고 온, 가볍고 길이 잘 든 내 샌들이 몹시 그리웠다.

파블로는 바로 뒤에서 따라오고 있었다. 말에 탄 후로는 아무 말이 없었는데, 나도 굳이 속도까지 늦춰가며 파블로에게 말을 걸고 싶지는 않았다. 마르케스가 틈틈이 비웃는 표정으로 나를 돌아보며 잘 따라오는지 확인하고 있었다.

우리 일행은 섬 전체를 가로지르는 아린타라 강 인근에 다다랐다. 어둠 속에서 힐끗 뒤를 돌아봤지만, 파블로는 얼굴을 찌푸리며 아예 시선을 돌려버렸다. 덩달아 기분이 나빠져 나도 파블로를 째려보았다. 아무래도 남자들끼리는 서로를 이런 식으로 대하는 모양이었다.

우리는 강을 건넜다. 집을 떠나 이렇게 멀리까지 와본 건 처음이라는 걸 문득 깨달았다. 아직 데달로에 갇혀 있을 아빠를 생각하니 미안한 마음이 들었지만, 얼른 떨쳐버렸다.

이건 내가 그토록 바라던 일이 아닌가? 지금 내 가방에는 조야 지도가 있고, 그 지도의 중앙은 텅 비어 있었다. 이제 나는 거기에 뭐가 있는지 보게 될 터였다. 아빠는 바다 너머 세계에 너무 몰두한 나머지, 정작 우리가 사는 섬에는 그리 관심을 두지 않았지만, 뒤늦게 후회한다는 걸 나는 알고 있었다. 내가 그곳을 지도로 그려 아빠에게 보여줄 것이다. 그런 기대와 흥분으로 들떠 있는데, 나를 쳐다보는 마르케스와 눈이 마주쳤다. 나는 조금 전 파블로가 그랬던 것처럼 얼굴을 찌푸리며 고개를 돌려버렸다.

폐쇄령이 내려진 후, 숲 경계에는 더 높고 두꺼운 가시덤불이 만들어진 건 물론이고 경고용 종도 여러 곳에 달리게 되었다. 숲에 가까워지자, 누군가 가시덤불을 밟고 지나간 흔적이 남아 있는 게 눈에 띄었다. 그리고 종과 종을 연결하는 줄이 끊겨 거대한 종들이 줄줄이 작은 산처럼 떨어져 있는 것도 볼 수 있었다.

"여길 보십시오. 놈들이 이쪽으로 지나간 모양입니다." 마르케스가 말했다. "호르헤는 여자애를 죽인 놈들이 추방된 자들 같다고 했는데, 아무래도 그 말이 맞는 것 같습니다."

아도리 총독이 고개를 끄덕였다. "우리도 이리로 가겠다."

하지만 아무도 움직이는 사람이 없었다. 덤불에 난 길을 보니, 사람이 아니라 짐승 떼가 지나간 흔적처럼 보이긴 했다. 아빠도 캐타의 시신에서 발톱 자국을 봤다고 했는데, 어쩌면 이 길 역시 자신들의 자취를 가리기 위해 만든 함정은 아닐까?

오싹한 한기가 일행 전체를 휩쓸고 지나갔다. 짙어지는 어둠 속에서 왜 우리가 여기 와 있는지, 모두 이제야 제대로 깨달은 것 같았다. 우리는 한 세대 동안 사람들의 기억에서 잊혀 아는 것도 없고, 지도에도 없는 그 땅으로 들어가려 하고 있었다. 그리고 그곳은 살인자들이 숨어 있는 곳이기도 했다.

가방 아래로 묵직하게 느껴지는 아빠의 칼을 떠올렸다. 까마귀를 향해 돌멩이조차 못 던지는 나지만, 필요한 때가 오면 나는 과연 용기 있게 그걸 꺼내 들 수 있을까? 그리고 다음으로 캐타와 루페를 떠올렸다. 루페가 잊힌 땅으로 갔다면 나라고 못 할 것도 없었다.

아도리 총독은 횃불을 든 후 위병에게 어서 앞장서라고 손짓하고는 매섭게 생긴 검은 눈으로 우리를 힐끔 돌아보았다. 그러고는 몸을 돌려 숲속으로 말을 몰았다.

2부

# 잊힌 땅

위도 28° 08'03"N (북위 28도 8분 03초)
경도 17° 14'27"W (서경 17도 14분 27초)

# 10장

말의 키 높이로 자란 덤불숲에 가려 물 흐르는 소리도 들리지 않고, 숲속은 고요하기만 했다. 횃불 때문에 사방에 그림자가 생겼다. 호위병들이 나뭇가지를 보고 놀라 두세 번 칼을 빼 든 후에야 아도리 총독은 횃불을 끄라고 명령했다. 눈은 금세 어둠에 적응했고, 우리 위치가 쉽게 발각되지 않을 거라고 생각하니 조금은 마음이 놓였다.

당분간은 어디로 가야 할지 고민할 필요도 없었다. 덤불숲 사이로 나뭇가지가 밟혀 부러지고, 수액이 흘러나온 흔적이 선명하게 남아 있기 때문이었다. 혼자 결연한 마음으로 이 길을 지나갔을 루페를 상상했다. '난 썩지 않았다는 걸 보여줄 거야.'

지금은 길을 안내할 필요가 없었기에 나는 틈틈이 나침반을 꺼내 들여다보며 방향을 확인했다. 루페가 걱정되면서도 한편으로는 마침내 잊힌 땅에 왔다는 사실이 무척 기쁘고 감격스러웠다. 아빠가 자랑스러워할 만한 지도를 꼭 완성하리라.

말이 백 보를 갈 때마다 손에 든 부드러운 가죽 패드에 선을 하나씩 긋고, 나침반에 변화가 있을 때는 선 밑에 화살표를 그려 새로운 방향을 표시했다. 그리고 아빠가 가르쳐준 대로 별들의 위치도 확인했다. 지도를 만들 때 이런 것들을 기록하는 건 가장

기본 중의 기본이었다. 하지만 거리나 방위를 좀 더 정확히 측정하라고 다른 사람들이 걸음을 멈추고 기다려 줄 리 없었다. 기록하지 못한 부분은 기억에 의존해 나중에 그려 넣는 수밖에 없었다. 그건 루페와 그로메라의 좁은 길을 따라 보물찾기를 할 때 자주 사용하던 방법이기도 했다.

나도 모르게 목에 걸린, 튜닉 속 로켓을 한 손으로 만지작거리고 있었다. 마르케스가 눈을 가늘게 뜨고 나를 봤고, 나는 얼른 고삐를 잡았다. 아무래도 로켓을 가져온 건 실수였다는 생각이 들었다.

한동안 아무도 말을 하지 않았다. 총독의 널찍한 등은 말의 움직임에도 흔들리는 법이 없었다. 총독은 더 빨리 달려가고 싶지만, 시야가 어둡고 길도 좁아 참고 있는 듯했다.

몇 마일을 더 갔을 때 말들이 겁을 먹은 듯 머리를 흔들거나 낮게 히힝 소리를 내기 시작했다. 사람들은 말의 옆구리에 박차를 가하며 계속 앞으로 말을 몰았다. 내가 탄 말은 아예 멈춰 서는 바람에 뒤따라오던 파블로의 말과 세게 부딪치기까지 했다.

일행은 몇 마일을 더 가서야 뭔가 이상하다는 걸 깨달았다. 마침내 마르케스가 입을 열었다.

"나무들이 왜 이러죠?"

우리는 고삐를 당겨 말을 세웠다. 주변 나무들이 살아 있는 것처럼 보이지 않았다. 뒤엉킨 죽은 나뭇가지 위에 붙어 있는 나뭇잎은 꼭 검은 실로 짠 레이스 같았다. 나는 잎사귀 뒤에 손을 대고 가만히 들여다보았다. 그물처럼 얽힌 잎맥 때문에 살짝 어두워 보이긴 해도 내 손바닥이 훤히 비칠 정도로 구멍이 숭숭 뚫려 있었다. 가까이서 보니, 나무줄기도 바위처럼 변해 마치 숲 전체가 화석이 된 것 같았다.

조야 섬에 산불이 나는 건 그리 특별한 일은 아니었다. 아빠는 숲에 불이 나면 나무들이 더 푸르고 튼튼하게 자라 열매를 많이 맺기 때문에 때로는 작은 희생도 필요하다고 말했었다. 심지어 그로메라 뒤편의 관목 지대에도 가끔 불이 나거나 연기가 피어오를 때가 있었다.

하지만 이건 달랐다. 검은 나뭇잎들이 뼈대만 남은 채 나뭇가지에 그대로 붙어 있었다. 그리고 마치 물이 아닌 어둠을 빨아먹고 자란 듯 부러진 나뭇가지에서는 검은 수액이 흘러나오고 있었다.

머리카락이 없는 목뒤를 산들바람이 훑고 지나갔다. 그때 어떤 특이한 냄새가 후각을 자극했다. 연기보다 더 강하게 콧속을 자극하는 것……. 불꽃놀이를 할 때 파블로의 방을 가득 채웠던 그 냄새가 떠올랐다.

루페가 말한 그게 뭐였더라? 아시아에서 왔다고 했는데…….

"황?" 아도리 총독은 혼잣말하듯 그 단어를 조용히 내뱉었지만, 밤의 고요 속에서 그 소리는 모두에게 들릴 만큼 컸다.

"소년, 이리 와봐."

나는 건너편에 있는 파블로를 쳐다봤지만, 파블로는 고개를 저었다. 아도리 총독이 나를 똑바로 바라보고 있었다. 나는 말을 몰아 총독이 탄 말을 향해 쭈뼛쭈뼛 다가갔다.

"네가 가진, 그 오래된 지도……, 거기에도 이런…… 표시가 되어 있나?"

횃불을 가까이 비추지 않는 한 가방 안의 내용물이 보일 리 없었지만, 감싼 헌 옷의 얇은 천을 뚫고 아빠의 부러진 지팡이가 은은하게 빛을 발하고 있었다. 잊힌 땅의 지도를 꺼내려는데, 그때 억센 손이 내 손목을 틀어잡았다.

어느샌가 마르케스가 말에서 내려 내 옆에 와 있었다. 지팡이 불빛이 그의 얼굴을 환하게 비추었다. "그건…… 뭐지?" 미처 대답하기도 전에 그는 가방 속으로 손을 뻗었다. 혹시 뜨겁지는 않은지 토막을 툭 건드려 보더니, 아닌 걸 알고는 손으로 덥석 잡았다. 그 바람에 지도와 제작 도구들이 땅에 떨어졌다.

마르케스가 빛나는 나무토막을 들어 올리자, 희끄무레한 빛이 더 멀리까지 퍼졌고, 주위에 있던 사람들이 흠칫 놀라 뒤로 물러섰다. 묵직한 발소리와 함께 총독이 말에서 내렸다.

나는 종이와 도구들이 말발굽이나 총독의 발에 짓밟히기 전에 주우려고 어설프게 말 등 위로 다리를 넘기다가 말에서 떨어질 뻔했다.

지팡이 토막을 제대로 감추지 못한 나 자신을 속으로 원망하며 웅크리고 앉아 떨어진 것들을 주웠다.

“이것 좀 보십시오. 이게 뭘까요?” 마르케스는 토막을 아도리 총독에게 주며 다시 물었다. “이게 왜 이런 빛을 내는 거죠?”

“나도 모르겠네.”

“이게 어디서 난 거지?”

“저희 아버지 거예요.”

“너희 아비는 그걸 어디서 구했지?” 총독이 물었다.

“물려받은 거라고 들었는데, 자세한 내막은 저도 잘 모릅니다.” 나는 거짓말을 했다.

총독은 별말 없이 나무토막을 자신의 허리춤에 끼워 넣었다. 내가 손을 뻗으려고 하자, 뒤에 있던 마르케스가 내 어깨를 잡고 거칠게 끌어당겼다. 왈칵 눈물이 솟아올라 눈을 깜빡거리며 손을 내렸다.

총독이 뭔가를 기다리는 눈빛으로 나를 쳐다보았다. 나도 총독을 마주 보았다.

“지도 꺼내야지.” 나직한 파블로의 목소리가 바로 옆에서 들려 나는 깜짝 놀랐다. 파블로는 어느 틈에 말에서 내려 종이 뭉치를 손에 들고 있었다.

나는 소리 없이 입만 움직여 고맙다고 말하고, 떨리는 손으로 종이들을 뒤적거렸다. 동그랗게 말아 천으로 감싼 지도가 거기 있었다.

"나무는, 찾았나?" 총독은 계속 나만 쳐다보고 있었다.

나는 지도를 살펴본 뒤, 고개를 저었다. 지도에는 용혈수와 소나무가 섞여 자라는 숲이라는 표시만 있을 뿐 다른 단서는 없었다. 나중에 지도에 이 검은 나무를 어떻게 표기하면 좋을까? 머리가 복잡해졌다.

마르케스가 불만스러운 듯 혀를 쯧쯧 차더니 물었다. "숲은 어디까지 뻗어 있는 거야?"

나는 다시 지도를 보며 가죽 패드를 대고 축척을 확인했다. 지도의 축척이 정확하지는 않지만, 큰 차이는 없을 것 같았다.

"저 방향으로 최소 20마일(약 32km-옮긴이)은 이어져 있습니다." 나는 서쪽을 가리키며 말했다. "만약 똑바로 간다면 20마일 이상 더 가야 하고요."

"물이 있는 곳까지는 얼마나 가야 하지?"

나는 폭포 위에 표시된 파란색 별을 손가락으로 짚었다. "12마일(약 20km-옮긴이)이요."

총독이 고개를 끄덕이고 말했다. "그리로 안내해라."

"우거졌던 나무가 점점 성글어지고 있는 걸로 봐선 이 길도 곧 끝날 겁니다." 마르케스가 말했다.

"루페라면 물을 찾아갔을 거야." 총독은 아린타라의 다 드러난 강바닥을 가리키며 말했다.

'아니, 루페는 그 정도의 판단력이 없어요. 루페는 지금 살인자를 찾고 있는 애라고요.' 나는 속으로 생각했다.

"각하, 우선 여기서 밤을 보낸 뒤에 해가 뜨자마자 출발하는 게 어떨까요? 루페 양이 그리 멀리 갔을 것 같지도 않고, 분명 지금쯤 어딘가에서 쉬고 있을 겁니다." 마르케스가 조심스럽게 말을 꺼냈다.

"그렇다면 더더욱 계속 가야지, 마르케스. 그래야 따라잡을 것 아닌가?" 총독이 날카롭게 말했다.

"모두 지쳐 있습니다." 마르케스는 단어를 신중하게 골랐다. "위험한 상황에 맞닥뜨릴 때에 대비해 힘을 비축할 필요가 있지 않겠습니까?"

"그렇다면 내 딸의 안전은 어쩌고?"

"말이나 사람이나 휴식을 취해야 루페 양을 더 잘 모실 수 있을 겁니다. 아침이 되면 전속력으로 달릴 수 있으니 해가 지기 전까지 루페 양을 찾겠습니다."

나는 계속 가길 원했지만, 의지와는 다르게 눈꺼풀은 자꾸만 무거워지고 있었다.

마침내 총독은 넓은 등을 활짝 펴며 모두에게 말했다.

"제군들, 쉬지 않고 계속 가겠다." 총독이 웅얼거리는 사람들을 쏘아보자, 모두 입을 다물었다. "지금부터 더 빠른 속도로 전진한다."

나는 지도를 말아 천으로 감싸고, 다른 도구들과 함께 가방 안에 조심스럽게 넣었다. 내가 고개를 들었을 때, 사람들은 이미 움직이고 있었다. 파블로만 옆에 남아 내 말의 고삐를 잡고 있었다.

"다 됐어?"

나는 고개를 끄덕였다. 고마운 마음에 살짝 웃으며 고삐를 향해 손을 뻗었다. 파블로는 고삐 대신 천 뭉치를 건넸는데, 펴 보니 내 옷이었다.

"네 가방에서 떨어진 거야. 안 보이게 치워, 빨리."

파블로는 나를 안장 위로 올려주고는 내가 제대로 앉기도 전에 말을 앞으로 밀었다.

"고마워."

"남자인 척할 거면 좀 제대로 해. 저 사람들이 주의 깊게 안 봤으니 망정이지 하마터면 들킬 뻔했다고." 파블로가 쏘아붙였다.

⁂

동쪽 하늘이 훤하게 밝아 오자, 풍경은 더욱 낯설게 보였다. 검은 숲에 대해선 단 한 번도 들어본 적이 없었다. 마샤 아주머니도 다른 어른들도 그런 곳에 관해 말한 적이 없었고, 아빠의 이야기에도 엄마의 지도에도 등장하지 않던 곳이었다. 무슨 일이 있었기에 이렇게 나무의 색이 변해버린 걸까? 가뭄이 들었다고 식물이 이렇게 되지는 않았다. 그로메라에도 가뭄이 들었지만, 밀은 회색이 아니라 여전히 금빛을 띠고 있었다.

우리는 두어 시간 더 말을 타고 달렸다. 말이 내는 소리 외에는 사방이 조용했고, 딱히 앞을 가로막는 것도 없었다. 나는 백 보를 갈 때마다 가죽 패드에 금을 그어 표시했다.

선이 하나씩 그어질 때마다 아린탄 폭포에 가까워지고 있었다. 곧 폭포를 본다는 생각에 가슴이 두근거렸다. 파블로나 아빠는 아린타가 그저 이야기 속 인물일 뿐이라고 여길지 몰라도 내게는 아니었다. 아린타 이야기는 늘 내게 용기를 주었고, 지금 나는 그 어느 때보다 용기가 필요했다.

울창한 잡목 숲을 돌았을 때, 내 심장은 덜컥 내려앉고 말았다. 루페는 물론, 시원하게 쏟아지는 폭포도 없었다. 아린타라 강만 메마른 강바닥을 드러낸 채 조금씩 천천히 흐르고 있었다.

"그 대단하다는 아린탄 폭포가 고작 이거였단 말인가?" 총독이 무시하는 투로 말했다. 다른 사람들은 말에서 내렸지만, 나는 말을 몰고 좀 더 앞으로 나아갔다.

물줄기가 굽은 곳 주변, 내 머리 위로 쑥 돌출된 커다란 바위 하나가 눈에 띄었다. 가까이 다가가니, 바위 가장자리를 따라 약한 물줄기가 졸졸 흐르고 있었고, 그 뒤로 움푹한 동굴 같은 공간이 있었다. 이야기 속에서처럼 물이 거세게 떨어졌다면 시야에 들어오지 않았을 만한 곳이었다.

나는 무릎에 힘을 주며 말에서 뛰어내렸다. 고삐를 나무에 묶고, 강물 속으로 걸어 들어갔다. 가보의 장화를 신은 발로 철벅철벅 흙탕물을 일으키며 동굴까지 걸어갔다.

생각했던 것보다 동굴 안은 더 깊었다. 입구는 좁고 낮았지만, 안쪽 어느 지점부터 다시 넓어지면서 내가 똑바로 설 수 있는 높이의 또 다른 동굴로 이어지고 있었다. 나는 깜깜한 동굴 속을 더듬거리며 조금씩 앞으로 걸어갔다.

마른 동굴 벽에서 이상하게 온기가 느껴졌다. 그리고 벽 뒤쪽에 마치 누군가 납작한 바위를 골라 쌓은 것처럼 가로로 길게 선이 이어져 있는 것을 감촉으로 느낄 수 있었다. 그걸 보니, 예전에 가보와 했던 놀이가 떠올랐다. 서로의 손을 겹쳐 쌓은 다음, 노래를 부르면서 한 사람씩 바닥에 있는 손을 재빨리 위로 올리는 게임이었는데, 노래가 끝났을 때 손이 제일 위에 있는 사람이 이기는 거였다.

목이 메었다. 가보에 대한 그리움은 항상 언제 어떻게 찾아올지 예측할 수 없었기에 잠시도 방심할 수 없었다.

나는 다시 바깥으로 나가는 길을 더듬다가 두 손으로 물을 떠서 마셨다. 아빠의 이야기처럼 마법의 폭포는 아니었지만, 적어도 마실 물이 흐르고 있으니 그건 다행이었다.

나는 빈 물병을 가득 채워 가방에 넣었다. 그리고 집에서 떠온, 물이 가득 든 병은 허리춤에 달았다. 아빠는 새로 뜬 물보다 오래된 물을 먼저 마시는 게 장거리 여행을 하는 요령이라며 강조해서 말하곤 했었다.

총독과 다른 호위병들은 강둑에 자리를 잡고 휴식을 취하고 있었다. 나는 바위에 앉아 있는 파블로 옆으로 가 앉았다. "어떻게 된 거야?" 나는 작은 소리로 물었다.

"한 시간 정도 머무르면서 뭘 좀 먹을 거래."

"그런 다음엔?"

파블로는 어깨를 으쓱했다. "그런 다음엔 계속 가겠지. 잠깐이라도 눈 좀 붙이는 게 좋을 거야."

밤새 그리고 오전 내내 말을 탔는데도 오히려 지금은 피곤한 기운이 싹 가셔 잠이 올 것 같지 않았다.

총독은 약간 떨어진 곳에서 흙바닥을 살피고 있었는데, 루페의 흔적을 찾고 있는 듯 보였다. 총독은 가슴 속 분노가 뜨거운 석탄이 되어 발밑에서 활활 타오르기라도 하는 것처럼 잠시도 차분히 앉아 있거나 쉬질 못하고 있었다. 돌연 죄책감이 밀려왔다. 총독의 시선이 나를 향하자, 나는 얼른 다른 곳으로 고개를 돌렸다.

"거기 둘, 가서 나뭇가지 좀 주워 와." 마르케스가 손가락을 튕기며 말했다.

나는 가방을 바위 위에 올려놓고 자리에서 일어섰다. 내가 찾은 건 불쏘시개로 쓸 만한 작은 나뭇가지 하나가 다였지만, 그래도 괜찮았다. 파블로가 까맣긴 해도 용혈수처럼 보이는 나뭇가지를 한 아름 들고 나타났기 때문이었다.

사람들이 파블로의 등을 두드리며 웃었지만, 파블로는 계속 화난 사람처럼 얼굴을 찌푸리고 있었다. 사람들이 불을 피우자, 곧 요리사가 닭고기를 넣고 스튜를 끓이기 시작했다. 나는 그 옆을 지나다가 닭 털이 한 무더기 뽑혀 있는 걸 보고 온몸을 부르르 떨었다. 스튜 냄새가 서서히 퍼질 즈음, 나는 미스 라에게도 먹을 걸 주었다. 미스 라가, 집을 떠올릴 수 있는 존재가 여기 있다는 게 그렇게 고마울 수 없었다. 심지어 내 손을 마구 쪼아도 마냥 고맙기만 했다.

스튜가 부글부글 끓을 무렵, 문득 지금 지도를 그려야겠다는 생각이 들었다. 그런데 바위 위에 있어야 할 가방이 보이지 않았다. 다른 사람이 자기 가방인 줄 알고 가져갔나? 내 시선이 강물을 따라갔다.

가방이 물 위에서 흔들리고 있었다. 두근대는 심장 소리를 들으며, 나는 두 손을 물 위로 뻗었다. 떨리는 손으로 버클을 여니, 푹 젖고 뒤틀린 종이와 깃펜이 모습을 드러냈다. 쓰레기만 잔뜩 걸린 그물을 정리하는 어부처럼 가방을 뒤집으니, 그 안에서 물이 주르륵 쏟아졌다.

별자리표의 잉크가 다른 흰 종이로 번져 엉망이 되어 있었다. 검은색과 붉은색 잉크가 번지고 얼룩져 알아볼 수도 없을 정도였다. 별자리표를 참고하지 못하면 정확한 지도를 만드는 건 불가능했다. 그런데 그게 다가 아니었다. 엄마 지도가 축축하게 젖어 양피지끼리 서로 달라붙어 있었다. 나는 숨도 제대로 못 쉬고 감싼 천을 천천히 떼어냈다. 놀랍게도 지도가 쉽게 펴졌다.

하지만 이건 지금껏 내가 봤던 그 지도가 아니었다.

지도 위 숲이 사라지고 없었다. 대신 중앙의 여백에 진한 선들이 가득 채워져 있었는데, 빛에 비춰보면 희미하게 보이던 그 선들이었다. 선들은 거미줄이나 미로처럼 서로 엉키거나 교차하며 얽혀 있었다. 사실 보면 볼수록 이게 무엇인지 알 것 같다는 확신이 점점 강해졌다. 하지만 어떤 선은 우리 일행이 조금 전 지나온 그 지역을 지나고 있었는데, 아까 올 때는 그런 길이 있다는 걸 전혀 알아차리지 못했었다.

어쩌면 아주 오래전의 조야 섬을 표시한 걸까? 선 말고는 마을 표시도 없었고, 있는 거라곤 가장자리에 점선으로 그려진 여러 개의 점뿐이었다. 중앙에는 다른 것보다 더 크고 빨간색으로 된 또 다른 원이 있었다. 지도에서 색이 들어간 유일한 부분이기도 했다.

나는 서둘러 모닥불로 가서 좀 더 자세히 보려고 지도를 들었다. 그런데 마치 물에 떨어진 잉크처럼 지도의 선이 종이 속으로 쏙 스며드는 것이었다.

"안 돼!"

마르케스가 눈살을 찌푸리며 나를 쳐다봤다. 나는 점점 흐릿해지는 선들을 눈으로 좇느라 필사적이었다. 마을들의 이름과 함께 익숙한 숲의 모습이 지도 위에 다시 나타났다. 몇 초 만에 지도는 예전 모습으로 돌아와 있었다.

방금 본 것들이 아빠의 이야기 속 사건처럼 너무 말도 안 되는 일이긴 했지만, 내가 헛것을 본 게 아닌 건 확실했다. 지도의 그림이 어떻게 바뀐 거지?

지도가 물에 젖으니 숨어 있던 그림이 나타났고, 불 가까이 갖다 댔더니 다시 변했다. 이제 지도는 완전히 말라 있었다. 나는 손으로 더듬어 물병을 열고, 지도 위에 물을 부었다.

아무 일도 일어나지 않았다.

나는 물병을 기울여서 한 번, 또 한 번 물을 부었지만, 여전히 아무런 변화도 없었다.

"상상 속 장면이 아니야. 진짜였어." 나는 확신에 차 중얼거렸다.

"소년." 갑작스런 아도리 총독의 부름에 나는 깜짝 놀랐다. 총독이 고개를 돌리며 말했다. "이리 와봐."

파블로가 '얼른 가'라고 말하는 것처럼 눈썹을 올렸다.

나는 총독을 향해 비척비척 걸어갔다.

"여기 루페가 있을 거라고 생각했어. 분명 멀리는 못 갔을 텐데." 살짝 떨리는 총독의 목소리는 낮으면서도 무시무시하게 들렸다. "이제 어디로 가야 하지? 루페는 어디로 갔을까?"

그 질문은 나한테 하는 말이 아니었다. 지도가 변했던 사실은 어느새 잊고, 나는 총독의 말을 기다리고 있었다. 루페는 말의 발길이 닿는 대로 그저 따라갔을 것이다. 너무 겁먹지 않았기만을 바랄 뿐이었다. 지금쯤 모험심은 사라지고 두려움이 몰려오고 있을 터였다. 검은 숲 어딘가에 있을 루페와 저기 어딘가 있을 살인자를 생각하니, 숨이 턱 막히는 기분이었다.

"마을 중에는 어느 마을이 가장 가깝지?" 총독이 뭔가를 결심한 듯 큰 목소리로 말했다.

나는 지도를 자세히 살펴보았다. "그리스입니다."

그는 고개를 끄덕였다. "그리스란 말이지. 그곳으로 우리를 안내할 수 있겠나?"

"네."

"새 지도를 그리는 일도 하고 있겠지?"

나는 다 뭉개진 별자리표와 물에 젖은 종이를 떠올렸다. "곧 시작할 생각이었습니다."

"좋아. 널 데려온 걸 후회하지 않게 해라."

총독이 내게 등을 돌리는 걸 보니, 그만 가 보라는 뜻인 것 같았다.

"총독이 뭐래?" 파블로가 조용히 물었다.

"그리스라는 마을로 갈 거래." 그곳에서는 무얼 발견하게 될

지 궁금해졌다.

요리사가 숟가락으로 냄비를 땡땡 내리치며 외쳤다. "다 됐습니다!"

아도리 총독은 스튜를 덜지도 않고 냄비를 통째로 자기 앞에 놓고 빵을 찍어 먼저 식사했다. 그가 충분히 먹고 난 뒤에야 다른 사람들도 허겁지겁 음식에 달려들었다. 나는 미스 라를 옆에 두고 치킨 스튜를 먹고 싶지 않기도 했지만, 한 사람이 너무 급하게 먹다가 사레가 들려 음식이 코로 줄줄 나오는 걸 보고는 입맛을 완전히 잃고 말았다.

지도 작업이나 할 요량으로 강둑으로 혼자 자리를 옮겼다. 잉크병, 축축해진 깃펜, 측정기들을 꺼내는데, 아빠의 목소리가 귓가에 울리는 듯했다.

'모르는 부분은 빈칸으로 남겨두는 게 우리만의 비법이지. 직접 가본 곳은 누구나 그릴 수 있어. 하지만 가본 곳과 아직 가보지 못한 곳을 연결해 그릴 수 있는 사람은 지도 제작자뿐이거든.'

나는 가방을 근처 바위에 기대 놓고, 그나마 젖지 않은 흰 종이를 골라 꺼냈다. 종이의 네 귀퉁이를 돌멩이로 눌러 바닥에 펼친 다음, 틈틈이 거리 표시를 해둔 가죽 패드를 바지 주머니에서 꺼내 그 옆에 내려놓았다.

지도를 그리기 전, 고개를 들어 주변을 한 바퀴 쭉 둘러보았다. 이른 아침 햇살에도 짙게 그림자를 드리운 채 서 있는 나무들 사이에서 뭔가가 나를 지켜보고 있는 것 같은 느낌이 들었지만, 괜한 착각일 거라고 애써 무시했다. 숨을 크게 들이마시며 갈대 펜의 끝을 옷에 문질러 닦았다. 그리고 검은색 잉크를 찍어 지도를 그리기 시작했다. 새 지도에 기록된 이 땅은 이제 더 이상 잊힌 땅이 아니었다.

## 11장

나는 엄마 지도를 보면서 일행을 북서쪽 그리스 마을로 안내했다. 총독이 본능적으로 숲을 벗어나 해안으로 돌아가기를 택한 것처럼 루페도 같은 생각을 했기를, 나는 간절히 바랐다.

"이봐, 설마 우릴 엉뚱한 데로 안내하는 건 아니겠지?" 마르케스의 깐죽거리는 말에 지도를 훑는 내 손이 후들거렸다.

폭포 위 돌출된 바위에서부터 길게 이어진 바위 줄기는 주변에 나무가 자랄 수 없었기 때문에 천연 통로 같은 걸 이루고 있었다. 오른쪽으로는 잿빛 암벽이 높이 솟아 있고, 왼쪽으로는 키 큰 회색 나무들이 자라고 있어 폐소 공포증을 일으켰지만, 어쨌든 말이 지나가기에 적당해 몇 시간 동안 계속 그 길을 따라갔다. 심지어 하늘도 계속 흐려 온 세상이 재를 뿌린 것처럼 뿌옇게 보였다.

숲의 나무가 점점 줄어드는가 싶더니, 마침내 자갈이 넓게 펼쳐진 해변과 눈부시게 반짝이는 바다가 눈앞에 나타났다. 숲을 지나 바다로 나오니 그 자체로도 긴장이 누그러지는 기분이었고, 또한 나무들이 일렬로 뻗어 있는 쪽만 주의해서 살피면 되니, 그것도 좋은 점이었다.

완만하게 굽은 해안을 따라가며 거리를 측정하는 건 훨씬 쉬웠다. 천천히 백 걸음을 세는 게 별로 어렵지 않다 보니 나도 모르게 자꾸 딴생각을 하게 됐다. 아빠 생각도 했지만, 주로 캐타와 루페에 관한 이런저런 기억을 떠올렸다. 햇볕이 내리쬐는 해변은 은빛으로 빛났고, 말들도 바닷가를 달리는 데 익숙해지면서 더욱 경쾌하게 땅을 차며 앞으로 나아갔다.

멀리 수평선 너머로 폭풍이 지나고 있었다. 하지만 너무 멀어서 주위에 몰려든 구름과 번쩍이는 번개 불빛만 보일 뿐, 우르릉거리는 천둥소리는 들리지 않았다. 폭풍을 만나 배가 난파됐다던 고조할아버지를 떠올렸다. 그분은 거친 바다 너머 얼마나 멀리까지 항해해 갔던 걸까?

모든 바다는 다 이어져 있고, 우리가 보는 것은 같은 바다의 일부일 뿐인데도 이곳 바다는 왠지 좀 다르게 보였다. 그렇게 바다를 구획으로 나눠 종이에 표시하고 이름을 붙이는 사람이 사실 아빠 같은 지도 제작자였다. 덕분에 탐험가나 상인들이 땅과 바다를 자신의 영역으로 표시하기 쉬워졌고, 총독도 그런 식으로 조야 섬을 자기 영토로 만들어버렸다.

지도에서 예상된 그리스 마을의 위치로부터 4분의 1마일 정도 떨어진 곳까지 왔을 때, 아도리 총독은 우리를 멈춰 세웠다.

"제군들, 지금부터는 더더욱 경계를 늦춰선 안 된다. 그리고 마르케스는 나와 함께 선두에 선다."

마르케스는 앞으로 나가면서 낮은 목소리로 뇌까렸다. "길 막지 말고 저리 비켜.”

총독은 말을 이어갔다. “천천히 다가가 급습할 계획이다. 내 딸이 아닌, 다른 사람을 마주치면 방어 태세를 갖추고 도망칠 수 있게 길을 열어줘라. 내가 명령을 내리기 전에는 말에서 내리지 말고. 혹시라도 혼자 떨어지게 되면 방금 지나온 산등성이를 따라 길을 되돌아가 강가에서 대기한다. 알겠나?”

모두 고개를 끄덕였다. 작은 칼을 움켜잡은 파블로의 얼굴이 무섭게 굳어 있었다. 출발하라는 뜻으로 총독이 우리를 향해 손짓했다. 내가 탄 암말의 옆구리를 발로 꾹 누르니, 말은 콧김을 한번 내뿜고 앞으로 움직였다.

말들이 속도를 내기 시작했다. 마을의 경계를 표시하는, 아치 모양으로 부서진 벽이 우리 앞에 나타났다. 아도리 총독은 말에 박차를 가했고, 마르케스가 자기 종마의 옆구리를 채찍으로 내리치는 소리가 선명하게 들려왔다.

나는 파블로에게 들은 대로 말의 고삐를 치며 상체를 앞으로 기울였다. 사람들이 큰 소리를 외치며 말과 함께 질주하기 시작했고, 나도 몸속의 피가 끓어오르는 걸 느꼈다. 우리는 힘차게 아치문을 통과했다. 그런데 눈앞에 펼쳐진 풍경에 사람들의 함성이 서서히 잦아들었다.

이건 마을이 아니었다.

여기저기 무너져 내린 흙담과 갈라진 길바닥이 이곳이 한때 마을이었음을 보여줄 뿐이었다. 어느 집 문 앞에 햇볕에 바랜 어른의 해골이 누워 있었다. 그것은 팔과 손을 앞으로 뻗고 있었는데, 그 끝에는 작은 뼈 무더기가 놓여 있었다. 내가 생각하는 그런 게 아니길 바랐지만, 내 팔이 납처럼 무겁게 느껴지는 건 어쩔 수가 없었다. 머리 뒤로 그림자가 다가와 뒤돌아보니, 파블로였다.

총독이 고삐를 당겨 말을 세우며 곧바로 말에서 내렸다. 마을은 완전히 파괴된 상태여서 이곳에 사람이 살 거라는 생각은 전혀 들지 않았다. 집들 너머로 잔잔하게 파도치는 소리가 들렸고, 호위병들이 입은 튜닉의 파란색만이 이곳에 보이는 유일한 색이었다. 장화와 말발굽에 뼈가 차이고, 흙덩어리가 부서졌다. 나는 가능한 한 뼈를 밟지 않으려고 바닥을 살피며 말을 몰았다.

우리는 마을 광장이었던 것으로 보이는 곳으로 걸어갔다. 그로메라의 광장 시장과 매우 비슷한 모습이었다. 중심부에 다다랐을 때, 누군가 큰 소리로 외쳤다.

"멈춰요!"

모두 몸을 돌려 파블로를 쳐다보았다.

파블로는 말에 탄 채 땅바닥을 가리키고 있었다. "보세요."

우리는 그가 바라보는 곳으로 시선을 돌렸다. 우리 발밑에 굵고 검은 선이 그어져 있었다. 주위를 둘러보니 총독이 서 있는 곳에도 그 선과 서로 교차하는 또 다른 선이 있었고, 두 선은 커다란 X자 모양을 그리며 광장을 나누고 있었다. X자 위로는 하얀 씨앗 같은 게 흩뿌려져 있었다.

X자를 그린 선이 마른 피라는 사실을 깨닫고, 나는 뒤로 휘청했다. 다른 사람들도 소리를 지르고, 발에 묻은 흙을 문질러 털고, 말을 잡아당기며 선에서 떨어졌다. 하지만 그게 다가 아니었다. 희끄무레한 것들은 씨앗이 아니었다. 이빨이었다.

총독이 앞으로 걸어가 이빨 하나를 집어 들었다. 그리고 장갑 낀 손바닥 위에 그걸 올려놓고 자세히 살폈다. 적막이 감돌았다.

파블로가 말에서 내려 내 옆에 섰다. 워낙 가까이 있어 마샤 아주머니가 빨래할 때 사용했던 비누의 라벤더 향이 희미하게 맡아졌다. 나는 아도리 총독이 뭔가 말하길 기다리며 하늘을 바라봤다. 오늘 하늘은 온종일 잿빛이었다.

총독이 마침내 입을 열었다. "이건 사람의 것이 아니야. 적어도 나는 이런 치아를 가진 사람은 본 적이 없다."

총독이 손을 내밀자, 마르케스가 그쪽으로 다가갔다. 두 사람은 함께 이빨을 들여다봤고, 마르케스가 직접 손으로 들어보더니 고개를 끄덕였다.

"확실히 크고 무게가 있네요." 마르케스가 말했다.

다른 사람들도 그걸 건네받아 가까이에서 살폈다.

나는 맨손으로는 그걸 건드리고 싶지 않아 호르헤가 손바닥에 올려놓았을 때 옆에서 같이 보았다.

개 이빨처럼 생겼는데, 톱니처럼 표면이 들쭉날쭉하고 더 날카로웠다. 마치 잇몸이 썩었던 게 아닐까 싶게 이의 뿌리는 검게 변해 있었다. 나는 침을 꿀꺽 삼키며 고개를 돌렸다.

“무슨 일이 있었던 거지?” 마르케스는 혼잣말처럼 중얼거렸다.

주위를 둘러보았다. 건물의 잔해나 뼈를 보면, 주민들이 죽고 마을이 붕괴된 지 벌써 몇 년은 된 것 같았다. 하지만 그 긴 시간 동안 십자 모양의 핏자국과 이빨이 흩어지지 않고 어떻게 그대로 남아 있었던 걸까? 그로메라의 길거리를 헤집고 다니는 까마귀들이 분명 여기도 그냥 두진 않았을 텐데.

뭔가 뇌리를 스치는 게 있었다. 나는 지붕의 잔해와 멀리 떨어진 숲을 다시 한번 살펴보았다. 잊힌 땅에 들어온 후로 까마귀를 단 한 마리도 보지 못했다는 사실을 새삼 깨달았다. 한때 개체수가 너무 많이 늘어나 골칫덩이로 여겨졌다던 늑대도, 섬에 정말 많았다던 사슴이나 멧돼지도 그 흔적을 전혀 찾을 수가 없었다. 노래하는 작은 새들처럼 까마귀마저 사라져 동물이라곤 보이지 않았다.

“파블로.” 파블로를 부르며 고개를 돌렸을 때, 조금 떨어진 뒤쪽에서 무언가 휙 움직이는 게 보였다. 그림자를 보고 착각한 것이겠거니 생각하면서 그 곳을 유심히 바라보았다. 그런데 그것이 이번에는 말을 향해 움직이는 게 아닌가. 뒤편의 절벽만큼 어두운 뭔가가 땅바닥에 납작 붙어, 느리면서도 구르는 듯한 걸음

걸이로 움직이고 있었다.

두려움이 엄습하며 다리에서 힘이 풀렸다.

"저기, 저길 봐요!"

내 외침에 호위병들이 빠르게 반응했다. 각자 무기를 손에 들고, X자를 중심으로 등과 등을 맞대 동그랗게 전투 대형을 만들었다. 아주 잠깐 누구도, 아무것도 움직이지 않았다. 그리고 곧 놈들이 숲에서 한꺼번에 달려들었다.

우리는 갑작스레 포위됐고, 무너진 벽과 그림자 때문에 내 시야는 가려져 있었다.

"총독님을 엄호해!" 마르케스가 소리쳤다.

나는 가방에 손을 넣어 그 안에 있던 무기를 틀어잡았다. 칼집에서 칼을 꺼낼 때 가방이 땅에 떨어졌지만, 내버려두었다.

그리고 바로 다음 순간, 뒤로 나가떨어지기 직전 언뜻 본 것은 휙 하고 움직이는 진한 잿빛의 몸뚱이뿐이었다. 나는 허공에 대고 칼을 휘둘렀다.

주위가 온통 난리였다. 총독은 명령을 내리며 고함을 질렀고, 요리사의 안장에 묶여 있던 우리 속 닭들이 요란하게 울어댔고, 말들이 높은 소리로 '히이이잉'하고 울었다. 나는 극심한 공포에 사로잡힌 와중에도 눈알이 뒤집혀 달려드는 놈들의 눈을 보았다.

팔꿈치와 무릎이 눌려 꼼짝할 수 없는 상황에서 놈의 손톱이 내 목을 파고들었다. 나는 몸을 굴려 벗어나려 했지만, 그놈은 꼼짝도 하지 않았다. 바닥에 떨어진 이빨 조각들에 머리가 눌려 두피가 찢어지는 것 같았다.

누군가 내 이름—가보가 아닌 내 진짜 이름—을 불렀다. 그리고 다음 순간 그 괴물이 옆으로 나동그라졌다. 두 손으로 부서진 문짝을 잡은 파블로가 이번에는 마르케스를 덮친, 그림자 같은 형체를 향해 팔을 휘둘렀다.

또 다른 괴물이 꼬리인지 혹은 덩굴줄기인지로 내 목을 감으며 나에게 달려들었다. 나는 칼을 마구 휘두르며 몸을 비틀었다. 나무 덩굴을 더 단단히 옭아매려는 놈의 손인지 발인지를 잡아뜯었다. 필사적으로 손을 더듬어 놈의 손목에 감긴 덩굴 같고 실 같은 어떤 것을 붙잡았다. 그게 끊어지자마자 나는 다시 칼을 들어 올렸다.

칼날이 어딘가에 박혀 쑥 들어갈 때 기분은 정말 끔찍했다. 가슴을 짓누르던 놈이 돌연 떨어져나갔다. 입안에서 피 맛이 느껴졌는데, 내 피는 아니었다.

나는 몸을 일으키며 자세를 가다듬으려 했지만, 이미 놈들은 검붉은 핏자국을 남기며 광장을 가로질러 사라지고 있었다. 근처에 있던 파블로는 허리를 접은 채 숨을 헐떡였고, 총독은 흙에 칼날을 문질러 닦았다. 마르케스는 옷이 갈기갈기 찢어지고, 한쪽 눈은 부어 있었다.

매복 공격은 시작할 때 그랬던 것처럼 순식간에 끝났다. 귓가에서 울리던 소리도 서서히 사라지면서 로켓에 눌렸던 가슴 부위가 아프게 느껴졌다.

"당한 사람이 있나, 마르케스?" 아도리 총독이 물었다.

"전부 무사합니다, 각하."

요리사는 사라져버린 말의 밧줄 옆에 서서 큰 소리로 말했다. "내 닭, 놈들이 내 닭을 가져갔어요."

나는 주위를 살피다 가슴이 쿵 내려앉고 말았다. 내가 타던 적갈색 말도 사라지고, 미스 라 역시 보이지 않았다.

"그놈들 정체가 뭐였을까요? 추방된 자들일까요?" 마르케스가 바닥에 침을 뱉고는 말했다.

총독은 어떤 단서라도 찾기 위해 마을 주변을 둘러봤다. "그놈들이 정말 사람이었을까? 짐승이 아니라?"

"너무 순식간에 달려들어 제대로 보질 못했어요." 요리사가 눈을 크게 뜨고 말했다.

"우리보다 훨씬 우세했어. 그런데 왜 물러난 걸까?" 총독이 생각에 잠겨 중얼거렸다.

파블로가 나를 향해 손을 내밀었다. 파블로의 손을 잡으려는데, 내 주먹에서 뭔가가 떨어졌다. 그게 뭔지 보자마자, 숨이 턱 막히는 기분이었다.

"이사벨라?" 파블로가 조심스럽게 내 이름을 불렀다. 하지만 나는 파블로를 보지 않았다. 피가 묻고 이빨이 나뒹구는 흙바닥에 떨어진 그걸 보느라 다른 건 눈에 들어오지 않았다. 목구멍으로 커다란 덩어리가 울컥하고 올라왔다.

"뭔데?" 파블로가 허리를 구부리고 그걸 집어 들었다.

파블로의 커다란 손바닥 위에 놓인 그것은 가장자리 술이 너덜너덜해진, 가는 팔찌였다. 실을 엮어 만든 팔찌 속에 금실 한 가닥이 반짝거렸다.

"루페 거야."

"뭐라고?"

"루페 팔찌라고. 생일 선물로 내가 만들어 준 거야." 내가 말했다.

"정말이야?" 파블로가 쉰 목소리로 말했다.

"어." 나는 겨우 눈을 들어 파블로를 바라봤다. "내가 직접 만들어서 손목에 묶어줬었어."

"이게 어디서 나온 거야?"

덩굴에 목이 감겼을 때, 내가 잡았던 게 이거였었나?

"이봐, 다시 이동할 거니 부지런히 움직여." 마르케스가 우리 쪽으로 걸어오며 말했다.

다른 사람들은 이미 말을 풀어 탈 준비를 끝낸 상태였다. 나와 요리사가 탔던 말 외에도 한 마리가 더 사라진 것을 확인했다.

"가보가 이걸 발견했어요." 파블로가 말했다.

"그게 뭔데?" 마르케스가 물었다.

나는 떨리는 목소리를 겨우 진정하며 말했다. "팔찌예요."

마르케스가 그걸 내려다봤다. "이게 왜?"

그는 파블로의 손에 있던 팔찌를 탁 쳐서 떨어뜨리고는 장화 신은 발로 그걸 흙바닥에 문질렀다.

"그러지 마요! 루페 거라고요!" 나는 소리쳤다.

"뭐, 루페?" 총독의 목소리가 광장 너머에서 울려 퍼졌다. 무너진 담장 너머로 보이지는 않지만, 거칠게 파도치던 바다조차 잠잠해진 느낌이었다.

"이런 지저분한 걸. 이놈은 그게 따님 물건이라고 생각하는 것 같습니다." 마르케스는 총독을 향해 팔찌를 발로 툭 밀었다.

총독은 팔찌 옆에 웅크리고 앉아 한동안 아무 말도 하지 않았다. 총독의 숨소리가 나한테까지 들리는 것 같았다. 그는 고개를 숙인 채 금실이 반짝이는 팔찌를 손가락으로 슬며시 건드렸다. "정말인가?"

"설마 이 말을 믿으시는 겁니까?" 마르케스가 말했다.

"이게 루페 것이라고 어떻게 확신하지?" 총독이 날카로운 눈빛으로 나를 쳐다보았다.

"제가…… 제 누이가 만들어 준 것이니까요."

"이사벨라가?"

나는 가능한 한 눈을 깜빡이지 않으려고 했다. "루페의 생일 선물로요."

"넌 그걸 어디서 찾았지?" 마르케스가 물었다.

"놈들 중 하나가 그걸 갖고 있었어요."

아도리 총독이 벌떡 일어섰다. "놈들을 쫓아가야겠어."

"각하, 하지만 그놈들의 정체가 뭔지도 모르고, 어디로 갔는지도 모르는걸요."

"겁이 많은 놈들이야. 아이를 데려간 것만 봐도 그렇고……."

"만약 놈들이 추방된 자들이라면 가까이 가는 건 너무 위험합니다."

"놈들이 내 딸을 데리고 있다."

"각하, 제 생각에 따님은……." 마르케스가 입을 열었다.

총독이 칼집에서 칼을 휙 빼더니 그걸 마르케스의 목에 갖다 댔다. 내 입에서 헉 소리가 흘러나왔고, 옆에 있던 파블로도 한 걸음 뒤로 물러섰다.

"지금 제정신이 아닌 것 같군. 그러니 자네 생각 따윈 말하지 않는 게 좋겠어." 총독은 칼에 힘을 주었다. "내 말 알아들었나?"

마르케스가 고개를 끄덕이자, 아도리 총독이 휙 돌아섰다. "좋아, 더 질문 있나?" 총독의 눈에는 광기가 서려 있었고, 그걸 본 누구도 더는 대꾸할 수 없었다. "그럼 전부 말에 올라타."

파블로가 머뭇거리며 말을 꺼냈다. "각하, 놈들이 말들을 끌고 갔습니다. 요리사와 가보에게는 말이 없습니다."

"말이 없는 사람은 왔던 길로 되돌아간다. 지도 소년은 빼고." 총독이 나를 힐끗 쳐다봤다. "넌 필요하니, 우리랑 함께 간다."

아주 높은 곳에서 들려오는 듯한 총독의 목소리를 들으며, 나는 루페의 팔찌를 주머니에 넣었다. 목에 걸린 로켓이 묵직하게 느껴졌다. 나는 옷 속 로켓을 한 손으로 꾹 눌렀다.

내가 루페에게 한 마지막 말이 '썩었다'는 말이 되게 할 순 없었다. 널 겁쟁이라고 한 건 잘못이었다고, 넌 정말 용감한 아이이고 나도 너처럼 용감한 사람이 되고 싶다고, 그 말을 루페에게 꼭 해야만 했다.

원정대는 이제 일곱 명으로 줄어들었다. 사람들은 피 묻은 옷은 버리고 새 옷으로 갈아입었다. 여벌 옷이 없었던 마르케스는 총독에게서 감청색의 바지와 튜닉을 빌려 입었다.

"이제 우린 누굴 총독님이라고 불러야 하는 거야?" 호르헤가 낄낄거리며 농담했다가 아도리 총독의 표정을 보고는 슬그머니 입을 다물었다.

사람들이 말에 올라탔고, 나는 파블로의 말을 같이 타기로 했다. 파블로의 허리에 팔을 두르기가 어색해 쭈뼛거리고 있으니, 파블로가 내 팔을 잡아 자기 허리에 감았다.

나는 고개를 돌려 마을이 점점 시야에서 사라지는 모습을 지켜보다가 다시 가죽 패드를 꺼내 계속해서 거리를 표시했다.

"지금 꼭 해야 하는 건 아니잖아. 좀 쉬지 그래?" 파블로가 부드러운 목소리로 말했다.

나는 파블로의 말을 못 들은 척했다. 나는 어떻게든 이걸 꼭 해야만 했다. 내 마음이 흔들리지 않도록 잡아줄 수 있는 건 이것밖에 없었다.

'제발, 루페. 무사해야 해.'

# 12장

‘다음엔 어떤 곳에 갈 거예요, 아빠? 항구는 언제 다시 개방될까요?’

‘이사, 다시 바다로 나갈 수만 있다면 얼마나 좋겠니! 항구가 개방되면 물론 제일 먼저 암리카부터 가야지. 그다음엔 인디아에 갈 거야.’

‘왜요?’

‘인디아는 모든 색이 두 배로 선명한 곳이거든. 핑크색은 눈을 뜨겁게 달굴 만큼 쨍하고, 파란색은 물속에 잠긴 것처럼 깊어.’

‘그건 좀 이상할 것 같은데요.’

‘하지만 정말이야! 그 풍부한 색감과 질감의 안료들을 상상해 보렴! 그 안료를 쓰면 세상 모두가 탐낼 만한 그런 지도를 만들 수 있을 텐데 말이야. 인디아야말로 아빠가 정말 가고 싶은 곳이란다. 아프릭을 지나면서 애집트산 파피루스에 향을 입힐 향료도 사야지. 이사벨라, 넌?’

‘전 아빠랑 함께 인디아에 갈래요. 여왕님에게 어울리는 아름다운 지도를 만들 수 있도록 제가 안료 구하는 일을 도와드릴게요.’

하지만 그건 진심이 아니었다. 나는 조야 섬을 탐험하면서 섬

가운데 지도의 빈 공간을 직접 채우고 싶었다. 인디아에 가고 싶다는 건 거짓말이었다.

그리고 지금, 나는 그곳에 와 있었다. 음침하게 흔들리는 나무들, 넓게 펼쳐진 해변. 혼자 상상만 하던 그곳을 천천히 둘러보았다. 아빠에게 인디아가 그랬던 것처럼 내게는 늘 너무나 멀고 신비하게만 느껴지던 곳이었다. 그런데 기쁘기는커녕 지금 내 몸은 여기저기 아프지 않은 데가 없었고, 주머니 속엔 주인을 잃은 팔찌가 들어 있었다. 그나마 아빠가 여기 오지 않은 건 다행이었다. 불편한 다리로 줄곧 말을 탄다거나 조금 전처럼 괴물들과 맞붙어 싸우는 건 어려웠을 터였다.

'아니, 아빠는 잘 해내셨을 거야.' 작은 목소리가 말했다. 어쩌면 나는 내 자신에게 너무 관대한 나머지 올바르지 못한 태도를 취한 건지도 몰랐다. 어쩌면 원정대에 낀 건 내 이기적인 욕심이고 바보 같은 짓이었는지도 모른다는 생각이 들었다.

목 뒤로 그림자가 드리워졌지만, 내 뒤에는 아무도 없을 거라는 걸 알고 있었다. 목을 따라 길게 땋아 내렸던 머리카락이 없어지니 위험에 노출된 것처럼 계속 마음이 불안하고 이상했다. 나는 파블로의 등에 머리를 기댔다.

어쨌든 이 모든 게 다 관련이 있는 건 틀림없었다. 캐타, 그리고 새들처럼 바다로 달아나려다 물에 빠져 죽은 동물들, 폐허가 된 마을, 기습 공격. 분명 그 사이에 연결고리가 있을 텐데, 뭔가 있다는 것만 느껴질 뿐 그 실체가 보이지는 않았다.

주위 풍경은 시시각각 미묘하게 바뀌었고, 폐허가 된 마을을 지나니 폐허가 된 또 다른 마을이 나타났다. 세 번째 날 정오가 되니, 이제는 완전히 다른 세상에 온 것 같았다. 안개가 걷히자, 뜨거운 태양이 머리와 등을 사정없이 내리쬐었다. 이곳은 땅이 바다로부터 높이 솟은 지형이라 왼편 바닷가는 깎아지른 듯 높은 절벽을 이루고 있었다. 벼랑 아래 바위를 때리는 파도가 어찌나 높고 거센지 바닷물이 얼굴까지 튀었고, 돌풍이 불어 마르케스가 쓰고 있던 모자가 바다로 날아가기도 했다.

총독은 밤이 되어 잠깐 쉬었다 가겠다고 말할 때 외에는 거의 입을 열지 않았다. 밤새 불어대는 바람 때문에 모두가 잠을 제대로 자지 못했다. 등을 웅크리고 앉아 있는 총독의 뒷모습을 보며, 총독도 가슴이 무겁고 목이 메는 그런 감정을 느끼긴 할지 궁금해졌다.

목에 걸린 로켓이 무겁게 느껴졌지만, 벗지 않았다. 루페를 찾을 때까지는 도저히 그럴 수 없을 것 같았다. 바람에 말의 갈기가 흐트러졌고, 내리쬐는 오후 햇볕에 눈이 따가워 눈물이 났다.

우리는 곧 방치된 게 분명해 보이는 밭의 웃자란 풀을 헤치며 나아가고 있었다. 다음 마을에 가까워지고 있다는 뜻인데, 그곳 역시 다른 마을과 다르지 않다는 걸 보지 않고도 알 수 있었다. 태양은 서쪽 바다로 기우는 중이었고, 끊임없이 불어오는 거친 바람에 말뿐 아니라 사람도 모두 지쳐 있었다.

'카멘트 마을 주변은 북쪽 얼어붙은 땅에서 불어오는 바닷바람이 무척이나 사납다고 들었어.' 아빠는 엄마 지도에 표시된 바람의 경로를 손으로 짚으며 말했었다. '바람에 굴복한 것처럼 농작물은 옆으로 누워 자라고, 사람들 키도 작다고 하더라고. 결국 사람도 주위 환경의 산물이거든. 그런 의미에서 우리는 각자 자기만의 지도를 갖고 있는 것 같아. 우리가 걷고 성장하는 방식에 따라 각자의 피부에 지도가 만들어지고, 우린 그 지도를 따라가며 사는 거지.'

마을에 가까워지면서 산비탈 위 형태들이 마침내 집으로 보이기 시작했다. 다 무너지진 않았고 그래도 대충 건물의 모양은 갖춘 집들이었다.

"총독님, 길이 마을 주위로 둥그렇게 나 있습니다." 나는 약간 주저하며 말했다.

"그 말이 맞습니다." 마르케스가 말했다.

길은 카멘트 마을의 외곽을 빙 둘러 이어지다가 방향을 틀며 멀리 떨어진 숲을 향해 곧장 아래쪽으로 뻗어 있었다.

숲이 시작되는 지점의 나무들을 조심스럽게 살피면서 나는 왠지 서늘한 기운이 등줄기를 타고 내려가는 것처럼 소름이 끼쳤다. 바로 이 순간 놈들이 우릴 지켜보고 있는 건 아닐까 하는 생가 때문이었다

"여기서 좀 쉬시는 게 어떨까요?" 마르케스는 총독이 뭐라고 하기 전에 얼른 이렇게 덧붙였다. "모두 지쳐 있고, 말들도 좀 쉬어야 합니다."

"그래서 어쩌자는 건가?" 총독이 차갑게 물었다.

"이 마을이 안전한 곳인지 먼저 확인해보는 게 어떨까요? 그런 다음 보초를 세우고 휴식을 취한 뒤에 해가 뜨자마자 놈들을 뒤쫓는 게 좋을 것 같습니다." 마르케스가 어찌나 목소리를 낮게 까는지 그의 말을 알아듣기 위해 귀를 잔뜩 곤두세워야만 했다. "숲에서 맞붙으면 승산이 없습니다."

총독은 끙 앓는 소리를 내더니 나를 향해 고개를 돌렸다. "소년, 저 길은 어디로 이어지는 거지?"

엄마 지도에도 섬 중간 지역은 별다른 기록 없이 텅 비어 있다는 걸 알면서도 나는 지도를 한 번 더 살폈다. "마리스마입니다."

"그냥 습지라고? 마을이 아니라?"

"지도 상으로는 그렇습니다."

총독이 주먹으로 벽을 쾅 치자, 진흙이 부서져 내렸다. 나는 놀라서 움찔했고, 파블로가 우리 쪽으로 한 걸음 다가왔다. 총독은 몇 가지를 명령하고 나서는 성큼성큼 어딘가로 걸어가버렸다.

우리는 마을 입구의 구유에 말들을 묶었다. 파블로는 말에게 먹이를 주느라 혼자 남고, 나는 다른 사람들과 함께 마을로 들어갔다. 칼자루를 단단히 감아쥔 채 중간쯤에서 걸었지만, 다행히 별다른 일은 일어나지 않았다. 적막하기 그지없는 마을에 우리 말고는 사람의 그림자도 찾아볼 수가 없었다.

카멘트 마을은 내가 예상했던 모습과는 많이 다르게 보였다. 뭐든지 그로메라와는 반대인 것 같았다. 해안을 향해 내려가는 게 아니라 반대로 올라가야 했고, 심지어 문을 다는 경첩도 우리 마을과는 반대쪽에 달려 있었다. 검은색 나무 문이 있는 어떤 집들은 파블로의 집과 우리 집을 합친 것만큼 크고 넓었다.

나는 어느 집 문 위에 두텁게 쳐진 거미줄을 손으로 걷어냈다. 파도의 물결과 소용돌이로 보이는 무늬가 새겨져 있었다. 거미줄을 더 쓸어 냈더니, 돛이 달린 커다란 배의 윤곽이 문 한가운데에서 나타났다. 지금은 벗겨졌지만, 돛에는 빨간색 염료를 칠했던 흔적이 남아 있었다.

나는 한 걸음 물러서서 문 전체에 색이 입혀진 모습을 상상해 보았다. 파란 바다 위로 흰 물보라를 일으키며 나아가는 붉은 돛 단배. 정말 아름다웠다.

칠이 벗겨진 초록색 문과 지도로 덮인 벽, 그리고 아빠가 있는 집이 문득 못 견디게 그리워졌다. 내 옆으로 지나가는 마르케스를 보고, 나는 뒤돌아서서 얼른 눈가를 훔쳤다.

맞바람을 맞으며 마르케스 뒤를 따라 걸었다. 경사진 길의 양옆으로 무늬가 새겨진 문과 칠이 벗겨진 집들이 계속 이어지다가 마침내 널찍한 빈터가 나타났다. 그로메라의 광장 시장과 비슷했지만, 전체적으로 굽어 있고, 주변에 집들이 옹기종기 들어서 있다는 게 좀 다르게 보였다. 그 너머는 절벽 끝이었다. 이곳 바닷바람은 지금껏 어디서도 느껴보지 못했을 만큼 차가워 나는 가보의 재킷을 자꾸만 더 단단히 여며야 했다.

절벽 아래에서는 파도가 끊임없이 밀려와 바위에 부딪치고 또 하얗게 부서졌다. 저기 멀리 어딘가에 얼어붙은 땅이 있을 터였다. 흰곰이 살고, 숨을 쉬면 코에 고드름이 생길 정도로 추운 곳이라고 아빠는 말했었다.

바로 아래는 돌담이 둘러쳐진 항구였다. 한때 그곳에 정박해 있었을 배들은 모두 사라지고 없었다. 절벽에 만으로 이어지는 좁은 돌계단이 나 있는 것이 보였다. 조각된 난간을 손마디가 하얗게 되도록 잡고서, 나는 무의식적으로 계단을 내려가기 시작했다. 주위가 바위로 에워싸인 곳으로 들어서자, 바람이 잦아들었다. 계단이 세 칸 남았을 때, 나는 고운 모래가 깔린 해변으로 한 번에 풀쩍 뛰어내렸다. 그로메라의 모래는 까맸는데, 이곳 모래는 특이하게도 하얗고 반짝거렸다.

나는 장화를 벗고 바지 밑단을 걷어 올렸다. 발바닥은 물집투성이에 발뒤꿈치도 다 까져 있었다.

혹시라도 누가 보는 건 아닌지 높이 솟은 절벽 위를 올려다봤지만, 다른 사람들은 내가 사라진 것도 모르는 것 같았다. 마음을 단단히 먹고 얕은 물속으로 발을 집어넣었다.

처음에는 벌레에 쏘인 것처럼 발이 따끔거렸지만, 곧 무뎌졌다. 바다에 들어가는 걸 금지한 총독을 절벽 너머 아주 가까운 곳에 두고 나는 지금 바다에 들어와 있었다. 눈을 감았다. 물속을 헤엄치고 싶었다. 어린 시절, 점토 채굴장 근처 작은 호수에서 엄마에게 수영하는 법을 배우긴 했지만, 감히 물속으로 뛰어들 용기는 나지 않았다.

행여 헤엄쳐서 섬을 탈출하려는 사람이 있을까 봐 총독이 수영을 금지한 거라고 아빠는 말했었다.

'어차피 맨몸으로는 그렇게 멀리 갈 수도 없어. 해류도 계속 변하고, 바다에는 해파리, 상어, 바다뱀처럼 무서운 것들도 아주 많거든.'

'그렇다면 바다로 나가지 못한다고 그렇게 슬퍼할 이유도 없는 거 아니에요?'

'그건 아니지. 왜냐하면 바다에는 무서운 것만큼이나 놀라운 것들도 많거든. 게다가 바다를 통해 우리는 세상 어디로든 갈 수 있기도 하고.'

"세상 어디로든 갈 수 있대." 나는 로켓에 대고 속삭이듯 중얼거렸다. "내 말 들려, 루페? 앞으로 우리가 함께 가볼 곳이 정말 많아."

뒤에서 '쿵' 소리가 들려 고개를 돌리기도 전에, 누군가 내 허리를 잡아 위로 번쩍 들어 올렸다.

나는 필사적으로 몸을 비틀고 버둥거리며 발길질을 해댔지만, 나를 잡은 손은 꼼짝도 하지 않았다. 그 사람은 나를 든 채 더 깊은 바다로 걸어 들어갔다.

파블로가 웃고 있었다. 파블로는 물이 허벅지 높이까지 온 곳에서 멈춰 섰다.

"숨 들이마셔!"

그러고는 나를 물속으로 던져버렸다.

⁂

올라가는 파도를 따라 몸이 붕 떠오르는 게 기분이 묘했다. 물속에 들어갔을 때 중력이 사라진 게 어떤 느낌이었는지 잊고 있었는데. 호수에서 수영을 배울 때였다. 가보가 낑낑대며 엄마를 반쯤 들어 올리고는 좋아서 웃던 그때가 떠올랐다. 수영이 처음은 아니었지만, 그래도 바다 수영은 느낌이 달랐다. 아래 물속이 너무 시커멓게 보였고, 저 밑에 뭐가 있을까 그런 상상을 했다. 나는 금세 무서운 생각이 들어 물 밖으로 나와야만 했다.

몸을 녹이려고 양팔을 열심히 문지르며 파블로가 있는 곳을 눈으로 좇았다. 물개처럼 미끈해진 파블로의 머리가 수면 위로 쏙 올라왔다. 젖은 바지가 조금씩 마를 때쯤 파블로도 첨벙거리며 걸어 나오더니 내 옆에 털썩 주저앉았다.

방금까지 나누던 얘기를 마저 하기라도 하듯 파블로가 말했다. "바다에서 수영하는 거 생각했던 것보다 더 이상하다."

"나도 그래." 내가 말했고, 그는 킥 하고 웃었다.

"하긴 그래. 그중에서도 이사벨라 네가 제일 이상해."

"그런 뜻이 아니잖아. 나 놀리지 마!" 나도 모르게 얼굴이 빨개졌다.

"미안." 파블로가 진지한 목소리로 말했다. "실은 말이야. 예전에 너랑 가보랑 같이 논다고, 나 놀림당했었어."

"왜?"

"어린애들이랑 논다고. 나보고 바보, 멍청이라고 하더라고."

"누가 그랬는데?"

"또래 남자애들이." 파블로는 손가락 사이로 모래를 흘려보내며 말했다. "멍청이에다 모자란 놈이래."

"그걸 이제 알았대?"

파블로는 슬며시 웃었다. "난 아닌 줄 알았거든."

나는 힐끗 파블로를 곁눈질했다. "그래서 그런 거였어? 우리 집에 발길을 끊은 게?"

파블로는 꼼짝도 하지 않고 가만히 있었다. "그때 못 가봐서 미안했어. 가보가 떠났을 때……."

나는 또다시 목구멍으로 뭔가가 울컥 올라오는 걸 느꼈다. "괜찮아."

"넌 괜찮아? 이 모든 게……?" 파블로는 내 손을 잡으려다 말고, 다시 무릎 위로 손을 올렸다. "무섭고 겁나고, 그럴 것 같은데."

"난 안 무서워."

"난 무서워."

파블로는 또다시 말이 없었다.

"우리가 루페를 찾을 수 있을까?" 내가 물었다.

"그럼." 조금도 망설이지 않고 확신에 찬 대답을 들으니, 가슴 속에 따뜻한 기운이 퍼지는 기분이었다. 나는 축축한 주머니 속으로 손을 넣어 팔찌를 더듬었다.

"그렇게 말해주니 좋네."

우리는 하늘에 흐릿하게 반짝이는 별들을 바라보며 앉아 있었다. 나는 별의 위치를 조심스레 살폈는데, 그건 마샤 아주머니처럼 미래를 점치기 위해서가 아니라 아빠처럼 방향을 읽기 위한 거였다. 밤하늘에서 가장 밝지는 않지만, 거의 움직이지 않고 한 곳에 굳게 박혀 있는 별이 바로 북극성이었다. 아빠는 하늘이 북극성을 중심으로 돈다며 항상 그 별을 닻이라고 불렀었다.

"그 빛나던 나무 조각 말이야." 파블로의 목소리에 번쩍 정신이 들었다. "그거 너희 아버지 지팡이 아니야?"

나는 고개를 끄덕였다. 총독이 그걸 가져갔다는 사실조차 잊고 있다니, 나 자신이 한심하게 느껴졌다.

"그게 어디에서 온 건지 정말 모르는 거야? 빛이 나는 건 왜 그런 거야?"

"왜 빛나는 건지는 모르겠고, 그게 배의 일부였다는 건 알아. 고조할아버지가 탔던 배의 파편이라고 들었어."

"배라고? 무슨 일이 있었길래?"

"파블로, 지금 나한테 옛날이야기 해달라는 거야?" 나는 놀리는 투로 말했다.

"아니거든." 모래밭에 누워 있던 파블로가 발끈하더니, 잠깐 아무 말도 하지 않았다. "그래, 어쩌면 듣고 싶은 건지도 모르겠다."

북극성을 가만히 응시하며 파블로 옆에 누우니, 굵고 깊은 아빠의 목소리가 귓가에 들리는 듯했다. 나는 오늘 밤처럼 구름 한 점 없는 하늘에 별이 뜬 밤이면 정말 자주 들었던 그 이야기를 아빠가 평소 쓰던 단어, 말투, 느낌 그대로 파블로에게 들려주었다.

❋

이 나무는 고조할아버지인 리오세 할아버지의 배에서 남은 유일한 조각이야. 그 당시 할아버지는 특별한 나무 한 그루를 발견하고 그걸 잘라 배를 만들었는데, 나무가 백로의 뼈만큼이나 가볍고 단단했대. 그런데 놀라운 건 그게 다가 아니었어. 나무를 손톱으로 긁었더니, 손톱 밑에 낀 나무껍질에서 빛이 나는 게 아니겠어? 나무를 다듬어 널빤지로 만들었더니 나뭇결에서도 빛이 나더래. 못을 박아도 나무가 쪼개지지 않고 부드럽게 박히고, 한 번 고정하고 나면 견고하기가 이를 데 없고. 마치 나무가 다시 뿌리를 내려 새로운 형태로 자라기라도 한 것처럼 할아버지의 손에서 그렇게 배가 만들어진 거야. 두 달 뒤, 루나 플로탄테—'떠다니는 달'이라는 뜻이야—가 완성됐어. 배 옆면에 용혈수 수액을 발라 광을 냈더니 밤이 되면 봉홧불을 켠 것처럼 선체에서 빛이 났대. 물고기들이 빛을 보고 모여들어 할아버지는 그냥 맨손으로 물고기를 마구 퍼 담아도 될 정도로 고기를 많이 잡았다고 하더라. 하지만 행운은 오래가지 않았어.

어느 날 밤, 강풍이 불어 배가 너무 멀리까지 가게 된 거야. 멀고 먼 아프릭 연안에서 먹구름이 몰려오더니 머리 위에서 채찍처럼 비가 쏟아지기 시작했어. 강한 파도에 배가 이리저리 흔들리고, 바람에 자꾸만 뱃머리가 떠올랐지. 할아버지는 재빨리 돛대에 몸을 묶었대. 그때 산처럼 높은 파도가 밀어닥쳐 배가 높이 솟구쳐 올랐지. 그런데 배는 다시 밑으로 떨어지질 않고, 마치 새처럼 소용돌이를 타고 바다 위로 둥실 떠올랐다는 거야. 그리고 돛대가 부러지면서 할아버지는 배 밖으로 튕겨 나갔대. 할아버지는 바다 저 아래로 끌려 들어갔어. 이제는 죽었구나 싶었겠지? 더 이상 숨을 쉴 수도 없고, 머릿속에선 별들이 반짝거리더래.

그런데 할아버지는 죽지 않았어.

돛대 때문에 몸이 다시 수면 위로 떠오른 거야. 덕분에 폭풍이 지나갈 때까지 계속 물 위에 떠 있을 수 있었대. 지나가던 배가 할아버지를 발견하고 구조했어. 선박의 선원들은 할아버지가 하는 말을 듣고 어리둥절하다는 반응을 보였대. 왜냐하면 선원들은 하늘로 떠올랐다던 배는 물론이고, 폭풍이 온 것도 보질 못했으니까. 증거라고는 할아버지 몸에 묶여 있던 돛대뿐이었대.

이사, 지금 아빠 말이 진짜인가 의심하는 거 다 아는데, 아빠는 그 얘기 믿어. 아빠 생각에는 말이지, 그 배는 지구의 것이 아니었던 것 같아. 아니면 적어도 인간의 것이 아니었거나. 섬이 할아버지에게 그걸 줬다가 다시 가져간 거지. 이사벨라, 모든 건 다 왔던 곳으로 되돌아가는 습성이 있거든. 그걸 순환이라고 해. 계절, 물, 인생, 어쩌면 나무까지도 다 돌고 돈단다. 돌아가는 길을 찾기 위해 항상 지도가 있어야 하는 건 아니야. 물론 지도가 있으면 도움이 되긴 하겠지만. 자, 이사벨라, 네 생각은 어떠니?

# 13장

마지막 부분은 뺐어야 했는데, 그만 나도 모르게 줄줄 다 말해버리고 말았다. 놀리는 말이 돌아올 줄 알았는데, 파블로는 내 손을 잡더니 힘을 한 번 꽉 주었다 놓았다. 그 손이 참 거칠면서도 따뜻했다.

"가자, 지팡이 되찾아야지." 파블로가 먼저 가파른 돌계단을 올라가기 시작했다.

나는 가방과 장화를 집어 들고 아무것도 신지 않은 맨발로 그 뒤를 따라갔다. 절벽 위로 올라서니, 바람이 다시 세차게 불어댔다. 어느 큰 집에서 불빛과 목소리들이 흘러나왔다. 그리고 바람을 막을 수 있게 높은 담 아래 피워둔 모닥불 앞에는 한 사람의 그림자가 앉아 있었다.

파블로와 나는 집 쪽으로 걸어갔다. 열린 문 가까이 다가갔을 때, 모닥불 옆에서 총독의 목소리가 들려왔다.

"소년, 이쪽으로 와봐."

나는 긴장했다. 총독의 시선은 불꽃에 가 있었지만, 손가락으로는 자기 옆을 가리키고 있었다. 우리는 총독을 향해 방향을 바꿨다. 하지만 총독은 파블로를 향해 손가락을 탁 튕겼다. "넌 말고."

"괜찮겠어?" 파블로가 조용히 말했다.

"빨리 안 와?" 총독이 꽥 소리를 질렀다.

나는 살짝 몸을 떨며 총독이 있는 곳으로 걸어갔다. 파블로는 잠시 문가에 서서 이쪽을 보다가 집 안으로 들어가버렸다.

"수영을 했나?" 총독이 내 손목을 움켜잡더니, 내가 대답하기도 전에 나를 끌어 앉혔다. "앉아."

총독은 한참 동안 아무 말도 하지 않다가 마침내 입을 열었다.

"그러니까 여기가 카멘트란 말이지." 총독은 납작한 휴대용 술병에 든 것을 쭉 들이켰다. 진하면서도 향이 있는 허니 브랜디 향이 내게까지 풍겨왔다. "누가 그러더군. 이곳이 추방된 자들의 소굴이라고. 그 죽은 여자애와는 아는 사이였나?"

"캐타 말씀이시죠? 네, 제 여동생과 친구 사이였습니다." 나는 최대한 무덤덤한 척하며 대답했다.

"네 여동생은 친구를 참 골고루도 사귀었군." 총독이 말했다.

"맞습니다." 나는 가방을 쥔 손에 힘을 주면서 파블로라도 옆에 있으면 좋겠다고 생각했다.

"어떤가, 지도 만드는 일은 재밌나?"

"네."

"그렇다면 운이 좋군. 내 아버지도 식민지 총독이었어. 아프릭의 한 지역을 통치하셨지. 난 아버지 밑에서 싸우는 법을 배우면서 영토를 지키는 걸 도와드렸어. 싸우는 일, 사실상 총독이 하는 일은 그게 다야. 아버지는 끝까지 권력을 지키려고 애쓰다 돌아가셨지."

"정말 슬프셨겠어요."

"뭐, 별로. 아버지를 죽인 게 나거든."

섬뜩한 대답에 나는 움찔하지 않으려고 무척이나 노력해야 했다.

"그래서 벌을 받았지. 결국 이런 곳에 와 있잖아, 안 그런가?" 그는 허무한 표정으로 웃더니 또 술을 마셨다. '지금이 기회야. 지금 물어봐야 해.' 나는 생각했다.

"조야 섬엔 어떻게 오게 되신 거예요? 벌을 받아서라고요?"

"그래, 맞아. 벌을 받고 여기로 보내진 거야. 속죄를 하라는 거였지. 뜻대로 되진 않았지만."

속죄? 그 말의 정확한 뜻을 나는 잘 알지 못했다. 잠시 망설이다가 다시 물었다. "누가 총독님을 여기로 보낸 건데요?"

총독은 아무 말 없이 가만히 있었다. 내가 너무 건방진 질문을 했나 싶었지만, 차마 고개를 들어 그의 표정을 살필 용기는 나지 않았다.

"네 질문에 내가 답했으니, 이번엔 내가 질문할 차례군. 왜 내 딸의 로켓을 네가 목에 걸고 있는지 물어봐도 될까?"

갑작스러운 총독의 질문에 가슴에 손을 올렸다. 로켓이 보란 듯이 튜닉 위로 올라와 있었다. 귓가에서 쿵쿵대는 심장 소리를 들으며, 나는 할 말을 찾기 위해 열심히 머리를 굴렸다.

“거짓말은 안 하는 게 좋을 거다.” 석탄처럼 까맣고 생기라곤 없는 그의 눈이 나를 똑바로 바라보고 있었다.

“루페가 제 여동생에게 줬습니다.” 나는 결국 그렇게 말했다.

총독은 계속해보라는 듯 고개를 끄덕였다. 어디서부터 시작해야 할지 몰라 잠시 망설이다가 루페가 캐타를 과수원으로 보내 용과를 따 오라고 시킨 얘기부터 하기 시작했다. 그리고 루페가 우리 집에 편지를 놓고 간 데서 이야기가 끝났다. 내가 가보로 변장했다는 말은 하지 않았다.

총독은 내 얘기를 잠자코 다 듣더니 물었다. “운명을 믿나?”

“네, 아니요. 어쩌면요.” 나는 말했다.

“그렇다는 거야, 아니라는 거야?”

“저희 아빠가 그러셨어요. 운명은 자기 삶을 스스로 책임지고 싶지 않은 사람이 쓰는 말이라고요.”

아도리 총독이 낮은 소리로 킬킬거리며 웃었다. 마르케스의 눈빛만큼이나 따뜻한 구석이라곤 찾아볼 수 없는, 그런 웃음이었다. “네 아비는 자신의 어린 시절에 관해 말해주던? 어떻게 자랐다든가 하는 얘기 말이다. 그리고 왜 지도 제작자가 됐는지도 말해줬고?”

“네.”

“자기 아이에게 왜 그런 얘길 하는지 나로서는 이해할 수가 없군. 왜 약한 모습을 보이는 거지? 그런 건 죽기 전에나 하는 말이잖아." 그는 비웃듯이 말했다.

그 말에 뭐라고 대답해야 할지 알 수가 없었다. 아빠는 내가 아는 사람 중 가장 강한 사람이었지만, 차마 그 말을 할 수는 없었다.

"돌려드릴까요, 로켓?" 내가 물었다.

총독은 눈을 가늘게 뜨고 모닥불을 바라보았다. "루페 거니까, 만나서 직접 돌려줘. 그걸 다시 목에 걸 수 있을지 모르겠지만."

역시나 그랬다. 총독은 루페가 죽었다고 생각하는 모양이었다.

'아니, 당신 생각이 틀렸어.' 소리치고 싶었다. 루페를 포기해버린 총독을 향해 악쓰고 싶지만, 입술만 깨물 뿐 아무 말도 하지 못했다. 그런 내가 싫었다.

"그래도 복수는 할 거야." 그의 눈이 반짝였다. "총독이 하는 일이 그거니까." 그가 갑작스럽게 웃음을 터트리는 바람에 화들짝 놀란 나는 그의 팔을 치고 말았다. 술병에서 술이 쏟아져 총독이 입은 짙은 색 망토에 얼룩이 생겼다. 총독이 자기 망토를 내려다봤고, 나는 숨을 죽였다.

"총독님?" 마르케스가 집 밖으로 걸어 나왔다. 총독이 고개를 돌려 그를 보고는 이쪽으로 오라며 손짓했다.

"이거 받아." 총독이 내게 망토를 던졌다. "내일까지 그 얼룩을 제거해놓도록 해."

나는 망토를 받아 비틀거리며 일어섰다. 마르케스 옆을 지나는데, 그가 내 팔을 잡았다.

"내가 지켜보고 있다는 거 잊지 마라, 소년."

나는 안으로 들어가자마자 벽에 이마를 기댔다. 불이 활활 타오르는 숲에서 머리카락만 조금 그을린 채 겨우 탈출한 것 같은 그런 기분이었다. 파블로가 걱정스러운 표정으로 쳐다봤지만, 그냥 눈을 감아버렸다. 총독의 목소리가 귓가에 울리는 듯했다.

'운명을 믿나?'

총독은 자기 아버지도 죽인 사람이었다. 이전까지는 그가 얼마나 잔인한 사람인지 확신하지 못했다면, 이제는 확신할 수 있었다. 총독이 곁에 있을 때는 잠시도 틈을 보여서는 안 되겠다고 생각했다. 그리고 루페, 총독은 루페가 죽었다고 믿는 눈치였다. 그의 말이 내 가슴을 무겁게 짓눌렀지만, 나는 루페가 죽지 않았다고 예전보다 더 힘껏 믿기로 했다.

"그 망토를 네가 왜 가지고 있어?" 눈을 뜨자, 바로 옆에 파블로가 와 있었다. 나는 파블로를 지나쳐 건물 안쪽으로 걸어 들어갔다. 안을 힐끔 들여다보니, 창문이 높이 달린 커다란 방 안에서 사람들이 아빠의 지팡이 조각에서 나오는 빛을 조명 삼아 카드 게임을 하고 있었다. 고개를 들고 나를 보는 사람은 아무도 없었다.

"이사, 괜찮아?"

"그 이름 부르지 마." 나는 파블로를 밀치며 지나갔다. "지금 얘기할 기분 아니야."

파블로가 얼굴을 찌푸렸지만, 그냥 무시했다. 총독과 이야기를 나누고 나니 속이 배배 꼬인 듯 기분이 좋지 않았다. 나는 망토를 한쪽으로 던졌다. 그런 인간을 위해서는 어떤 일도 하고 싶지 않았다. 그런 살인자 아버지는 루페에게 어울리지 않았다.

집이 그리웠다. 미스 라가 사라졌기 때문에 지금 당장 집을 가깝게 느낄 수 있는 건 지도뿐이었다. 나는 파블로에게 등을 돌리고 앉아 가방에 든 물건들을 구석에 펼쳐놓았다. 별자리표의 물기는 말랐지만, 종이도 찢어지고 잉크도 다 번져 도저히 알아볼 수가 없었다. '미안해요, 아빠.' 높이 달린 창문을 통해 밤하늘을 올려다보니, 북극성이 반짝이고 있었다. 북극성을 닻 삼아 별들의 위치를 다시 잡는다면…….

지금 앉은 곳에서부터 시간을 거슬러 올라가며 이곳까지의 여정을 머릿속으로 되감아 보았다. 그리고 하나씩 지도에 그리기 시작했다. 경사진 땅과 해변을 따라 이어진 길을 되짚어갔다. 그물처럼 뻗은 강의 하구, 길고 완만한 곡선을 이루던 해변, 피와 이빨로 X자가 그어져 있던 그리스 마을, 숲이 끝나는 지점과 아린탄 폭포로 이어지던 모든 경로를 지도에 표시했다. 마침내 잊힌 땅에 들어온 첫날에 그렸던 곳까지 길이 연결되었다. 그때 느꼈던 감정들도 하나둘 되살아났다. 잊힌 땅에 처음 들어왔을 때는 모든 게 두려우면서도 또 한편으로는 알 수 없는 기대감에 가슴이 떨렸었다. 아린탄 폭포 옆에 앉았을 때는 아린타처럼 모험을 하게 됐다는 생각에 뿌듯했고, 루페를 꼭 찾아내겠다는 희망에 가득 찼었다. 엄마 지도가 내게 비밀의 길을 보여줬던 순간도 떠올랐다.

가방에서 오래된 지도를 꺼내 그 위를 손가락으로 쓱 훑어보았다.

"제발 다시 나타나 줘." 작은 소리로 속삭였다.

그런 나를 비웃기라도 하듯 지도는 바스락거리기만 할 뿐 평소와 다른 점은 아무것도 눈에 띄지 않았다. 엄마 지도를 다시 말아 넣고, 지도를 그리느라 꺼낸 도구들도 모두 정리했다. 아무리 봐도 내가 그린 지도는 아빠가 그린 지도와 아주 달랐다. 비슷하게 그릴 수 있다고 믿은 내가 바보였다. 축척, 풍경, 주요 지형지물. 필요한 건 다 넣었지만, 뭔가가 빠져 있었다. 아빠의 지도는 늘 살아 있는 것처럼 생생했는데, 내가 그린 지도는 죽은 것처럼 생기가 없었다. 잉크, 종이 말고 다른 것, 살아 있는 뭔가가 필요했다.

하지만 지금 당장 노력한다고 될 일은 아니었다. 머리는 무겁고 눈도 뻑뻑했다. 나는 가방을 베개 삼아 누운 뒤, 망토를 턱밑까지 끌어당겼다. 다른 사람들이 카드놀이를 하고 농담을 주고받는 동안, 나는 오래전에 살해된 누군가의 아버지와 내 손 아래에서 모래처럼 움직이는, 살아 있는 지도에 관한 꿈을 꾸었다.

※

"이사벨라, 저 소리 들려?" 바로 옆에서 파블로가 물었다.

나는 일어나 앉으며 귀를 기울였다. 들렸다. 바람을 타고 들려오는 낮은 휘파람 소리. 눈에 힘을 주며 어둠 속을 응시했다.

"총독님은 어디 계시지?" 호르헤가 잠이 덜 깬 목소리로 물었다.

"나가서 총독님을 찾아보는 게 좋겠어." 누군가 낮은 소리로 말했다.

"너희 둘은 나오지 마. 괜히 방해만 돼." 파블로와 내가 일어서자, 마르케스가 말했다.

"저도 돕겠습니다." 파블로가 작은 칼을 빼 들며 말했다.

마르케스가 코웃음을 쳤다. "그거 가지고 뭘 하겠다고. 이거 받아." 그는 허리춤에서 다른 검을 뽑아 파블로에게 건넸다.

검을 받은 파블로는 나를 보며 말했다. "여기 있어. 무슨 일인지 확인하고 곧바로 돌아올게."

나는 고개를 끄덕였다. 사람들은 칼을 들고 발소리를 죽이며 밖으로 걸어 나갔다. 문이 닫혔다. 별안간 나는 혼자가 되었다.

아빠의 지팡이 조각이 탁자 위에 놓여 있는 걸 보고, 얼른 허리춤에 끼워 넣었다. 또다시 휘파람 소리가 들리지 않을까 싶어 잔뜩 신경을 곤두세웠지만, 바람 소리 말고는 어떤 소리도 들리지 않았다. 긴장을 풀어도 되는 건지 어쩐 건지 모르는 채 기다리는 몇 분이 한없이 길게 느껴졌다.

그때 짧은 외마디 비명이 들렸다. 누군가 고통스러워하며 내지른 소리가 틀림없었다. 머리끝이 쭈뼛 곤두서는 걸 느꼈다.

가방 속에서 칼을 꺼냈다. 무슨 일이 벌어지는지는 몰라도 가만히 앉아 있을 수만은 없었다. 나는 지팡이에서 나오는 불빛을 가리기 위해 총독의 망토를 어깨에 걸치고 문을 살짝 밀었다.

요란한 삐걱 소리와 함께 문이 열렸다. 공터에는 아무도 없었고, 그 너머 검은 바다에서 파도치는 소리만 사납게 들려올 뿐이었다. 아도리 총독이 앉아 있던 모닥불은 꺼져 있었다.

집 뒤쪽에서 몸싸움을 벌이는 소리가 들려왔다. 나는 숨을 죽이고 모퉁이를 돌아 그쪽으로 살금살금 다가갔다. 입에서 비명이 새어 나오려는 걸 손으로 겨우 틀어막았다.

마르케스가 거기 누워 있었는데, 유리 같은 눈에는 초점이 없었다. 손이 앞으로 묶여 있었지만, 가슴이 올라갔다 내려갔다 하는 걸로 봐서 죽은 건 아닌 것 같았다. 하지만 누가 그런 거지?

파블로를 찾아야 했다. 나무와 벽 뒤 그림자 속에 몸을 숨기면서 가능한 한 소리를 내지 않고 다른 곳으로 달려갔다. 그때 뭔가에 발이 걸리면서 하마터면 넘어질 뻔했다.

그건 총독의 호위병 중 한 사람이었는데, 역시나 결박된 채 의식이 없는 상태였다. 나는 극심한 공포에 사로잡혔다.

뒤에서 부스럭 소리가 나 얼른 몸을 낮췄다. 여러 가지 생각이 머리를 스치고 지나갔다. 지금 내게는 칼과 아빠의 지팡이 조각, 가방이 있었다. 이대로 말을 타고 해안을 따라 달리면 집으로 돌아갈 수 있을 것 같았다.

'그건 안 돼.' 좀 더 고집스러운, 또 다른 목소리가 말했다. 적어도 파블로를 찾기 위해 노력은 해봐야지. 아린타라면 이렇게 도망치지 않았을 터였다. 나는 허리를 세우고 광장을 향해 돌아섰다.

배에 불이 났을 때 나던 냄새가 코끝에 풍긴 순간, 누군가 뒤에서 내 손을 잡아 비틀었다.

발버둥을 치며 소리를 지르려고 입을 벌렸다. 그때 씁쓸한 뭔가가 입안으로 쑥 들어오더니 입속에서 녹아내렸다. 잇몸에서 감각이 사라졌고, 기운이 쭉 빠졌다.

점점 시야가 흐릿해지며 내 팔다리조차 잘 보이지 않았다. 나는 바닥에 얼굴을 찧으며 그대로 고꾸라졌다.

## 14장

몸 여기저기 아프지 않은 곳이 없었다. 뭔가가 나를 짓누르는 것처럼 몸이 무거웠다. 등 밑에 깔린 가방과 그 안에 든 지팡이 조각 때문에 등허리가 배겼다. 나는 가방을 옆으로 빼면서 힘겹게 눈을 떴다.

몸을 일으켜 세우려 했더니, 머리가 깨질 듯이 아팠다. 꿈이 아닌 게 실감 날 때까지 지팡이 조각을 꼭 쥐고 한동안 가만히 있었다.

그때 걱정스러운 표정의 거무스름한 얼굴이 시야에 불쑥 나타났다. 나는 눈을 가늘게 뜨고 초점을 맞추려다가 그만 눈을 감아버렸다. 충격이 차가운 파도처럼 밀려와 나를 감쌌다. 내가 죽은 건가?

하지만 땅바닥이 만져졌고, 목에서 맥박이 뛰는 것도 느껴졌다.

다시 눈에 힘을 줬다. 검은 곱슬머리는 엉켜 산발이 됐고, 아도리 부인이 질색할 만큼 얼굴은 더러웠지만, 그건 분명 루페였다.

"루페?"

"역시 넌 줄 알았어! 머리 모양 때문에 좀 헷갈리긴 했지만."

나는 아픈 팔을 들어 루페를 와락 안고 머리카락에 얼굴을 부볐다. 루페의 머리에서 퀴퀴한 냄새가 났다. 루페도 나를 꽉 끌어안았다. 어찌나 세게 안았는지 어깨뼈가 으스러질 것만 같았다. 루페의 몸은 가늘게 떨리고 있었고, 등뼈가 툭 튀어나와 내 팔 안쪽에 고스란히 닿았다.

"너 괜찮은 거야?" 나는 작게 속삭였다.

루페는 엉덩이를 쭉 뺀 자세로 물러나 앉으며 얼굴을 문질렀다.

"네가 왔으니까 이젠 괜찮아. 그런데 왜 우리 아빠 망토를 입고 있는 거야?"

"얘기하자면 길어."

"그럴 것 같아." 루페는 다리를 끌어안으면서 숨이 넘어갈 것처럼 깔깔거리고 웃었다.

루페의 스커트가 바스락거렸다. 루페는 아직도 분홍색 호박단 드레스 차림이었는데, 밑단이 찢어져 너덜너덜해지고 더러운 것도 잔뜩 묻어 있었다. 생일날 입었던 드레스도 갈아입지 않고 잊힌 땅으로 출발하다니, 과연 루페다웠다.

"우린 네가 죽은 줄만 알았어." 나는 놀라움을 감추지 못하며 말했다.

"나도 내가 죽는 줄 알았어."

"도대체 무슨 일이 있었던 거야?"

"얘기하자면 길어." 고생이 심했는지 루페의 눈 밑이 퀭했다.

"도체 덕분에 살았어."

"도체?"

"걔도 나랑 비슷해. 그러니까 걔네 엄마인 애나가 여기 우두머리야. 숲으로 추방된 자들을 이끄는……."

"추방된 자들이라고?" 순간 등골이 오싹해졌다.

"어, 그 사람들이 날 찾아냈어. 그리트? 뭐, 그런 비슷한 마을에서."

"그리스일 거야." 루페가 이렇게 좋은 옷을 입고 죽지도 않고 살아서 추방된 자들에 관해 말하고 있다니, 말도 안 되는 일처럼 여겨졌다.

"루페, 여기서 도망쳐야 해. 캐타를 살해한 게 추방된 자들이란 말이야."

"아니야. 캐타를 죽인 범인은 따로 있어." 루페가 말했다.

심장이 마구 쿵쿵거렸다. "무슨 소리야?"

"도체가 올 때까지 좀 기다리는 건 어때? 걔가 나보다는 설명을 더 잘할 거야. 아무튼, 내가 그리트에 갔는데……."

"그리스라니까."

"아무튼, 말이 놀라서 날뛰는 바람에 세울 수가 없었거든. 말이 바닷물을 향해 달려드는 걸 도체가 보고 잡아 세웠어. 그때 내가 아래로 떨어졌는데, 하필이면 뼈 위로 떨어진 거 있지? 너도 그 해골들 봤어?"

"어, 봤어. 거기서 무슨 일이 있었는지, 넌 알아?"

루페는 눈을 동그랗게 뜨고 말했다. "독가스 같은 걸 마시고 사람들이 죽었대. 도체가 그랬어. 땅에서 뭔가가 피어오르더니 사람들이 숨도 못 쉬고 죽어버렸대."

"독가스라고?" 나는 믿을 수가 없어 루페의 얼굴만 쳐다봤다. "근데 난 거기서 네 팔찌를 발견했는걸……."

"그게 어딨었는데?"

나는 주머니에서 팔찌를 꺼냈다. "날 공격한 사람이 팔에 차고 있던 걸, 내가 잡아당겨서 끊어졌어."

팔찌를 받아 든 루페의 얼굴에 뭔가 알겠다는 듯한 표정이 떠올랐다. "아, 그게 너였구나! 사람들이 어디선가 닭을 구해왔었어. 너도 봤겠지만, 인근에는 동물이 한 마리도 남질 않았거든. 진짜 끔찍하지 않아? 동물들이 전부 바다로 뛰어들다니." 루페는 몸을 부르르 떨며 말했다.

닭들. 닭이 든 우리를 실어뒀던 말들만 사라진 건 그래서였구나.

"도체가 그걸로 스튜를 만들었어. 이 닭만 빼고. 말라비틀어진 데다가 성질도 더럽다고, 나보고 반려닭처럼 그냥 데리고 있으래."

루페가 어두운 곳에 놓인 우리 하나를 가리켰고, 나는 얼른 그쪽으로 달려갔다. 설마 했는데, 맞았다. 미스 라가 짜증스럽게 씨앗을 쪼고 있었다. 나는 미스 라를 번쩍 안아 들었지만, 미스 라는 요란하게 꼬꼬거리며 내 손을 쪼아댔다. 미스 라는 나를 다시 만난 게 별로 기쁘지 않은 모양이었다.

"너, 얘 알아?" 루페가 얼굴을 찡그리며 물었다.

나는 고개를 끄덕였지만, 자세히 설명하지는 않았다. 다 얘기하자면 너무 길었다. 나는 주변을 둘러보다가 그제야 우리 주위로 말뚝이 둥그런 원을 그리며 땅에 박혀 있는 걸 알아차렸다. 말뚝은 머리 위 나뭇가지보다 더 높은 곳까지 뻗어 있었다. 그러니까 이건 검은 숲으로 둘러싸인 일종의 우리인 셈이었다. 바닥은 단단하게 다져진 땅은 아니고, 그로메라처럼 무르고 푸슬푸슬한 흙으로 되어 있었다. 보이는 건 없지만, 고인 물에서 나는 썩은 냄새 같은 것도 났다.

가방을 열고 엄마 지도를 꺼냈다. 이곳은 섬 중앙에 위치한 늪지대, 마리스마일 거라는 확신이 들었다. 나는 마리스마에서 그로메라로 이어지는 경로를 확인했다. 여기서 탈출할 수 있다면 집으로 돌아가는 길도 찾을 수 있을 것 같았다. 나는 지도를 말아 가방 속, 지팡이 옆에 집어넣었다.

"팔찌는 내가 도체한테 선물로 준 거야. 다른 사람 줬다고 화내는 거 아니지? 티비시나한테 공격당했을 때, 구해줘서 고맙다는 인사를 좀 하고 싶었거든."

나는 얼굴을 찡그렸다. "티비…… 뭐?"

루페는 몸을 부르르 떨면서 말했다. "아……, 지금 그 얘기는 안 하는 게 좋겠어."

루페가 자꾸 알아들을 수 없는 소리를 하니, 내가 죽은 건지 아니면 꿈을 꾸고 있는 건지 점점 더 헷갈렸다. 하긴 애초에 루페가 살아서 추방당한 자들과 함께 있다는 것 자체가 말이 안 되긴 했다. 루페는 찡그린 얼굴로 나를 보고 있었다.

"이사벨라, 우리 아직 친구 맞지?"

나는 루페의 손을 잡았다. "당연하지."

"내가 썩었다고 생각하는 거 아니야?" 루페는 금방이라도 울음을 터트릴 것 같은 표정을 지었다.

죄책감이 몰려왔다. "절대 아니야. 너한테 그런 말 했던 건 정말 미안해."

루페는 고개를 끄덕였다. "괜찮아."

나는 팔찌를 집어 다시 루페의 손목에 묶어주었다. "너희 아빠는 아직 못 만났어?"

"우리 아빠? 우리 아빠가 왜 여기 있어?" 루페가 이상하다는 듯 물었다.

"왜긴, 널 구하러 왔지. 설마 내가 혼자 여기까지 왔다고 생각하는 건 아니지?"

"아빠가 날 구하러 왔다고? 우리 아빠가?" 루페가 새처럼 고개를 갸웃거렸고, 엉킨 머리카락은 꼭 새집 같았다.

"그래. 나랑 파블로, 그리고 너희 아빠 호위병도 몇 명 같이 왔어."

루페의 입술이 실룩거렸다. "그 사람들을 다 데리고 우리 아빠가 나를 찾으러 왔단 말이야?"

"그렇다니까." 나는 자꾸만 조바심이 났다. "우리 빨리 여기서 도망쳐야 해. 다른 사람들을 찾아야 한다고."

루페의 시선이 내 뒤에 있는 뭔가에 꽂혔다.

나는 천천히 돌아섰다. 분명 아무것도 없다고 생각했는데, 마치 공기가 갈라지며 그 속에서 사람의 형상이 생겨나기라도 한 듯 여자아이 하나가 쓱 나타났다. 그 애는 말뚝 사이, 숨겨진 입구를 통해 안으로 걸어 들어왔다.

우리를 향해 다가오는 여자아이의 움직임은 마치 물이 흐르는 것 같았다. 팔에 두른 비교적 깨끗해 보이는 천 조각 외에 몸과 옷에는 진흙이 잔뜩 발라져 있었다.

그리스 마을에서 칼을 휘둘러 뭔가를 찔렀던 일을 떠올리며, 나는 침을 꿀꺽 삼켰다. 나 때문에…… 저렇게 된 걸까?

차마 눈도 마주치지 못하는 내 앞으로 그 애가 불쑥 뭔가를 내밀었다.

"목마르지? 이거 끓인 물이야. 마셔도 돼." 그 애의 손에는 토기 냄비가 들려 있었다.

안 그래도 입이 바싹 말라 있었다. 토기 냄비는 보기보다 훨씬 무거웠다. 흙이 섞인 것처럼 물에서 이상한 맛이 났지만, 나는 숨도 쉬지 않고 들이켰다.

"도체, 내 친구가 그러는데, 우리 아빠도 같이 왔대. 우리 아빠 여기 있어?" 루페가 물었다.

도체가 고개를 끄덕였다. "넌 궁금한 것도 참 많구나."

"파블로는? 파블로도 여기 있어?" 물을 너무 많이 마셨는지 배 속에서 물이 출렁거렸다.

"이름까지는 나도 몰라."

"덩치는 어른만 한데, 아직 어린 소년이야. 흰색 튜닉을 입었고."

"그 사람들은 전부 파란색에 금실을 수놓은 제복을 입고 있었어. 지금은 저쪽에 가둬놨고." 도체는 어둠 속을 애매하게 가리켰다. 나는 그 애의 억양이 루페나 나처럼 매끄럽지 않다는 걸 알아차렸다. 그 애는 말할 때 혀를 차서 '똑똑' 소리를 많이 냈다.

"그 사람들 어떻게 하려고?" 루페가 물었다.

도체는 대답하지 않았다.

분명 좋은 대접을 해줄 리 없었다.

"그러니까 흰 튜닉을 입은 소년은 없다는 거야?"

"없어."

파블로가 달아났다고 생각하니, 조금은 마음이 놓였다.

도체는 내 표정을 다른 식으로 오해했는지, 이렇게 말했다.

"너무 걱정 마. 네 친구 무사할 거야."

하지만 왠지 목소리에 확신이 없었다.

"무사할 거라니? 왜 그렇지 못할 거라는 식으로 들리지?" 나는 우리를 위협하던 상대의 정체가 다 드러났다고 생각했다. 그리스 마을에서 우리를 공격했던 건 여기 이 추방된 자들이 분명했다.

도체가 루페를 쳐다봤다. "아직 말 안 했어? 그놈들에 관해……?"

"하긴 했어. 그런데 자세히는 말 못 했어."

"뭘 말하는 거야?" 나는 누군가 설명해주길 기다렸다.

"티비시나." 루페는 목소리를 낮추며 말했다. 나는 캐타에게 있었던 일을 다시 떠올렸다.

"티비시나가 뭔데?"

도체는 숨을 길게 들이마시더니 이야기를 시작했고, 그 말투에서는 똑똑거리는 소리가 한층 더 강해진 것처럼 들렸다. "놈들이 열흘 전, 땅 밑에서 올라왔어. 너희 마을에 사는 그 여자애를 죽였고, 루페도 거의 죽을 뻔했지. 그리스 마을에서 한 놈이 루페한테 덤벼드는 걸 우연히 우리가 발견했거든. 우리는 그놈을 죽인 다음, 다른 놈들에게 경고하는 의미로 이빨을 모두 뽑아 그걸로 십자가를 만들었어. 하지만 그놈들은 감정이 없기 때문에 두려운 것도 없어."

"진짜 끔찍했어." 루페는 들릴 듯 말 듯 작은 소리로 말했다. "그렇게 덩치가 큰 동물은 본 적이 없어. 침을 질질 흘리고, 또 어찌나 새까맣던지 마치……."

"마치 온 세상의 빛이란 빛은 다 빨아들인 것 같지." 도체가 이어서 말했다.

"그래서 놈들의 정체가 뭔데?" 나는 참지 못하고 물었다.

"지옥의 개야."

지옥의 개라고? 머리가 어지러웠다. "아린타 신화에 나오는 불의 개 말이야?"

"거대한 늑대처럼 생겼어. 그래서 처음에는 우리도 늑대인 줄만 알았어." 도체가 말했다.

"예전엔 우리 섬에도 늑대가 살긴 했었잖아." 아빠가 이 얘기를 들었다면 분명 침착하고 이성적인 반응을 보였을 것 같았고, 나도 그렇게 보이고 싶었다. "원래는 숲에서 살다가 동굴로 이동했다고 들었는데……."

"그런데 늑대하고는 완전히 달랐어. 놈들은…… 덩치가 훨씬 컸어. 몸은 숯처럼 까맣고, 눈은 불이 타오르는 것처럼 빨갰다고." 루페가 말했다.

뭔가 다른 설명을 하지 않을까 싶어 도체를 쳐다봤지만, 도체는 진지한 표정으로 고개만 끄덕거렸다. "우리 엄마가 그러는데, 요테가 보낸 거래. 불의 개, 티비시나가 섬을 청소하러 온 거랬어."

내가 할 수 있는 거라곤 도체의 말을 멍청하게 따라 하는 것뿐이었다. 혹시라도 입으로 말하면 의미가 머리에 와닿을까 싶어서. "섬을 청소한다고?"

"요테가 섬을 차지하기 전에 말이야. 동물들이 전부 떠난 것도 그래서래. 동물들은 요테가 온다는 걸 먼저 알아차린 거지. 하긴, 섬이 더 먼저 알아차리긴 했지. 나무들이 어떻게 됐는지는 너도 봤지?"

"어, 보긴 했는데……."

"더 무슨 설명이 필요해? 재가 된 것처럼 보이는 나무에, 점점 메말라가는 강물에, 바닷물로 뛰어드는 동물들까지." 도체의 목소리는 꽉 잠긴 것처럼 들렸다.

나는 고개를 저었다. "만약 이게 사실이면……."

"사실이야."

"너흰 어떻게 할 생각이야?"

"동물들이 그랬던 것처럼 바다로 달아나야지." 커다란 도체의 눈이 무척 슬퍼 보였다. "오늘 떠날 거랬어."

"어디로 간다는 거야?" 루페가 불쑥 물었다.

"일단 그로메라로 가서 배를 차지할 거야." 도체가 말했다.

"우리 아빠 배?" 루페가 말했다.

나는 떨리는 목소리로 말했다. "이미 늦었어."

"무슨 소리야?"

"그 배는……."

하지만 화재에 관해 말을 꺼내기도 전에 어디선가 이상한 똑똑 소리가 들리기 시작했다.

그 소리는 여러 곳에서 동시에 들려오는 듯했다. 그 소리에 도체가 반응하지만 않았어도 나는 멀리서 들리는 빗소리나 벌레우는 소리로 넘겨듣고 말았을 것 같았다. 도체는 몸을 꼿꼿이 세우더니 고개를 옆으로 돌려 혀 차는 소리를 냈다. 미스 라가 흥분해서 땅바닥을 발톱으로 마구 긁어대기 시작했다. 나는 미스 라를 품에 안고 달래주었다.

그 소리는 점점 더 커졌고, 문득 주변에 누가 있는 듯한 느낌이 들더니, 똑똑거리는 소리가 멎었다. 도체가 고개를 살짝 숙여 인사했다. "어머니."

나도 도체가 보는 쪽으로 고개를 돌렸다. 눈을 가늘게 뜨고 힘을 주었지만, 나무들 말고는 아무것도 보이지 않았다. 그런데 다시 보니, 손이 닿을 만큼 가까운 거리에 한 여자가 서 있었다.

그녀는 도체처럼 흙이 묻은 짙은 색 옷을 입고 있었다. 몸집은 작지만 강하고 단단해 보이는 외모였고, 한 손에는 신비로운 긴 지팡이를 들고 있었다. 검게 탄 피부에 주름이 잡히긴 했어도 도체와 매우 닮은 얼굴이었다. 하지만 눈빛에서는 부드럽거나 온화한 기운이라고는 보이지 않아 느낌이 많이 달랐다. 내 품속에서 버둥대던 미스 라조차 여자의 시선이 닿자 얌전해질 정도였다. 겁먹은 모습을 보이면 상냥하게 대해주기는커녕 화만 돋울 것 같다는 생각이 들었다. 나는 똑바로 고개를 들었다.

여자가 한 걸음 앞으로 걸어 나왔다. 난데없이 흙빛 옷을 입은 사람들 수십 명이 나타나 우리를 에워쌌다. 일부는 문 안으로 들어왔고, 일부는 나뭇가지를 타고 올라가 우리를 내려다봤다.

내 옆에 있던 루페도 잔뜩 긴장한 모습이었지만, 나는 도체의 어머니에게서 눈을 떼지 않았다. 여자는 등이 살짝 굽은 자세로 주변을 맴돌기 시작했다. 다리를 약간 절뚝였는데, 누군가 종아리 살을 푹 떠내기라도 한 것처럼 오른쪽 종아리가 깊게 패어 있었다.

여자가 입을 열자, 목소리가 종처럼 맑고 우렁찼다. "몇 가지만 물어보겠다. 넌 누구지? 총독의 아들인가?"

"아니요, 수행인입니다." 나는 겁먹지 않은 척하며 대답했다.

"그렇다면 왜 그의 망토를 입고 있지?"

"어머니, 알고 보니 여자애였어요." 도체가 말했다.

"아." 그 한마디가 다였다. 여자아이가 바지를 입은 것쯤은 그리 놀랍지도 않다는 반응이었다. "왜 그런 쓰레기 같은 인간을 섬기는 거지?"

루페가 평소처럼 그런 말을 한 귀로 흘리길 바라면서, 나는 어색하게 자세를 바꿨다. "선택의 여지가 없었습니다."

"마을에서 추방당한 사람들이 그랬던 것처럼 말이냐? 그리고 내게 이런 짓을 한 사람들처럼?" 여자는 등을 돌리며 튜닉을 들어 올렸고, 그걸 본 루페가 헛구역질을 했다.

애나의 어깨에는 어지러운 흉터 자국이 가득했다. 상처가 아물며 주변의 피부가 울퉁불퉁하게 솟아올라 마치 나무가 등 위로 뿌리를 내린 것 같은 모습이었다. 애나가 어깨를 돌리자, 척추에서는 뼈 부러지는 소리가 났고, 흉터 주위 조직에서는 경련이 일었다. 나는 마음을 진정시키려고 미스 라의 털만 계속 쓰다듬었다.

"선택의 기회는 누구에게나 있지. 이제 우리는 너희가 떠받드는 그 인간을 어떻게 할지 결정해야 한다." 애나는 루페를 향해 몸을 돌렸다. "네 아비 말이다."

사람들이 둘로 갈라지고, 파란색 유니폼을 입은 한 무리의 사람들이 우리 안으로 떠밀려 들어왔다. 재빨리 몇 명인지 세어보았다. 하나, 둘, 셋, 넷, 다섯. 다섯? 그 속에 파블로는 없었다. 나는 그들의 얼굴을 자세히 보았다. 감청색의 총독 제복을 입은 사람은…… 총독에게 옷을 빌려 입었던 마르케스였다.

루페가 그들을 보며 얼굴을 찡그렸다. "우리 아빠는요? 아빠는 어딨……?"

"루페! 내 딸!" 마르케스가 루페를 가로막았다.

루페는 물고기처럼 입만 뻐끔거렸다. "저…… 저는……."

다른 호위병들이 그제야 마르케스의 행동을 이해한 듯했다.

"총독님, 이 여정이 끝까지 쉽게 풀리지는 않으려나 봅니다."

"맞습니다. 따님이 얼굴을 못 알아본다고 너무 서운해하지 마십시오." 또 다른 사람이 얼른 덧붙였다.

속이 빤히 들여다보일 만큼 다들 연기를 하고 있었지만, 아직도 루페는 무슨 영문인지 모르는 눈치였다.

"네 딸이 널 모르는 척하는 것도 당연하지. 당신 같은 인간이 아버지라면 누구라도 부끄러운 마음이 생길 테니까." 애나가 말했다.

"마르케스, 그만두게."

그때 아도리 총독이 앞으로 걸어 나왔다. 아무도 움직이지 않았다. 그 잠깐의 적막이 무척이나 길고 당황스럽게 느껴졌다.

침묵을 깬 건 루페였다. 루페는 총독에게 달려갔다. "아빠!"

지팡이를 감아쥔 애나가 둘 사이를 몸으로 가로막았다.

"가만히 있어, 루페." 총독이 말했다.

뒤로 떠밀린 루페는 내 옆으로 넘어지더니, 다시 몸을 떨기 시작했다. 나는 루페의 손에 미스 라를 안겨주었다.

"겁먹은 모습 보이지 마." 나는 낮게 속삭였다. 루페는 미스 라를 품에 꼭 안았다.

마르케스는 뜻대로 되지 않자, 고개를 떨구며 말했다. "각하, 저는 기꺼이 제 한 몸 바쳐서……."

"주제넘게 굴지 말게. 마르케스."

"당신이 '총독'이라 불리는 것부터가 주제넘었지." 애나가 조롱하듯 말하며 총독을 향해 성큼성큼 다가갔다. "당신이 어떻게 이 섬에 오게 됐는지 알고 있다. 죄를 씻을 기회를 얻고도 당신은 하지 않았지."

애나가 총독의 정강이를 걷어찼고, 총독은 바닥에 쓰러졌다. 애나가 혀 차는 소리를 내자, 다른 사람들이 달려들어 총독의 손을 뒤에서 단단히 묶었다.

"대가는 내가 치르겠다. 그러니 내 딸과 부하들은 보내줘." 총독이 무릎을 꿇으며 말했다.

애나는 씁쓸하게 웃었다. "그보다 더 좋은 생각이 있지. 난 이곳을 떠날 때 너희 전부를 데려갈 계획이다."

"떠난다고? 왜지?"

둘 사이에서 폭풍이 몰아치기 직전의 그런 팽팽한 긴장감이 감돌았다.

"당신도 알 텐데." 애나가 성난 듯 내뱉었다. "우리가 싸워 물리칠 수 없는, 그런 짙은 어둠이 이곳에 몰려오고 있기 때문이야. 나한테는 복수보다 내 사람들의 안전이 더 중요하거든. 이런 게 바로 진정한 지도자가 갖춰야 할 자질 아니겠나?"

그 말에 박수갈채를 보내듯, 추방된 자들이 일제히 혀 차는 소리를 냈다.

"짙은 어둠이란 게 뭐지?" 마르케스가 한쪽 눈썹을 들어 올리며 물었다.

애나는 마르케스를 노려보며 그를 향해 성큼성큼 걸어갔다. "네 얼굴에서 웃음기를 싹 사라지게 하고, 네 발밑의 땅을 한 번에 삼켜버릴 존재. 바로 요테가 오고 있다."

마르케스는 코웃음을 치며 말했다. "할머니 옛날이야기에나 나오는 그 미신을 말하는 건가?"

"동물들을 바닷물에 빠져 죽게 만든 게 미신일까? 너희 주민을 살해한 게 과연 미신일까? 내가 잘못 안 게 아니라면 너희 '총독'이란 인간이 애초에 여기 오게 된 이유도 바로 그 미신 때문일 텐데." 애나가 쏘아붙였다.

애나는 다시 총독을 마주 보았다. "이제 움직일 시간이다." 애나가 휘파람을 불자, 추방된 자들이 총독 일행을 일으켜 세웠다.

도체가 나와 루페를 총독 일행이 있는 쪽으로 가게 했다. 애나가 등을 돌리자마자, 루페는 자기 아빠를 꼭 끌어안았다.

"지금 이러고 있을 때가 아니야. 마음 단단히 먹는 게 좋아, 루페." 총독은 루페의 팔을 밀어내며 말했다.

총독은 지친 눈으로 나를 쳐다봤다. "내 딸에게 돌려줄 게 있을 텐데?"

로켓을 말하는 거였다. 나는 목에 있던 로켓을 벗어 루페의 손위에 올려놓았다. "이걸 이사벨라가 가지고 있는 걸 어떻게 알았어요?"

"이사벨라라고?" 총독은 나를 한참 동안 쏘아보았다. "역시 그랬군."

비밀이 밝혀져 속이 홀가분했지만, 그를 속인 죄로 벌을 받을 수도 있다고 생각하니 다시 마음이 무거워졌다. 하지만 총독은 아무 말도 하지 않았다. 지금 당장은 자기 딸 외의 다른 일에는 신경 쓸 여유가 없는 듯했다.

"루페, 어서 그 로켓 목에 걸어. 누구에게 맡기거나 해선 절대 안 돼. 우리 가문의 일부이자, 가문의 역사가 담긴 물건이니까."

# 15장

자꾸만 내 손에서 달아나려는 미스 라를 나는 총독의 망토로 감싸 안았다. 그로메라에서 온 포로들을 중간에 놓고 앞뒤로 긴 행렬이 생겨났고, 애나가 앞에서 길을 안내하고 있었다. 별들의 위치로 봤을 때 마리스마를 지나 줄곧 남쪽으로 이동하고 있는 걸 보면 아무래도 애나는 그로메라로 가는 가장 빠른 길을 택한 모양이었다.

내 가방에 들어 있는 그리다 만 지도나 섬을 반밖에 보지 못하고 떠난다는 사실은 애써 머릿속에서 지워버렸다. 걸을 때마다 아빠에게 가까워지고 있다는 데에만 집중하려고 했다. 그로메라에 도착하는 대로 어떻게든 아빠를 데달로에서 빼낼 방법부터 찾아내야 했다.

너무 어두웠기에 추방된 사람들의 수가 얼마나 되는지 정확히 세긴 어려웠지만, 적어도 50명은 넘는 것 같았다. 사람들은 각자 천으로 된 가방을 손에 들거나 덩굴로 엮은 짐을 등에 메고 걷고 있었다. 모두 요테가 실제로 존재한다고 믿었고, 그로메라의 항구에 가면 타고 떠날 배가 있다고 믿고 있었다. 그로메라의 경계 지역에는 경비원들이 쫙 깔려 있고, 배는 불탔다는 사실을 알면 과연 어떤 반응을 보일까? 총독 일행은 그런 사실을 굳이 알리지 않았고, 나 역시 괜히 나섰다가 모두의 이목이 쏠릴까 봐 차마 말하지 못했다. 그리고 어느 편에 서야 할지 아직 확신이 없기도 했다.

평소 만나기만 하면 귀가 아플 정도로 말이 많던 루페도 지금은 입을 꾹 다물고 있었다. 루페는 꼼짝도 하지 않고 자기 아버지의 등만 쳐다보며 걷고 있었다. 나는 루페의 허리에 팔을 둘렀다.

"우리 아빠는 왜 나한테 아무 말도 안 하는 걸까?" 루페는 한숨 쉬듯 말했다. "난…… 뭔가 좀 달라진 줄 알았어." 루페는 코를 훌쩍이더니 눈을 감았다.

나는 루페에게 어떤 대답도 해줄 수가 없었다.

밤하늘이 유난히도 맑아 달의 인력을 몸으로도 느낄 수 있을 것 같은 그런 밤이었다. 별들이 각자의 위치에서 환하게 빛나고 있었다. 우리가 걷고 있는 바로 이 땅에서 무슨 일인가 일어나고 있었다. 발아래 보이지 않는 어떤 힘이 섬을 자기 손아귀에 꽉 움켜쥐고 있는 것처럼 대기 중에는 팽팽한 긴장감이 가득했다.

밤새 바람이 불었다. 진흙은 손가락을 빠는 입처럼 우리 발을 잡아당겼다. 주위에 불빛이 없으니, 내가 지금 진흙으로 된 수렁을 밟는 건지 물웅덩이를 밟는 건지, 이게 물인지 땅인지조차 가늠하기 어려웠다. 하지만 달빛에 비쳐 잔물결이 보이거나 늪처럼 보이는 곳은 가능한 한 피하려고 조심하면서 걸었다. 그런 곳을 잘못 디뎠다가는 큰일이 날 수도 있었다.

발이 아프기 시작했다. 티비시나라는 괴물들과 함께 검은 숲 어딘가에 있을 파블로, 그리고 죽은 캐타를 떠올렸다. 미스 라가 고개를 쳐들더니, 내 턱을 쪼아댔다.

몇 시간이 지나니, 걸음이 점점 느려지면서 몸과 머리가 따로 노는 것처럼 이상한 기분이 들었다. 아빠의 이야기가 들렸다가 엄마 얼굴이 떠올라 울컥했다가 노래하듯 말하는 가보의 목소리가 귓가에 들려오기도 했다. 마치 최면에 걸린 것처럼 머릿속이 어지러웠다.

"너 괜찮아?" 내가 나무뿌리에 걸려 넘어질 뻔하자, 도체가 물었다.

"어? 어." 왠지 똑바로 대답하기도 힘들었다.

"이거 받아." 도체가 루페와 내게 뭔가를 건넸다. "민들레 뿌리야. 이거 먹으면 머리가 좀 맑아질 거야."

민들레 뿌리는 질겼고, 맛도 무지 썼다. 하지만 잠시 후 정말로 몸이 개운해지며 흐릿했던 시야가 다시 선명해지는 걸 느꼈다. 하늘이 희미하게 밝아 오고 있었다. 나는 눈을 깜빡이며 주위를 살폈다. 그동안 우리가 말라버린 강바닥을 따라 걷고 있었다는 걸 깨달았다.

가방 속을 뒤적여 지도를 찾았다. 지도는 구겨지고 찢어졌지만, 그래도 알아보지 못할 정도는 아니었다. 늪지 끝에서부터 이어져 섬의 이 부근을 흐르는 강은 아린타라뿐이었다.

이 강을 따라가기만 하면 아린탄 폭포가 나올 테고, 그러면 금방 집에 돌아갈 수 있었다. 그리고 아빠도…….

"아야!" 나는 내 앞에서 걷던 사람과 부딪혔다. 그는 조용히 하라고 다급하게 손짓했다.

아도리 총독이 도체를 향해 몸을 돌렸다. "무슨 일이지?"

도체는 당장이라도 도망치려는 사람처럼 잔뜩 긴장한 모습으로 얼어붙어 있었다. "방금 저 소리 못 들었어요?"

나는 정강이를 문지르며 귀를 기울였다. 내 귀에는 검은 나무들이 바스락대는 소리 말고는 아무 소리도 들리지 않았다. 하지만 추방된 사람들과 도체는 오른편의 나무들을 찬찬히 살피며 잔뜩 신경을 곤두세우고 있었다. 그중 어른들은 무기를 뽑아 들며 천천히 미끄러지듯 움직이더니, 어느새 숲을 향해 한 줄로 대형을 이뤘다. 자다 깬 미스 라가 잔뜩 흥분해 큰 소리로 울며 망토를 발톱으로 긁어대기 시작했다.

나는 미스 라를 겨드랑이 밑에 꽉 끌어안았다. 민들레 뿌리를 먹고 불끈 힘이 솟았던 몸이 매 순간 공포로 굳는 걸 느끼고 있었다. 몇 초 동안은 어떤 움직임도 없이 사방이 고요했다. 그때 한 번도 들어본 적 없는 어떤 소리가 숲속 나무 사이에서 들려왔다.

금속처럼 날카로운 으르렁 소리에 뒤이어 우렁찬 포효 소리가 우리를 덮쳤다. 머리털이 곤두서고, 이빨이 저절로 덜덜 떨리며, 목에서는 신물이 올라왔다. 소리만 듣고도 내 마음 한구석의 약한 부분이 와르르 무너져 내리는 기분이었다. 달려서 도망치고 싶지만, 그럴 수가 없었다.

내 옆에 있던 루페는 배를 움켜쥐고 있었다. "그놈들이야! 느껴져?" 루페가 신음하듯 말했다.

"티비시나야. 놈들은 울음소리만으로도 상대의 정신을 빼앗아버려." 도체가 말했다.

"전설 속에나 나오는 것들이야. 진짜일 리가 없어." 총독은 묶인 손을 벌벌 떨며 말했다.

"놈들의 정체를 아빠는 알죠, 그죠?"

하지만 총독은 루페의 질문에 답하지 않았다. 도체가 몸을 돌리며 칼을 들어 올렸다. 그러고는 총독의 손에 감긴 넝쿨을 잘라냈다. "아이들을 데리고 도망가세요. 늪지를 건너 그대로 쭉 가면 더 빨리 갈 수 있어요. 강을 따라가세요. 어서 가요."

총독은 도체의 팔을 꽉 잡고는 말했다. "난 이제 도망치지 않아."

눈 깜짝할 사이에 우리 옆으로 애나가 와 있었다. 애나는 도체의 팔을 잡은 총독의 손을 잡아 비틀었다. "어디서 감히 내 딸을 건드려!"

"도망치지 않고 너희들과 함께 싸우겠다고 말하던 중이었다."

"아빠?" 루페가 머뭇거리며 총독을 불렀다.

애나가 무슨 소리냐는 듯 총독을 쳐다봤다.

"이 땅은 내 섬이기도 해. 너희가 뭐라든 나도 이곳을 지키기 위해 싸우겠다." 그는 비장한 목소리로 말했다.

두 사람은 당장이라도 맞붙어 싸울 것처럼 서로를 노려보았다. 그때 애나가 허리에 차고 있던 칼을 뽑아 총독에게 내밀었다.

또다시 울부짖는 소리가 대기를 갈랐다. 속이 울렁거리고 몸을 움찔하게 만드는 그런 소리였다.

"길도 모르는데, 우리끼리 어떻게 집에 가요, 아빠?" 루페가 외쳤다.

"내가 길을 알아." 루페의 손을 잡으며 내가 말했다.

"당장 떠나! 이건 명령이야!"

우리 뒤에서 아도리 총독은 마르케스와 다른 호위병들의 결박을 풀어주고 있었다. 손이 풀리면 도망부터 칠 줄 알았는데, 그들은 애나에게서 무기를 받아 들더니 추방된 사람들 옆으로 나란히 자리를 잡았다. 어린아이들은 이미 다른 곳으로 달아나고 있었다.

세 번째 포효 소리가 어스름한 새벽하늘에 울려 퍼졌다. 속이 뒤집힐 것만 같았다. "우리도 남아서 도울게요!"

"아빠가 안 가면 저도 안 갈 거예요. 제발 우리랑 같이 가요, 아빠!" 루페가 총독에게 빌었다.

하지만 아도리 총독은 루페를 한 번 꽉 끌어안았다 놓으며 말했다. "가. 돌아보지 말고 뛰어, 루페. 그리고 내게 무슨 일이 생기면 로켓을 열어봐."

루페의 얼굴이 일그러졌다. "열쇠도 없는데 어떻게요?"

총독은 허리띠에서 열쇠 꾸러미를 떼어 루페의 손에 쥐어주었다. "지금 가야 해."

그는 나를 향해 고개를 끄덕였다. 이제 그의 손은 떨리지 않았다. "루페를 부탁한다, 이사벨라."

또 한 번 울부짖는 소리가 숲을 가르고, 추방된 사람들이 일제히 함성을 지르자, 총독은 우리의 등을 떠밀었다. 나는 달리다 말고 뒤를 돌아보았다. 총독과 애나가 제일 앞에 서 있고, 나머지 사람들이 손에 무기를 들고 나란히 서서 대형을 만들고 있었다.

그때 키는 말 정도 되고, 텁수룩한 검은 털로 뒤덮인 괴물 같은 게 나무 사이에서 불쑥 모습을 드러냈다. 놈은 무시무시하게 생긴 빨간 눈을 희번덕거리며 나무줄기처럼 두꺼운 발로 걸어 나왔다.

티비시나. 그건 늑대가 아니었다. '지옥의 개'라는 말 외에는 달리 설명하기 어려웠다.

사람들로부터 몇 미터 떨어진 곳에 우뚝 멈춰 선 티비시나는 천둥 같은 소리로 으르렁거렸다. 발로 땅을 차니 바닥에 깊은 홈이 파였다. 한 마리가 아닌 듯, 숲속 나무 뒤에서 으르렁대는 소리가 더 들렸다.

총독, 애나, 마르케스가 하나로 뭉치듯 대열을 이루었다. 다른 호위병들도 칼을 들고 그 주위로 모여들었다.

속이 뒤집히며 눈앞이 하얘졌다. 폭풍이 바다를 휘저어 놓듯, 내장이 전부 밖으로 튀어나올 것처럼 속이 뒤집혔다. 동물들이 전부 바닷물로 뛰어든 것도 이상한 일이 아니었다. 성난 까마귀의 눈에 띈 작은 새처럼, 다가오는 어둠 앞에서 우리는 움츠러들며 점점 더 무기력해질 뿐이었다.

루페가 내 손을 끌어당기며 뛰라고 소리쳤다. 심장이 요란하게 쿵쿵거리고 숨이 턱턱 막혔다. 내가 고개를 돌렸을 때, 마침 그 괴물은 커다란 발을 들어 올리고 있었다.

그리고 나는 얼른 고개를 돌렸다.

# 16장

나는 루페의 손을 꼭 잡고 뛰면서 불과 얼마 전까지만 해도 학교에 가기 위해 루페와 들판을 달렸던 일을 떠올렸다. 내가 뛸 때마다 망토 속의 미스 라도 이리저리 흔들리고 있었다. 우리는 곧 땅이라기보다는 물에 더 가까워 보이는 늪지 앞에 다다르게 되었다. 늪을 따라 나무들이 자라고 있었는데, 나뭇가지를 타고 물 위까지 늘어진 덩굴줄기들이 꼭 나무에 매달린 뱀처럼 보였다.

"여길 건너가자." 내가 말했다. 나는 망토를 포대기처럼 만들어 가슴 위로 오게 묶은 다음, 미스 라가 나오지 못하게 목으로 꽉 눌렀다. 그러고는 철벅철벅 소리를 내며 걸쭉한 물속으로 걸어 들어갔다.

장화에 물이 차면서 발이 미끄러졌고, 몸은 자꾸만 아래로 가라앉았다. 디딜 수 있는 땅이 있는 것도 아니고, 그렇다고 떠서 수영할 수 있는 것도 아니어서 다리를 세게 차올리듯 버둥거리는 수밖에는 달리 방법이 없었다. 위로 물이 튀는 게 싫은지 미스 라가 날개를 퍼덕거렸다.

"미안." 나는 중얼거리며, 가능한 한 미스 라에게 물이 닿지 않도록 넝쿨을 감아쥐었다. 팔에 힘을 줘 덩굴에 매달리면서 루페에게도 그렇게 해보라고 소리쳐 알려주었다. 주위에는 열심히 도망치고 있는 다른 아이들도 보였다.

나는 조금 앞에 늘어진 다른 덩굴을 움켜잡았다. 그리고 푹푹 빠지는 진흙탕 속에서 나무뿌리를 찾아 발을 디뎠다. 그런 다음 팔이 닿는 거리의 다른 덩굴을 잡고 그렇게 조금씩 앞으로 나아갔다. 그 동작을 계속 반복하다 보니, 나름 리듬감이 생겼다.

시간도 내 몸도 한없이 압축돼 길게 늘어진 것처럼 느껴졌다. 들리는 소리라고는 꼬꼬댁대는 미스 라의 울음소리와 힘겹게 몸을 움직일 때마다 출렁거리는 물소리뿐이었고, 보이는 것이라곤 검은 물과 고리처럼 늘어진 덩굴뿐이었다. 땅속 깊은 곳에 떨어져, 별빛도 닿지 않는 지하 세계에 들어온 것 같은 그런 기분이 들었다. 도망치기 직전 본 장면들이 자꾸만 떠올라 괴로웠고, 또 한편으로는 우리와 함께 달아난 다른 사람들은 어디로 사라진 걸까 궁금하기도 했다.

늘어진 덩굴이 서서히 줄어들고 있었다. 진흙 바닥의 물기도 많이 사라져 발이 빠지지 않고도 걸을 수 있게 된 걸 보면 늪을 거의 다 빠져나온 모양이었다. 이제 곧 여기서 나간다고 생각하니, 조금은 기운이 솟았다. 단단한 땅에 발을 디디고 보니, 거친 덩굴 가시에 손바닥이 쓸려 다 까져 있었다. 멍한 표정의 루페도 내 옆에 서서 젖은 스커트에 박힌 가시를 뽑아내고 있었다.

“그래도 물을 건너온 덕분에 시간을 벌었어. 어서 가자.” 내가 말했다.

그런데 바로 앞에 구덩이가 있는 걸 모르고 무심코 발을 내디뎠다가 움푹한 그릇처럼 생긴 바닥으로 루페와 함께 쭉 미끄러지고 말았다. 발밑에 흐물흐물하게 썩은 과일들이 여기저기 떨어져 있었는데, 곪은 과일에서 나는 단내가 무척이나 강렬했다.

발을 들어 올리다가 엄지발가락과 둘째발가락 사이에 뭔가가 낀 것을 발견했다. 그걸 보자마자 심장이 쿵쿵 뛰기 시작했다.

"이게…… 뭐야?" 루페의 눈이 휘둥그레졌다. 내가 그걸 빼내자, 옆에서 루페가 비명을 질렀다.

끝에 연골이 붙어 있는 작은 뼈였다. 우리가 떨어진 곳은 아무래도 티비시나가 평소 먹이를 먹는 웅덩이인 모양이었다.

콧속을 가득 채운 썩는 냄새에 구역질이 나오는 걸 억지로 참았다. 루페는 이미 구덩이를 기어오르고 있었지만, 나는 그 자리에 뿌리박힌 듯 꼼짝도 못 하고 있었다. '당황하지 말자. 침착해야 해.' 나는 혼자 중얼거렸다.

나는 구덩이 반대편으로 기어오르기 시작했다. 뼛조각들을 밟고 부패 중인 살덩이를 옆으로 밀치며 다시 축축한 땅 위로 올라설 때까지 숨을 참았다.

몇 미터 앞에서 걷던 루페가 갑자기 멈춰 섰다. 잔물결을 일으키며 반짝반짝 빛나는 강물이 나무들 사이로 보였다. 잔잔하게 그로메라로 흘러가는 은빛 물줄기.

"아린타라 강이야." 내가 말했다.

우리는 물가로 달려가 얕은 물에서 발에 말라붙은 피를 닦아 냈다. 미스 라를 바닥에 내려놓으니, 얕은 물에서 빙빙 원을 그리며 돌아다녔다. 루페가 내 손을 잡았다.

"저수통에서 만났을 때 너 혼자 두고 간 거, 미안해." 루페가 울먹이는 목소리로 말했다.

나는 잡은 손에 힘을 주었다. "아니야, 네 잘못도 아닌걸."

"내가 썩었다고 생각하는 거 아니지?"

"그럼. 넌 정말 용감해. 누구도 숲으로 갈 용기를 내지 못할 때 너 혼자 잊힌 땅에 들어온 거잖아. 나도, 우리 아빠도 숲으로 올 생각은 하지 못했었어."

"총독인 우리 아빠도 마찬가지고. 우리 아빠는 정말……." 루페는 길게 한숨을 쉬었다.

지저분한 털에 뒤덮인 커다란 앞발과 구덩이에 굴러다니던 뼈들이 다시 생각나 부르르 몸을 떨었다. 주먹을 움켜쥔 루페의 손을 부드럽게 잡았다. 루페가 손을 펼치자, 손바닥 안에 열쇠 꾸러미가 놓여 있었다. 나는 고리를 열어 그중에서 바늘처럼 생긴, 가는 열쇠 하나를 빼냈다.

루페는 열쇠와 나를 번갈아 보더니, 다시 열쇠를 가만히 쳐다보았다.

"아빠는 누구도 열쇠를 못 만지게 했어. 심지어 엄마도 만지지 못하게 했어. 그런데 왜 나한테 열쇠 꾸러미를 줬을까?"

나는 바늘처럼 생긴 열쇠를 루페에게 건넸다.

"아빠가 그랬어. 자기가 죽기 전까지는 로켓을 열지 말라고."

나는 루페의 손을 잡았다.

루페는 그런 물건은 평생 처음 본다는 듯 한동안 열쇠만 내려다보았다.

"우리 아빠, 죽었겠지?"

나는 고개를 끄덕였다. 루페도 그 사실을 머릿속에 밀어 넣으려는 듯 천천히 고개를 끄덕였다. 루페의 얼굴에는 이상하리만치 아무 감정도 드러나지 않았다.

루페는 로켓을 벗어 자물쇠에 열쇠를 집어넣었다. 딸깍 소리와 함께 덮개가 열렸다. 꽤 많은 물이 쏟아져나온 뒤, 물에 젖은 종잇조각이 모습을 드러냈다. 로켓 크기에 꼭 맞게 작은 사각형 모양으로 접은 종이였다.

성급하게 펼치려는 루페에게 나는 종이가 젖었으니 조심하는 게 좋겠다고 말해주었다. 루페는 떨리는 손으로 그걸 내게 건넸다. 종이가 워낙 얇은 데다 여러 번 접혀 있어 자칫하면 찢어질 수도 있을 것 같았다. 나는 천천히 종이를 펴기 시작했다.

마침내 다 펴진 편지를 루페의 무릎에 내려놓았다. 가장자리의 잉크가 살짝 번지긴 했지만, 글씨는 충분히 알아볼 수 있을 정도였다. 일부러 읽으려고 한 건 아니지만, 처음 몇 줄이 눈에 들어왔다.

내 딸, 루페에게

네가 이 편지를 읽고 있다는 건, 내가 더 이상 이 세상에 없다는 뜻일 거다. 내가 이 편지를 쓰는 이유는, 살아 있는 동안 직접 말하지 못한 사실을 네게 알려주기 위해서란다.

나는 편지에서 눈을 떼 루페의 얼굴을 보았다. 입을 꾹 다문 루페의 눈이 너무나 슬퍼 보여 나는 괜히 먼 곳을 보며 열쇠 꾸러미만 만지작거렸다.

몇 분이 흘렀다. 루페의 가느다란 숨소리, 마르고 긴 다리가 경련하듯 씰룩거리는 것 말고는 어떤 소리도 어떤 움직임도 없이 사방이 고요했다. 루페가 종이를 뒤집어 뒷장의 글을 다 읽을 때까지 나는 기다렸다. 1분 정도가 더 지났을 때, 루페는 몸을 축 늘어뜨리며 길게 한숨을 쉬었다.

루페는 종이를 조심스럽게 접더니, 편지를 로켓 안에 넣고 덮개를 다시 닫았다. 그러고는 자리에서 일어나, 로켓을 있는 힘껏 강으로 던져버렸다.

“뭐 하는 거야?”

“저런 거 필요 없어.” 루페의 턱 끝으로 눈물이 뚝뚝 떨어지고 있었다. 루페를 달래주려고 팔에 손을 뻗었지만, 루페는 슬그머니 몸을 돌렸다.

“편지에…… 뭐라고 적혀 있었는데?”

"추방된 사람들이 아빠에 관해 했던 말은 전부 사실이었어." 루페의 목소리는 놀라울 만치 차분했다. "아니, 오히려 그 이상이야."

"루페, 아버지가 돌아가신 건 정말 유감이야."

루페가 내 얼굴을 쳐다봤다. 이제 루페의 얼굴은 슬퍼 보이는 게 아니라 화가 난 듯 보였다.

"그런 말 하지 않아도 돼. 난 슬프지 않으니까."

뭐라고 말해야 좋을지 망설이던 그 순간, 어떤 소리가 들려왔다. 강 상류 쪽에서 뭔가가 물속을 철벅거리며 우리를 향해 다가오고 있었다. 티비시나를 처음 봤을 때처럼 배 속이 뒤집히는 느낌은 없었지만, 혹시 몰라 얼른 미스 라부터 안아 들었다. 그러고는 루페와 함께 강둑을 벗어나 나무 뒤로 몸을 숨겼다. 커다란 덩치의 그림자가 우리 쪽으로 점점 다가오는 걸 보며, 나는 루페의 손을 꼭 잡았다.

그것의 정체를 확인한 순간, 나는 벌떡 일어났다. 그리고 미스 라를 옆으로 던지고 다시 달렸다.

## 17장

달려가 어찌나 세게 끌어안았던지, 파블로의 입에서 '이크' 소리가 새어 나왔다.

"이사벨라? 아니 무슨……?"

"파블로! 어디 있다가 이제 나타난 거야?" 안도감이 몰려오며, 온 세상 민들레 뿌리는 죄다 먹은 것처럼 기운이 솟았다.

"이렇게나 반겨줄 줄은 몰랐는걸." 파블로가 어정쩡한 자세로 나를 같이 안았다. 나는 외려 얼굴이 빨개져 뒤로 물러났다. "그런데 어떻게 여기 있는 거야? 추방된 자들한테 잡혀가는 걸 봤어. 뒤쫓아 갔지만, 너무 어두워서 놓치고 말았고. 널 다시는 못 보는 줄 알았어." 파블로가 쉰 목소리로 말했다.

주위를 둘러보던 파블로의 시선이 루페에게서 멎었다. 루페는 강둑 옆에 서 있었다. 표정만 봐서는 무슨 생각을 하는지 전혀 알 수가 없었다.

"쟤, 총독 딸이지? 총독은 어디 있어?" 파블로가 물었다.

"추방된 사람들과 함께 싸우겠다고 뒤에 남았어." 우리가 하는 말을 루페가 들을 수도 있었기에 나는 조심스럽게 단어를 골랐다.

"싸우다니, 누구랑?"

"티비시나. 지옥의 개라고 불리는 놈들."

무슨 소리냐는 듯 파블로의 눈썹이 위로 올라갔다. "지옥의 개? 신화 속에 나오는 그 괴물 말이야?"

나는 고개를 끄덕였다.

"아, 그래?" 하지만 전혀 못 믿겠다는 말투였다. 팔딱거리는 물고기처럼 강둑 주변을 돌아다니는 미스 라를 보더니, 파블로의 눈썹이 다시 위로 올라갔다. "무슨 일이 있었던 거야?"

"이러고 있을 시간 없어." 루페가 참지 못하고 외쳤다.

"루페 말이 맞아. 당장 그로메라로 가야 해." 내가 말했다.

"그게 좋겠어. 강을 따라가면……."

"길은 이사가 알아. 여기까지 오는 동안 계속 이사가 길을 찾아냈어." 루페가 파블로의 말을 자르며 말했다. 그러더니 미스 라를 들어 품에 안고는 강을 따라 걷기 시작했다. 웬일인지 미스 라도 루페의 팔에 고분고분 얌전히 안겨 있었다.

"재 왜 저래?" 파블로가 멀어지는 루페를 고갯짓으로 가리키며 물었다.

"그동안 일이 좀 많았어." 그 편지에 뭐라고 쓰여 있었을까 궁금해하며 나는 대답했다. 파블로는 내 옆에서 나란히 걸었다.

"정말로 무슨 일이 있었던 거야?"

나는 정신을 차려 보니 숲속 우리에 갇혀 있었던 일과 애나와 추방된 사람들, 그리고 마르케스가 총독인 척 연기했던 일까지 모두 이야기했다.

"그러니까 총독이 거기 있었단 말이지? 그때 공격당할 때 총독이 도망가는 걸 봤거든."

"그럼, 다시 돌아왔던 모양이네."

"나 혼자만 도망쳤다는 말을 하고 싶은 거야?" 파블로가 날카롭게 말했다. "나 정말 따라가려고 했었어. 하지만 그 사람들이 말을 전부 데려가서……"

나는 머리를 저었다. "그런 말이 아니야. 총독은 잘못을 바로잡으려고 했던 것 같아. 티비시나가 공격했을 때도…… 뭐? 뭐가 그렇게 웃긴데?"

"너무 진지한 얼굴로 그런 얘길 하니까……."

"진짜라니까!"

"그럼 티비시나가 어떻게 생겼는지 말해봐."

나는 기억을 되짚어 열심히 설명했다.

"들어보니 그냥 늑대 같은데?"

"아니야, 늑대랑은 달라. 도체가 그러는데……."

"도체는 누구야?"

"추방된 자들을 이끄는 우두머리, 애나라는 사람의 딸이야. 도체 말이, 놈들은 상대가 정신을 차리지 못하게 만든댔어. 놈들이 가까이 오면 몸이 먼저 느끼게 돼. 배 속이 요동치는 것처럼 울렁거리거든."

"속이 요동친다는 건 무슨 뜻이야? 너희 아빠가 만든 음식 먹고 난 뒤에 그런 거 말하는 거야?" 파블로는 히죽거리면서 말했다.

"직접 봤다면 절대 웃지 못했을 거야." 나는 단호하게 말했다. 갑자기 피로가 몰려왔다. 티비시나고 뭐고 아무 생각도 하고 싶지 않았다. 그냥 집으로 돌아가 아빠를 보고 싶었다. 반쯤 완성한 잊힌 땅의 지도를 마무리하고 싶다는 생각도 더는 들지 않았다.

"피곤해?" 파블로가 한층 부드러워진 얼굴로 물었다. 나는 하품을 하면서도 아니라고 고개를 저었다. "진짜? 잠깐 업어줄 수도 있어."

나를 놀리는 건가 싶어 째려봤지만, 파블로는 정말로 팔을 뒤로 내밀고 있었다. 나는 총독의 열쇠를 허리띠에 건 뒤, 루페가 보고 있진 않은지 앞을 살폈다. 머뭇머뭇 파블로의 목에 팔을 감자, 파블로가 나를 들어 올렸다. 땀과 피 냄새가 섞여 전보다 옅어진 라벤더 냄새가 다시 풍겨왔다.

나는 라벤더 향을 들이마시며 파블로가 발을 움직일 때마다 규칙적으로 들리는 물 철벅이는 소리에 귀를 기울였다. 파블로가 옆에 있고, 그리고 조금 앞에 루페가 있다는 게 믿기지 않았다. 루페는 계속 미스 라에게 뭐라고 종알거리며 걷고 있었다. 뒤에 남겨두고 온 것들만 머릿속에서 지워버리면 아무 문제 없이 모든 게 다 괜찮은 것만 같은 그런 생각이 들 정도였다. 거의.

눈을 감으니, 구름 한 점 없이 맑은 밤하늘이 머릿속에 펼쳐졌다. 깊고 검은 바다에 별빛이 비쳐 반짝반짝 빛을 내고 있었다. 나는 그 위에 떠 있었다. 조금 멀리에서 빛나는 나무로 만든 배 한 척이 나를 향해 다가왔다. 배가 어찌나 가벼운지 수면 위를 스치며 나아가는 것 같았다. 가까이 다가온 선체 옆면에 소용돌이 문양이 조각돼 있는 게 눈에 들어왔다. 배에 탄 사람들의 얼굴도 보였다. 아빠뿐만 아니라 엄마와 가보도 함께 타고 있었다. 세 사람의 얼굴 모두 달빛처럼 창백했고, 타고 있는 배처럼 신비한 분위기를 내뿜었다. 찬란하게 빛나는 밤 풍경을 배경으로 가보가 나를 향해 손을 뻗었고, 나는 그 손을 맞잡았다.

⁂

"이사벨라, 이것 좀 봐!"

나는 한낮의 햇빛이 눈부셔 한동안 눈을 깜빡거렸다. "뭔데 그래?"

불현듯 정신이 들었다. 눈앞의 땅이 쑥 꺼지며 낭떠러지를 이루고 있었다. 그건 그냥 낭떠러지가 아니라 아린탄 폭포였다. 어느새 우리는 총독 일행과 처음 여행을 시작했을 때 따라갔던 그 산등성이 끝에 도착한 것이었다.

파블로가 나를 바닥에 내려놓고, 중심을 잡을 수 있게 잠시 잡아주었다. 다리에 피가 도는지 찌릿찌릿 저렸다. "마을이 멀지 않았어." 파블로가 말했다.

나는 폭포 끝까지 걸어가 아래를 내려다보았다. "꽤 높네."

루페도 아래를 굽어보고는 미스 라를 내게 건넸다. 그리고 말릴 새도 없이 바위를 반쯤 기어 내려가더니, 치맛자락을 손으로 잡고 사뿐하게 뛰어내렸다. 그러고는 가벼운 첨벙 소리와 함께 폭포 아래로 착지했다. 루페는 숨도 헐떡이지 않고 고양이처럼 너무 간단히 다시 바위를 기어 올라왔고, 나는 그 모습을 보고 입을 헤 벌렸다. "이 정도쯤이야 아무것도 아니지." 루페가 말했다.

"갑자기 왜 저러는 거야?" 파블로가 중얼거렸다.

내가 보기엔 괴로운 무언가를 잊기 위해 그러는 것 같았다. 그 말을 하려고 파블로를 향해 고개를 돌리는 순간, 내 속이 뒤틀렸다. 파블로도 배를 움켜잡은 채 얼굴을 찡그리고 있었다. "왜 이러지?"

"아, 안 돼." 루페가 정신 나간 사람처럼 외쳤다. "아, 안 돼, 안 돼!"

"뛰어!" 내가 소리친 바로 그 순간, 거대한 형체가 파블로 뒤에서 모습을 드러냈다.

하지만 시간이 없었다. 파블로가 고개를 돌려 티비시나를 보았다. 목덜미와 등을 따라 털을 곤두세운 티비시나가 커다란 입을 벌리며 으르렁거리자, 마치 천둥이 치고 수많은 바위가 절벽 아래로 굴러떨어지는 것 같은 그런 소리가 났다.

"도와줘!" 나는 폭포 끝에 서 있는 바위를 들어 올리면서 소리쳤다.

파블로는 바위를 가뿐하게 들어 올리더니, 괴물이 더 가까이 올 때까지 기다렸다가 돌멩이 던지듯 쉽게 휙 던졌다. 티비시나는 바위에 몸을 맞았고, 다리가 깔려 움직이지 못했다.

"어서!" 나는 루페와 함께 산등성이 기슭, 폭포 끝으로 달려갔다. 그리고 폭포 아래로 먼저 내려간 루페에게 요란하게 울어대는 미스 라를 던지듯 넘겨주었다.

뒤를 돌아보니, 티비시나는 깔렸던 바위에서는 벗어났지만, 뒷다리 한쪽을 들고 있는 걸로 봐서 다리를 다쳐 제대로 서 있기는 힘든 것 같았다. 파블로가 위에서 웅크리고 앉아 내가 미끄러운 바위를 딛고 내려갈 수 있게 팔을 잡아주었다.

몇 미터를 남기고 진흙으로 된 강바닥으로 뛰어내리자마자, 파블로도 우리 옆으로 철퍼덕 소리를 내며 뛰어내렸다. 오래전 가보가 점토 채굴장에서 떨어졌을 때 같은 그런 소리가 났다. 아주 잠깐이지만, 우리가 해냈구나, 괴물을 떨쳐냈구나, 하는 생각에 심장이 두근거렸다.

하지만 그때 티비시나가 절벽 위로 모습을 드러냈다. 당장 뛰어내리려는 것 같았다.

"저쪽이야. 뛰어!" 파블로가 외쳤다.

나는 물속을 첨벙거리며 파블로를 따라 달렸다. 하지만 루페가 발을 헛디뎌 넘어지며 폭포 옆 바윗돌에 세게 부딪혔고, 안고 있던 미스 라를 놓치고 말았다. 나는 파블로의 손에서 팔을 빼고 루페에게 달려갔다. 루페를 일으켜 세우려 했지만, 내 힘으로는 역부족이었다. 공포에 질린 루페의 눈은 우리 위 검은 형체에 고정되어 있었다.

앞으로 달려가던 파블로는 바로 멈추지 못했다. 루페와 내가 있는 곳으로 돌아오기 위해 몸을 돌렸지만, 그때는 이미 너무 늦은 뒤였다. 나는 티비시나의 그림자가 우리를 향해 덮쳐 오는 것을 느꼈다. 다리가 성치 않은 괴물이 나와 루페 사이로 달려들었다. 티비시나가 약간 비틀거리며 우리가 있는 폭포 쪽으로 몸을 돌렸다.

파블로가 주변을 두리번거리다가 돌을 집어 들어 티비시나의 옆구리를 향해 힘껏 던졌지만, 돌은 털을 살짝 스치며 빗맞고 말았다.

나는 루페와 함께 뒷걸음질하며 파블로를 향해 필사적으로 외쳤다. "어서 그로메라로 가! 사람들을 피신시켜!"

티비시나는 이빨을 드러낸 채 으르렁거렸고, 입에서는 검은 침이 줄줄 흘러내렸다.

하지만 파블로의 표정은 단호했다. "널 두고 혼자는 절대 안 가!"

파블로는 나뭇가지 더미—불과 며칠 전, 우리가 땔감으로 쓰려고 모아놓은—에서 끝이 뾰족한 막대기 하나를 집어 들더니, 그걸로 티비시나의 다친 다리를 힘껏 찔렀다. 놈은 큰 소리로 울부짖었다. 그리고 파블로를 향해 돌아서며 거대한 앞발을 들어 올렸다. 날카로운 발톱이 공중을 가르며 파블로의 얼굴을 거칠게 할퀴었다.

눈에 초점을 잃고 강둑으로 쓰러진 파블로는 꼼짝도 하지 않았다. 파블로의 피가 강물을 따라 퍼지며 내가 있는 곳까지 내려왔다.

티비시나는 파블로를 다시 내려치려는 듯 앞발을 들어 올렸다. 나는 소리를 지르기 시작했다.

파블로의 이름을 부르고, 티비시나를 향해 거기서 떨어지라고 악을 썼다. 루페도 함께 소리를 질렀다. 파블로는 죽지 않았어. 그럴 리 없어.

우리는 강바닥에 깔린 조약돌을 집어 던지면서 발로 물을 첨벙거렸다. 티비시나의 관심을 우리 쪽으로 돌리려던 노력은 효과가 있었다.

루페와 나는 입을 다물고 숨만 헐떡거렸다. 티비시나는 서두르지 않고 천천히 공격할 태세를 갖추고 있었다. 놈의 등 너머 나무들 사이로 지나가는 미스 라를 보았지만, 나와 루페는 더 이상 도망갈 곳이 없었다.

마지막으로 한 번 더 파블로를 쳐다봤다. 확실치는 않지만, 가슴이 올라갔다 내려온 걸 본 것도 같았다. 흰 튜닉이 살짝 흔들린 건 숨을 쉰다는 뜻일까?

"이사, 이제 어쩌지?" 루페가 우는 소리를 냈다.

나는 루페의 팔을 잡고, 물줄기가 가늘게 흐르는 동굴 안으로 무작정 달려 들어갔다. 지난번 아린탄 폭포에 처음 왔을 때 들어가봤던, 그 커다란 공간에 이르렀다. 등에 바위가 닿았고, 옆으로 길게 홈이 파진 게 느껴졌다.

뭔가가 썩는 냄새와 함께 분노에 찬 티비시나의 모습이 동굴 입구에 나타났다. 속이 뒤틀리고 뒤집히는 것 같았고, 차라리 이 모든 게 빨리 끝나버렸으면 싶은 마음이 들기도 했다. 루페가 더듬더듬 내 손을 잡으며 나를 옆으로 끌어당겼다.

티비시나가 우리를 향해 펄쩍 뛰어올랐다. 바람을 가르는 소리를 들으며 나는 몸을 웅크렸다. 이제 곧 우리는 놈의 발밑에 깔려 갈가리 찢기겠구나 생각했다.

그런데 귀청이 찢어질 것 같은 '쾅!' 소리와 함께 내 뒤 바위들이 무너져 내렸다. 티비시나가 너무 세게 뛰어올라 우리 뒤 바위벽을 들이받은 모양이었다. 몇 초 후 뼈가 전부 으스러지는 것 같은 끔찍한 소리가 들려왔다.

벽에 시커먼 구멍이 뻥 뚫려 있었다.

우리는 웅크린 채로 구멍을 멍하니 바라보았다.

"루페, 괜찮아?" 목이 쉬어 목소리도 겨우 나왔다.

"응, 최고야." 루페가 작고 가는 목소리로 대답했다.

지금 같은 상황에 어떻게 저런 대답을 할 수 있지? 헛웃음이 나왔다. 주위를 둘러보는데, 배와 갈비뼈 부위가 쑤시면서 정신을 차리지 못할 만큼 어지러웠다.

"가야 해." 루페는 평소답지 않게 침착하고 진지한 표정이었다. "파블로한테 가보자."

꼼짝도 하지 않고 쓰러져 있던 파블로를 떠올렸다. 가슴에 커다란 못이 박힌 것처럼 아프고 몸이 떨렸다.

나는 루페가 내민 손을 잡았다. 무너진 돌벽에 등을 기대며 일어섰다. 하지만 그러면 안 되는 거였다.

우르릉 소리와 함께 내 뒤의 돌벽 아래쪽이 마저 무너졌다. 나는 중심을 잃고 떨어지면서 루페의 손을 놓으려 했다. 하지만 루페는 나를 오히려 더 꽉 잡았다.

나는 루페와 함께 어둠 속으로 곤두박질쳤다.

# 3부
# 미궁

위도 미상 / 경도 미상

## 18장

가령 네가 네 방에 서 있다고 해보자. 네가 서 있는 지점에서 본 방의 모양을 정확히 기억할 수 있겠니? 안마당으로 나가 흙바닥에다 그걸 그려보라고 하면 그릴 수 있겠어? 구조도 단순하고 작은 방일 뿐이잖아? 걸음마를 뗄 때부터 줄곧 지냈던 방이기도 하고. 방에 있는 거라고는 침대 두 개, 그리고 그 위에서 잠자는 고양이 한 마리, 옷이 든 장롱 한 개, 그게 전부야.

축척은 어떻게 하면 좋을까? 네 방처럼 아무리 작은 방이라 하더라도 실제 크기 그대로 그릴 수는 없어. 크기를 줄여야겠지. 침대는 성냥갑만 하게 그려놓고, 그 위에 고양이는 호랑이만 하게 그리면 어떻게 되겠어? 다른 사물과의 비율에 맞춰 사물의 크기를 기억할 수 있겠니? 다루는 범위가 넓어질수록 축척은 더 중요해지지. 숲에 자리 잡은 나무 한 그루, 바다 한 곳에 묶인 섬, 이런 것들처럼. 잊힌 땅의 유일한 지도인 엄마 지도를 보렴. 나무의 종류까지 표시가 되어 있지? 사소한 걸 기록하는 것도 중요하단다. 그건 네 방을 지도로 그린다 해도 마찬가지야.

다음은 지형지물 얘기를 해보자. 고양이나 침대처럼 편안하고 안락한 것에는 ○ 표시를 하고, 장롱에 튀어나온 못처럼 위험한 것에는 X 표시를 하는 거지. 네 침대와 가보 침대 사이에 있는 음성 전달관은 구불구불한 선으로 그리고.

땅에다 그린 간단한 정사각형. 이게 바로 지도란다. 세상 어디든, 지도 제작자를 찾아가 지도를 산다면 이 정도가 될 거야. 지도 제작자가 네 방을 본다면 이런 지도를 그릴 거란 얘기지. 정확히 측량해서 표시한 값, 그 자체로도 의미가 있어. 하지만 지도를 통해 그곳의 인상까지 보여준다면 어떨까?

지도 제작자의 역할이 바로 그런 거란다. 지도에 생명을 불어넣는 것. 네게 네 방은 그냥 단순한 방이 아니라 너의 어린 시절을 보냈던, 너의 안식처야. 그 느낌을 지도에 담는 거지. 그리고 우리는 몇 년 전에 갔던 곳도 지도로 만들 수 있어. 여기, 조야 섬에 있으면서 아빠는 아프릭의 지도를 그릴 수 있어. 그러면 넌 그곳 시장에서 파는 향냄새를 머리가 어지러울 때까지 맡게 될 거야. 얼어붙은 땅의 지도를 보면 털양말을 찾게 되고, 흰곰을 피해 달아나고 싶어질 거야! 말하자면 거의 그런 느낌이다, 이거지.

그런 수준에 도달하려면 시간이 좀 더 걸리긴 할 거야, 우리 딸. 하지만 이렇게 작은 것부터 시작하는 거지! 첫 번째 지도를 벌써 이렇게 완성했잖니? 지도 위쪽에다 네 이름을 쓰렴. 여기, 아빠의 공작새 깃펜을 쓰려무나.

이-사-벨-라.

잘했다.

⁂

나는 살짝 눈을 떴다. 어둠이 밀려왔고, 내가 내뱉는 거친 숨소리가 메아리가 되어 울려 퍼졌다.

'우둑!'

아주 가까이에서 뭔가가 부러질 때 나는 그런 소리가 들렸다. 몸을 움직이려 해봤지만, 루페의 몸이 내 팔과 다리를 누르고 있었다. 루페는 의식이 없었지만, 가슴은 얕게 올라갔다 내려갔다 하고 있었다.

'우두둑!'

이번에는 부러지는 소리가 바로 밑에서 들려왔다. 한 손을 뻗었더니, 거칠고 냄새나는 털이 손끝에 닿았다. 참을 수 없이 역겨워 헛구역질을 했다. 방금 그 소리는…… 우리 무게에 못 이겨 티비시나의 갈비뼈가 무너지는 소리였다.

축 늘어진 루페를 끌어 내리는데, 뼈 부러지는 소리가 한 번 더 났다. 티비시나의 몸에서 루페를 끌어 내리자마자 허둥지둥 뒤로 물러나다가 축축한 바위 벽에 등을 부딪혔다. 떨어지기 직전의 순간이 머릿속에 떠올랐다. 파블로가 우리를 구하려다 티비시나의 발에 맞고 쓰러졌었지. 피가 물을 타고 퍼지던 장면이 눈앞에 생생했다.

눈을 감았다.

"이건 꿈일 거야. 열까지 세면 다 사라질 거야. 하나, 둘, 셋……." 나는 중얼거렸다.

하지만 열까지 셌는데도 세상은 여전히 깜깜한 어둠 속이었다. 등에 메고 있던 가방을 떠올렸다. 가방을 열고 안을 더듬거려 지팡이 조각을 찾아냈다. 나무에서 나오는 빛이 어둠을 몰아냈다. 마침 루페도 정신을 차렸는지 몸을 일으켜 앉으며 앓는 소리를 냈다.

"루페, 괜찮아?"

루페가 입을 열자, 턱밑으로 피가 흘러내렸다.

"다쳤잖아!" 나는 놀라서 소리쳤다.

"괘차나. 혀르 개물어서 그래." 루페가 혀를 내밀어 보여줬다.

다행히 상처가 깊지는 않았다. 나는 물병에 든 물을 루페에게 건넸다. 루페는 물을 한 모금 마시더니, 입안을 헹궈 핏물을 뱉어냈다.

"어떻게 된 거지?"

"우리 저 위에서 떨어졌어." 나는 머리 위 구멍을 손가락으로 가리켰다. 적어도 5미터는 되는 높이였고, 주변에서는 아직도 작은 돌과 흙 부스러기가 흘러내리고 있었다.

"저렇게 높은 데서 떨어졌단 말이야? 그런데도 이렇게 멀쩡하다고?"

나는 머리를 흔들었다. "저 친구한테 고마워해야 해."

내 시선을 따라 고개를 돌린 루페는 꽥 비명을 지르며 허겁지겁 뒤로 물러났다. 뼈가 부러진 티비시나의 주둥이에서는 타르처럼 검고 끈적한 피가 계속 흘러나오고 있었다.

"웩! 죽은…… 거야?"

우리가 떨어지기 직전까지는 살아 있었는지 몰라도 지금은 확실히 죽어 있었다. 루페는 티비시나로부터 가능한 한 멀리 떨어진 뒤에야 길게 숨을 내쉬었다. 나는 머리 위 구멍을 올려다봤지만, 위쪽은 잘 보이지도 않았다.

루페도 목을 쭉 빼고 위를 쳐다봤다. "저길 기어 올라갈 수 있을까?"

나는 바위 벽을 손으로 더듬었다. 진흙으로 된 무른 바위는 손이 닿기만 해도 부서졌고, 물기 때문에 손은 금세 축축해졌다.

"해봐야지."

손으로 잡거나 발을 디딜 만한 데가 없어 보였다. 그래서 나는 루페의 어깨에 올라탄 뒤, 내용물을 비운 가방을 위로 던져보았다. 가방끈이 어디 튀어나온 바위에라도 걸리길 기대했지만, 그걸로는 어림도 없었다. 무너진 돌들을 쌓아 올린 다음, 이번에는 루페가 내 어깨에 올라타고 구멍을 향해 팔을 뻗어보았다. 하지만 다리가 후들거려 오래 버티기도 힘들었고, 버틸 수 있다 해도 팔이 닿을 수 있는 거리가 아니었다. 그러는 내내 우리는 파블로를 불렀지만, 어떤 대답도 돌아오지 않았다. 파블로가 정신을 차렸다면 분명 우리를 찾아 나섰을 거라는 걸 알기에 대답하지 않는다는 게 무슨 뜻인지 더더욱 생각하고 싶지 않았다.

루페가 두 손으로 머리를 감싸더니 바닥에 주저앉았다. 꺽꺽 소리를 내기에 처음에는 웃는 소리인 줄 알았는데, 다시 들어보니 흐느껴 우는 소리였다. 팔을 뻗어 루페를 일으켜 세우려 했지만, 루페는 내 팔을 뿌리쳤다. 루페의 코에서 콧물이 흐르고 있었다.

나도 거친 바위 벽에 등을 대고 털썩 주저앉아버렸다. 축축한 바닥에 루페와 나란히 앉아 가방에 물건들을 다시 집어넣었다. 한 치 앞도 보이지 않는 짙은 어둠을 노려보며 나는 여기가 동굴 속이라고 확신했다. 그렇다면 이 안으로 들어오게 된 경로도 무시할 수 없었다.

아린타가 요테와 싸우기 위해 길을 나섰을 때처럼 폭포를 지나자마자 굴이 나왔다.

'생각을 하자.'

도체는 티비시나가 땅 밑에서 왔다고 했었다. 그 말은 곧, 여기 아니면 여기와 이어진 어딘가 다른 곳에 있는 땅굴을 의미하는 게 분명했다. 하지만 이곳을 통해 밖으로 나온 것 같지는 않았다. 이 폭포 뒤의 땅굴은 조금 전 우리 때문에 무너져 밖으로 통하는 구멍이 생긴 것이었고, 나가는 다른 길은 없었다. 그 말은 다른 곳에 출구가 있을 거라는 뜻이었다.

루페는 숨소리가 아직 고르진 않았지만 그래도 울음은 그친 듯했다. 나는 자리에서 일어나 루페가 일어서는 걸 도와주었다.

"저기로 가 보자." 나는 어둠 속을 가리키며 말했다.

루페는 고개를 저으며 몸을 움츠렸다. "싫어, 난 못 해……. 깜깜한 건 싫단 말이야."

"그래도 가야 해."

"왜 그래야 하지?"

"분명 나가는 길이 있어." 속으로는 아니면서 겉으로는 확신하는 척 그렇게 말했다.

"하지만 너도 모르잖아!"

"우린 할 수 있어. 할 수 있다고. 난……." 나는 말끝을 흐렸다.

루페가 눈을 부릅떴다. "넌, 뭐? 그걸 어떻게 자신해? 너도 나가는 길 모르잖아. 출구가 있는지 없는지도 모르면서."

"추방된 사람들이 했던 말 기억나? 티비시나가 땅 밑에서 올라왔다고 했잖아. 여기 어딘가에서 온 게 분명해."

루페는 지팡이 조각에 흐릿하게 비친 동굴 안쪽을 힐끗 보고는 머리 위 구멍을 올려다보았다. "파블로라는 애가 곧 깨어날지도 모르잖아. 여기서 조금만 기다리면……."

뭐라고 말해야 좋을지 알 수가 없었다. 루페가 듣고 싶은 말도, 파블로가 곧 올 거라고 확신하지 못하는 이유도 차마 입 밖에 낼 수는 없었다. 파블로가 죽었을 거라는 생각은 절대 하고 싶지 않았다.

'좋아, 그렇다면 그 생각은 그만하는 거야.'

루페가 어둠 속으로 들어가는 게 견디기 힘든 만큼 나 역시 가만히 앉아 죽을 때를 기다리고 싶지는 않았다. 내게 지도만 있다면 한 치 앞을 모르는 어둠을 마주하고도 좀 더 자신감을 가지고 나아갈 수 있을 텐데, 그런 생각이 들었다.

"아, 지도!" 가방이 아린타라 강에 빠졌을 때, 엄마의 지도가 변했던 일이 문득 떠올랐다. 그때 분명 선이 나타났다 사라지는 걸 내 눈으로 똑똑히 봤었다.

"뭐 하는 거야?" 내가 가방을 뒤집어 속에 든 잉크와 찢어진 별자리표 따위를 바닥에 쏟아놓자, 루페가 물었다.

지도는 맨 아래에 있었다. 나는 지도를 펼쳐 축축한 흙바닥 위에 내려놓고, 지팡이 조각을 가까이 대고 들여다보았다.

"도대체 그건 왜……?"

"쉿!" 나는 뚫어져라 종이를 살폈지만, 아무 일도 일어나지 않았다. 실망스러운 마음에 눈을 비비며 뒤로 털썩 주저앉았다. 그때였다.

"이거 봐!" 루페가 지도를 가리키며 외쳤다.

지도가 변하고 있었다. 나무와 마을이 점점 흐릿해지며 종이 속으로 쏙 사라지더니, 새로운 풍경이 천천히 모습을 드러내고 있었다.

"이게 왜 이러는 거지?"

"물이야……." 심장이 어찌나 쿵쾅거리는지 정신이 하나도 없었다. "아무 물이나 되는 게 아니었어."

"뭐라고?"

나는 루페가 조금만 조용히 해줬으면 싶었다. 이제 알 것 같았다. 지도가 처음 변한 건 가방이 강물, 그러니까 아린탄 폭포를 흐르는 물에 빠져 푹 젖었을 때였다. 지도가 다시 바뀌는지 보려고 시험해본 물은 집에서 가져온, 물병에 담긴 물이었다. 지금 동굴 바닥은 폭포에서 흘러나온 물로 축축했고, 그 물이 지도에 닿자 숨은 지도가 다시 모습을 드러낸 것이었다.

나는 지도를 손에 쥐고 펄럭펄럭 흔들어보았다. 가장자리의 물기가 마르면서 원래의 지도가 다시 나타나기 시작했다.

바위 벽을 타고 물이 똑똑 떨어지는 곳에 지도를 갖다 대니, 이리저리 얽힌 선이 다시 선명하게 나타났다. 조야 섬의 외곽까지 그물망처럼 덮고 있는 그 선들이 지하 동굴을 그린 지도란 걸 나는 그제야 깨달았다. 얽히고설킨 터널 곳곳에 동그란 점이 찍혀 있었다. 숨을 죽인 채 점의 위치를 유심히 살펴보니, 그중 하나는 폭포가 끝나는 지점 바로 위에 자리하고 있었다. 둥근 점은 출구를 뜻하는 거였다! '고마워요, 엄마.'

"뭔데 그래?"

나는 씩 웃으며 고개를 들었다.

"나가는 길을 알아냈어."

※

나는 다음 출구까지의 거리를 손가락으로 가늠해보았다. 터널을 따라 몇 마일은 걸어야 할 것 같았다. 지도 중앙에 도사리고 있는 빨간색 동그라미에 너무 가까이 가는 게 썩 내키지 않았지만, 달리 선택의 여지가 없었다.

빨간 원을 보며 뭔가 짐작되는 게 있었지만, 루페에게는 말하지 않았다. 캄캄한 곳으로 들어가는 것도 이렇게 싫어하는데, 불의 정령 얘기까지 들으면 절대 좋아할 리 없었다. 내 짐작이 틀렸기만을 간절히 바랄 뿐이었다. 지금 우리의 유일한 목표는 이 미로에서 벗어나는 것이었다. 검은 숲이라도 여기보다는 마음이 편할 것 같았다. 지하만 아니면 어디라도 상관없었다.

우리는 벽을 타고 흘러내리는 물줄기에 입을 대고 목을 축였다. 흙 알갱이가 자꾸 입으로 들어왔지만, 그래도 갈증을 달래기에는 충분했다. 나는 물병에 남은 오래된 물은 버리고, 그 물을 다시 받았다. 그리고 출발하기 전, 길이 잘 보이도록 지도도 물로 충분히 적셨다.

걸을 때마다 소리가 울렸고, 아래로 갈수록 땅속의 열기도 점점 강해지고 있었다. 우리가 얼마나 걸었는지, 지금 있는 위치를 파악하는 건 쉽지 않았다. 나는 이 모퉁이에서 다음 모퉁이까지, 그리고 이 굽잇길에서 다음 굽잇길까지를 기준으로 삼아 지도

위를 손가락으로 짚으며 계속 걸어갔다.

길을 찾는 데 집중해야 했기에 왼쪽, 오른쪽, 또는 곧장 가라고 방향을 알려주거나 지도에 물을 뿌려 달라고 부탁할 때 외에는 거의 말을 하지 않았다. 공기에서 좋지 않은 냄새가 나고 있었다.

루페는 코를 찡그리며 말했다. "불꽃놀이 끝난 뒤에 나는 그런 냄새가 나."

냄새 때문에 콧속이 따끔거리고 입안이 텁텁해졌지만, 물이 충분치 않았기에 물로 입안을 헹굴 수도 없었다. 내리막이 갈수록 심해져 우리는 미끄럼틀을 타듯 내려가야 했다. 너무 깊이까지 내려가는 건 아닌지 걱정이 되기 시작했다.

아빠가 해줬던 여러 이야기가 꼬리에 꼬리를 물고 생각났지만, 언제나 마지막에는 아린타 신화로 생각이 돌아왔다. '아린타는 폭포 뒤 동굴을 통해 땅속으로 들어갔어.' 그동안 루페에게 아린타 이야기를 여러 번 해줬는데, 루페도 기억하고 있을까? 문득 궁금해졌다. 곁눈질로 루페를 쳐다보니, 얼굴을 잔뜩 찡그린 채 걷는 루페의 관자놀이에서 맥박이 빠르게 뛰고 있었다.

땅속으로 더 깊이 내려갈수록 열기는 점점 더 강해졌다. 얼굴에서 땀이 흘렀고, 지도의 물기가 마르면서 김이 모락모락 피어올랐다. 곧 물병 하나가 바닥났고, 이제 남은 물은 나머지 한 병뿐이었다.

터널 네 개가 서로 교차하는 곳에 이르렀다. 어느 길로 가야 할지 몰라 눈을 가늘게 뜨고 지도를 들여다보는데, 그물망 같던 선이 금세 사라져버렸다.

"너무 빨리 말라버리네."

"물을 이렇게 다 써버리면 안 돼. 마실 물도 남겨야지." 루페가 투덜대듯 말했다.

"그럼 종이에다 길을 간단하게 그려놓을게." 나는 지도를 제작할 때 쓰는 도구들을 찾아 가방 안에 손을 넣었다. 하지만 칼과 반쯤 그리다 만 지도 외에는 손에 잡히는 게 없었다. 허리춤에도 열쇠 꾸러미와 휴대용 물병밖에 없었다. 처음 떨어졌던 곳에 잉크와 종이를 꺼내놓고 온 게 그제야 떠오르며 가슴이 덜컹 내려앉았다.

"전부 놓고 왔나 봐. 미안……."

루페가 입술에 손가락을 갖다 댔다. "쉿!"

나는 기분이 상했다. "미안하다고 했잖아."

"그런 말이 아니야, 이사벨라. 잠깐 조용히 해봐." 루페가 내 손에서 지팡이 조각을 빼앗아 가방 속에 집어넣었다.

그때 내 귀에도 어떤 소리가 들려왔다. 터널을 따라 울리는 어지러운 발소리, 그리고 뒤이어 낮게 으르렁거리는 소리가 오른편에서 들려오고 있었다. 나는 루페의 팔을 잡고 왼편으로 이어진 길로 끌어당겼다. 거의 동시에 속이 울렁거리기 시작했다. 아무것도 보이지 않는 가운데 무작정 벽을 손으로 더듬었다. 벽 사이가 갈라지며 안쪽으로 움푹 팬 공간이 있었다.

잠시 뒤, 티비시나가 나타났다. 루페는 신음 소리를 흘리며 몸을 웅크렸고, 나는 손바닥에 손톱자국이 남을 정도로 주먹을 꽉 쥐었다. 놈은 조금 전까지 우리가 섰던 지점에 서서 코를 킁킁거렸다. 그러더니 소름 끼치도록 날카로운 소리로 울부짖었고, 그 소리가 공간에 울리면서 터널 천장의 흙이 부스스 떨어져 내렸다. 입안이 바짝 말라 혓바닥이 입천장에 들러붙었다.

몇 초가 몇 시간처럼 느릿느릿 흘러갔다. 마침내 티비시나가 몸을 돌리더니 우리가 방금 지나온 방향으로 달려가기 시작했고, 루페가 옆에서 안도의 숨을 내쉬었다. 그런데 곧 터널 전체가 흔들리기 시작했다. 나는 바위 사이 갈라진 틈으로 루페를 잡아당겼다. 미스 라가 쓰는 닭장보다도 좁은 공간이었다.

티비시나 떼가 헐떡이며 사방에서 달려오더니, 서로를 향해 울부짖거나 바닥에 코를 대고 킁킁거렸다. 우리는 조금이라도 더 안으로 들어가기 위해 몸을 최대한 안으로 구겨 넣었고, 그러면서 우리 사이에 낀 가방도 납작하게 눌렸다. 검은 형체들이 박쥐 떼처럼 눈앞을 휙휙 지나간 뒤에는 흙먼지가 뿌옇게 일면서 공기 중의 맵싸한 냄새도 더 강해졌다.

숨이 막히고 폐가 쪼그라드는 것만 같았다. 루페도 입을 팔로 막고 작게 캑캑거리고 있었다. 티비시나 두 마리가 우리 근처에서 걸음을 멈추는 듯했지만, 곧 다른 놈들을 따라 사라져버렸다. 배의 통증을 더는 참지 못할 것 같은 그 순간, 동굴의 흔들림도 마침내 멈췄다. 티비시나의 울부짖음이 꽤 멀리서 메아리쳤다. 공기 중에는 먼지만 떠돌아다녔다.

루페가 먼저 바위 틈새에서 몸을 빼냈다. 나도 그제야 마음을 놓으며 가방 속에 든 지팡이 조각을 다시 꺼냈다.

“놈들이 폭포까지 가는 데 얼마나 걸릴까?” 루페가 떨리는 목소리로 물었다.

티비시나는 우리보다 훨씬 빠르긴 했지만, 폭포까지 가는 길은 내내 가파른 비탈길이었다. 내리막을 걸어 여기까지 오는 데에도 두 시간은 족히 걸린 것 같았다. 티비시나들이 냄새를 쫓아 잘못된 방향으로 가고 있다는 걸 알아차리지 못한다면 좋으련만…….

“그 전에 나갈 수 있을 거야.”

“어느 길로 가야 해?”

지도를 보려고 손을 들었지만, 지도가 없었다. 주먹을 펴니, 찢어진 지도 한 조각이 팔랑거리며 바닥으로 떨어졌다.

“안 돼.” 나는 바위 틈새 앞에 엎드려 바닥을 손으로 더듬었다. 조금 전 안으로 기어 들어갈 때 귀퉁이가 찢어진 게 틀림없었다.

“이쪽이야.” 루페의 목소리는 이상하리만치 기운이 없었다.

나는 루페의 손이 가리키는 쪽으로 지팡이 조각을 들었지만, 처음에는 루페가 뭘 가리키는지조차 얼른 알 수가 없었다. 그러다 바닥에 떨어진 지도 한 조각을 보았다. 그리고 또 한 조각, 또 한 조각.

티비시나 떼의 발에 무참히 밟힌 지도가 갈기갈기 찢긴 채 흙 속에서 나뒹굴고 있었다.

"다시 이어 붙일 수 있어?" 안 되는 걸 뻔히 알면서도 루페가 물었다.

나는 깜깜한 어둠 속을 멍하니 바라보았다. 우리를 둘러싼 어둠이 새삼 끔찍하고 무시무시하게 느껴졌다.

그렇게 우리는 땅속에서 길을 잃었다.

## 19장

어떻게 해야 할지 눈앞이 막막했다. 티비시나가 우리 냄새를 맡은 이상 여기 있을 수도 없고, 그렇다고 앞에 뭐가 있는 줄도 모르면서 무작정 움직일 수도 없는 노릇이었다.

뜻밖에도 루페는 나를 탓하거나 화내는 말은 하지 않았다. 조용히 무릎을 꿇고 찢어진 지도 조각을 줍기 시작했다.

"그래 봐야 소용없어. 그냥 둬." 나는 조용히 말했다.

그 지도는 엄마의 유일한 유품이었는데. 참았던 눈물이 눈가에 고였다.

루페는 내 말을 못 들은 척 보이는 대로 조각을 전부 줍더니, 내 앞으로 조심스럽게 내밀었다. 나는 눈을 마구 비벼댔다.

"이사벨라, 두려운 게 당연해. 나도 무서워." 루페가 말했다.

나는 힘껏 눈을 깜빡이며 루페의 얼굴을 올려다봤다. 다정한 루페의 얼굴을 보니, 몇 년 전 우리가 처음 친구가 됐던 날이 떠올랐다. 그때 나는 가보가 보고 싶어 버려진 토끼 굴 옆에 앉아 울고 있었는데, 루페가 다가와 내게 손을 내밀었었다.

나는 지도 조각을 받아 들었다.

가방끈이 떨어져, 가방 속에 든 물건을 전부 꺼냈다. 허리에 차고 있던 주머니에 열쇠와 지도 조각을 넣고, 칼은 손에 들었다. 닳아진 손잡이 가죽이 손에 착 감겼다.

“자, 이제 어떡할까?” 루페가 씩씩한 척하며 물었다.

나는 눈을 감고 지도를 머릿속에 그려보려고 애썼다. 지도에서 가리키던 출구에 가까이 와 있다는 사실은 알고 있었다. 티비시나가 처음 우리에게 달려오기 직전 지도를 봤을 때, 우리 위치가 어디쯤이었지?

감은 눈꺼풀 위로 지도의 모습이 거품처럼 몽글몽글 일어났다. 남동쪽, 아린타라 밑. 맞아, 거기였어! 터널이 곡선을 이루며 둥글게 휘어 있었지만, 대충 강을 따라 이어지고 있었어. 그다음은 어땠었지? 세 가지 경로로 이어졌었어.

“이사벨라?”

눈 위로 떠올랐던 환영이 루페의 목소리에 날아가버렸다. 하지만 상관없었다. 길은 이미 내 머릿속에 있었다.

“오른 길로 가야 해.”

“당연히 그래야지. 하지만 어느 길이 옳은 길인지 어떻게 알아?”

“아니, 내 말은 오른 길이라고. 저쪽 말이야.” 나는 손을 뻗어 오른쪽 방향을 가리켰다.

루페는 의심스러운 눈으로 나를 보았다. “그 길은 티비시나들이 온 쪽이잖아.”

나는 조바심이 일었다. “놈들은 사방에서 달려왔어. 거기가 나가는 길이야. 그 터널을 쭉 따라가서 매듭처럼 생긴 곳이 나올 때까지 가면 돼."

"매듭처럼 생겼다고?"

"응, 길이 꼭 묶어놓은 밧줄처럼 되어 있어. 거기서 왼쪽 첫 번째 통로로 가면 출구가 나올 거야."

나는 내 기억이 맞다고 거의 확신했다.

우리는 아래로 이어진 길을 아무 말 없이 계속 걸었다. 지도가 찢어져 좋은 점도 있긴 했는데, 이제는 물을 전부 마시는 용도로 쓸 수 있다는 거였다. 공간이 넓어지면서 갈림길이 나왔고, 바닥에는 티비시나의 발자국이 어지럽게 찍혀 있었다. 내가 발자국이 찍힌 터널 앞을 지나 발자국이 없는 좁은 터널로 들어서자, 루페는 살짝 안도하는 것 같았다.

갈수록 온도가 높아졌고 코를 찌르는 냄새도 점점 심해지더니, 나중에는 숨을 쉬기도 힘든 정도가 되었다. 관자놀이 안쪽이 송곳으로 후벼 파는 것처럼 지끈거리면서 아팠다. 머리가 멍해지면서 눈앞의 사물이 자꾸만 흐느적거리는 것처럼 보였다. 나는 눈을 깜빡이며 힘을 줘 크게 떴다. 루페도 어지러운지 자꾸 비틀거렸고, 발을 질질 끌며 힘겹게 걸음을 옮겼다.

눈앞에 계속 똑같은 모습만 펼쳐진다는 게 무엇보다도 견디기 힘들었다. 하늘이 없으니 시간도 아무런 의미가 없었다. 다리가 아픈 정도로 거리를 가늠하는 수밖에는 달리 방법이 없었다. 태양이 빛나고 별이 반짝이던 그로메라의 맑은 하늘은 물론이고, 잊힌 땅의 희부연 안개와 카멘트 마을의 거친 바람까지 다 그리웠다.

다리가 아프고 후들거렸다. 그때 느닷없이 터널 바닥이 평탄해지더니 길이 옆으로 급하게 꺾이면서 천장 높이는 거의 1미터 정도로 낮아졌다. 우리는 머리를 숙이고 계속 걸었다. 천장이 서서히 낮아져 이제는 허리를 반으로 접은 채 걸어야 할 정도였다. 티비시나가 우리를 쫓아 여기까지 온다고 해도 이곳을 지나는 건 확실히 힘들 것 같았다. 하지만 이 끝이 출구로 이어지지 않는다면? 꼼짝없이 이 안에 갇히고 말 터였다.

숨이 막혔지만, 우리는 계속 움직일 수밖에 없었다.

터널은 점점 좁아져 이제는 배를 땅에 대고 기어가야 했다. 공간이 워낙 좁아 돌부리에 자꾸 옷이 걸렸고, 이제는 뒤로 돌아서는 것도 불가능할 것 같았다. 나는 루페의 발 뒤를 바짝 붙어 따라갔다. 머리 위에 조야 섬이 있고, 그 엄청난 땅덩어리 아래 우리가 깔릴 수도 있다는 사실은 애써 머릿속에서 지워버렸다.

터널이 다시 옆으로 휘었다. 조금 전 내가 매듭처럼 생긴 곳이라고 했던, 그러니까 터널이 뒤로 고리처럼 구부러지는 곳에 도착했다는 생각이 들었다. 내 기억이 맞다면 이 터널은 곧 다른 터널과 만나고, 그 지점에서 왼쪽으로 보이는 첫 번째 통로로 나가면 거기가 바로 굴 밖으로 나가는 출구일 터였다. 숨을 천천히 길게 들이마시는데, 가슴에 찌릿한 통증이 느껴졌다.

"루페, 우리가 제대로 찾아온 것 같아."

"제발 그래야 해. 계속 이런 길이면 난 더는 못 갈 것 같아." 루페가 숨을 헐떡거리며 어깨너머로 말했다.

"그래도 기어가니까 발바닥은 안 아파서 좋잖아."

"넌 작아서 터널 속을 기어가기도 쉽겠다. 진짜 부러워!" 웃으며 말하는 루페의 목소리가 뚝 끊어졌다. 루페의 상체가 먼저 사라지고 뒤이어 다리가 쑥 끌려갔다. 나는 얼른 손을 뻗어 루페를 잡으려 했지만, 손에 잡히는 건 아무것도 없었다.

"루페!"

어두워서 잘 보이지는 않았지만, 뭔가가 떨어지는 둔탁한 소리가 들려왔다.

"루페?"

"난 괜찮아! 급경사라 미끄러진 거야. 이사, 얼른 와서 이것 좀 봐."

놀라서 몸을 벌떡 일으키는 바람에 흙 부스러기가 주르륵 흘러내렸다. "뭔데 그래?"

"몸을 좀 낮춰. 그렇게 위험하진 않아."

나는 바닥을 손으로 더듬거리며 앞으로 조금씩 나아갔다. 경사가 시작되는 지점에서 칼을 먼저 떨어뜨리니 쨍강 부딪치는 소리가 들려왔다. 잠시 기다렸다가 몸을 살짝 앞으로 기울였다.

안정적으로 착지하지 못하고 앞으로 쿡 처박히며 바닥에 닿았다. 그런 나를 보고 루페가 깔깔대고 웃을 줄 알았는데, 이상하게도 조용했다. 고개를 들어 보니, 루페는 고개를 한껏 치켜들고 동굴 중앙에 서 있었다. 지팡이 조각을 들어 올리지 않아도 루페의 모습이 보였다. 지팡이에서 나온 불빛이 사방에서 반사되고 있었다.

둥근 천장 가득 무수히 많은 수정이 박혀 있었다. 거기에 반사된 빛들이 어지럽게 흔들리며 춤을 추었다. 마치 밤하늘에 뜬 별 같았다. 심지어 무릎 아래 바위에도 수정이 박혀 희미하게 빛을 발했다.

이런 곳에 관해 아빠에게 들은 적이 있었다. '아빠가 직접 본 건 아니지만, 강 밑에서 수정 동굴을 봤다는 사람을 만난 적이 있어. 수정은 물 때문에 생기기도 하고, 불 때문에 생기기도 하지.'

그런데 여기에는 물이 흐르지 않고, 강도 없으니…… 불로 인해 생겼다고 보는 게 맞을 것 같았다.

'땅속 불 때문에 생기는 암석에는 두 종류가 있어. 하나는 밝은색을 띠는 화강암이지. 그리고 화강암한테는 너희 둘처럼 쌍둥이 형제가 하나 있는데, 색깔만 검은색으로 달라. 그 암석 이름은 〈가브로〉라고 해. 어때, 가보랑 발음이 비슷하지? 가보, 가브로.'

반짝이는 수정 벽에 둘러싸인 채 서서히 몸을 일으키는데, 아빠가 했던 그 말이 마치 선물처럼 귓가에 다시 들려왔다.

서서히 모든 게 이해되는 기분이었다. 냄새, 수정, 열기. 이 모두가 분명하게 한 가지를 가리키고 있다는 사실을 이제는 부정할 수가 없었다.

"루페? 나 뭔가 알 것 같아."

루페는 수정만 뚫어지게 바라볼 뿐 아무 대답도 하지 않았다.

나는 한 번 더 숨을 깊이 들이마신 뒤 말했다. "가까운 곳에 불구덩이가 있는 거야. 불 때문에 이런 게 생겨난 거지."

'온도가 너무 높아 땅이 녹아내리면 불구덩이가 생겨. 땅 전체가 불꽃으로 이글거리는 모습을 한번 상상해보렴! 때로는 그게 땅 위로 솟아오르면서 마을 전체를 삼키기도 하지.' 그 말을 듣고 가보가 질색하자, 아빠는 달래듯 말했었다. '하지만 대개 그런 건 땅속에 가만히 잠들어 있거나 가끔 우르릉거리면서 땅을 흔드는 정도로만 활동해. 아니면 수정을 만들거나.'

루페에게 그 말을 하려는데, 루페가 나를 이상한 눈으로 보고 있었다.

"방금 불구덩이라고 했어?"

아린타 신화의 그 이야기처럼 이곳에 불구덩이가 있는 게 확실했다. 나는 엄마 지도를 떠올렸다. 어지럽게 얽힌 것처럼 보이면서도 확실히 중앙을 향해 이어지던 선들. 그리고 천 년 된 지도의 중심에 그려져 있던 그 이상한 빨간 원. 나는 황 냄새가 짙게 풍기는 공기를 깊이 들이마셨다.

'불의 정령은 천 년 동안 약속을 지키겠다고 맹세했어.'

"무슨 생각해?" 루페가 미심쩍은 표정으로 물었다.

나는 가뭄을 떠올리고 있었다. 총독이 키우던 가축들이 전부 바다로 뛰어들었던 일과 공기 중에 퍼진 독가스를 마시고 죽었다는 그리스 마을 사람들을 생각했다.

"내 기억이 맞다면 매듭처럼 생긴 길은 빨간 점 바로 가까이에 있었어." 나는 조심스럽게 말했다.

"1마일 정도였던 것 같아. 그러니까 아마도 저 길이 밖으로 나가는 길일 거야." 나는 왼쪽 터널을 손가락으로 가리켰다. "하지만 이 길은 지도 가운데의 빨간 원으로 이어져 있고." 나는 앞쪽의 좀 더 낮은 터널을 가리키며 말했다. 열기 때문인지, 그 터널 주변만 유독 빛이 아른아른 흔들리는 것처럼 보이고 있었다.

"그래서?"

하마터면 생각을 바꿀 뻔했지만, 지금은 의심할 때가 아니었다. 나는 마음을 다잡으며 말했다. "그 빨간 원 안에 요테가 있어."

"요테라고?" 루페의 코에 주름이 잡혔다. "네가 좋아하던 그 옛날이야기에 나오는 괴물?"

나는 발끈해서 소리쳤다. "괴물이 아니라 불의 정령이야. 그리고 옛날이야기가 아니라 신화라고."

"그게 그거 아니야?"

나는 짜증이 나서 눈을 비볐다. 눈꺼풀 주위에 흙이 묻어 있었다. "오래전에 있었던 일, 그러니까 진짜 있었던 일을 진짜가 아닌 것처럼 얘기하는 게 바로 신화란 말이야."

루페는 한참 동안 아무 말도 않더니, 무척 신중하고 침착한 목소리로 입을 열었다. "이사벨라, 요테나 아린타나 사실이 아니긴 마찬가지야."

"아린타는 진짜야!" 내 목소리가 동굴 안에서 쩌렁쩌렁 울려 퍼졌다. "그럼 티비시나는 어떻게 설명할 건데? 우리를 쫓아와 공격한 걸 보고서도 진짜가 아니라는 거야?"

"파블로 말이 맞는 것 같아. 아무래도 늑대가……." 루페는 확신에 차 말했다.

"말처럼 큰 늑대가 어디 있어? 그리고 털에서 나는 연기 냄새는 뭐고?"

"땅속 불구덩이 근처에서 살아서 그런 거겠지!"

"놈들은 단순히 굶주려서 사람을 공격한 게 아니었어. 캐타를 죽여 놓고 먹지도 않고 그냥 떠났잖아."

경고하는 거라고, 도체는 말했었다. '섬을 청소하기 위해 온 거랬어.'

"바보 같은 소리 하지 마, 이사벨라. 그런 말도 안 되는 걸 믿으면 어떡해."

"하지만 아린타는……."

"옛날이야기라고! 그리고 넌 아린타가 아니고!"

정곡을 찔린 기분이었지만, 티를 낼 수는 없었다. "그렇게 생각한 거 아니야."

"저쪽이 나가는 길이라고 했으니까 나는 그리로 갈 거야. 그리고 너도 나랑 같이 갈 거고."

"나한테 이래라저래라 하지 마!"

"적어도 난 옛날이야기를 사실과 혼동할 만큼 어리진 않아."

"상관없어. 나 혼자 갈 거니까." 나는 루페의 손에서 지팡이 조각을 잡아챘다. 그러고는 열기가 어른거리는 통로를 향해 성큼성큼 걸어갔다.

별안간 발아래 땅이 덜컹하고 흔들렸다. 나는 비틀거리다 넘어질 뻔했고, 루페는 무릎을 꿇고 주저앉았다.

또 한 번 강한 진동이 온몸을 타고 전해졌다. 높이 천장에 달려 있던 수정 한 조각이 나와 루페 사이로 떨어지며 산산조각 났다.

순간 나와 루페의 눈이 서로 마주쳤다.

그리고 세상이 무너져 내렸다.

## 20장

동굴 무너지는 소리가 어찌나 크고 요란한지 천둥이 열 번 치고, 불꽃놀이가 쉰 번 터지고, 티비시나 백 마리가 한꺼번에 몰려오는 것만 같았다.

양쪽 귀를 손으로 막은 채 구석으로 달려갔는데도 귀를 찢는 듯한 굉음의 충격이 온몸에 고스란히 다 전해졌다. 거대한 엄지손가락이 짓누르기라도 한 것처럼 나는 바닥에 내동댕이쳐졌다. 이를 덜덜 떨며 몸을 웅크렸다. 땅이 바다처럼 요동쳤다. 그 바람에 머리가 계속 바닥에 부딪혔다. 이제 곧 바위가 나를 덮치거나 바닥이 갈라져 아래로 떨어지거나 둘 중 하나일 거라고 생각했다.

그런데 아니었다. 자갈 구르는 소리를 마지막으로 진동이 멎었다. 나는 살며시 눈을 뜨고 자욱한 먼지 속에서 주위를 두리번거렸다. 무너져 내린 바위와 수정이 동굴 천장까지 쌓여 공간을 둘로 가르고 있었다.

루페가 보이지 않았다. 루페의 이름을 크게 불러봤지만, 내 목소리만 메아리칠 뿐 어떤 대답도 돌아오지 않았다. 일어나 바위 벽 사이를 샅샅이 살폈지만, 바위가 빈틈없이 들어차 사람이 지나갈 만한 공간을 찾을 수 없었고, 팔이 떨려 기어 올라가는 것도 힘들었다. 요테가 있는 곳으로 이어지는 뒤쪽 터널 외에는 모든 길이 다 막혀 있었다.

뜨거운 동굴 벽에 등을 기댄 채 웅크리고 앉았다. 몸도 마음도 완전히 지쳐버린 나는 두 팔로 무릎을 감싸고 훌쩍훌쩍 울기 시작했다.

흐느끼는 소리가 메아리가 되어 돌아와 마치 먼 곳에서 들리는 것처럼 느껴졌다. 한참을 울었더니, 좀 진정이 되는 기분이었다. 그런데 흐느끼는 소리는 그치지 않고 계속 들려왔다. 가만히 귀를 기울이니, 말소리도 들리는 것 같았다.

"사벨……라…… 이사……."

내 이름을 부르는 저 목소리는? 루페였다!

미친 듯이 벽을 손으로 더듬다가 둥글게 굽은 곳에서 작은 틈새를 발견했다. 얼굴을 바짝 들이밀고 거기에 입을 갖다 댔다.
"루페?"

이번에는 귀를 댔다. 아무 소리도 들리지 않았고, 조금 전까지 들리던 우는 소리도 이제는 들리지 않았다. 내가 환청을 들었던 걸까?

그때 머뭇머뭇 내 이름을 부르는 목소리가 희미하게 들려왔다.

반가운 마음에 틈새에 입을 대고 얼른 다시 말했다. "바위 사이에 틈이 있어. 거기에 입을 대고 말해봐."

나는 바위에 귀를 대고 초조하게 기다렸다. 그때 마치 바로 옆에서 말하는 것처럼 루페의 목소리가 선명하게 들려왔다.

"이사벨라? 너 거기 있어? 이게 어떻게 된 거지?"

"나 여기 있어. 아마도 돌 사이의 틈을 타고 음성 전달관이 만들어졌나 봐." 왠지 몰라도 수정 동굴에 처음 들어섰을 때처럼 가보가 이곳에 함께 있는 것 같은 기분이 들어 가슴이 먹먹해졌다.

"음성 전달관?"

"가보랑 내가 쓰던 방에도 이런 게 있었거든. 관으로 목소리가 전달되는 거야. 아무래도 동굴 곡면이 그 역할을 하고 있나 봐."

"동굴은 갑자기 왜 무너진 걸까?"

"나도 잘 모르겠어." 나는 뚫어져라 터널을 바라봤다. 내 생각이 맞다고 확신하면서도 루페에게는 사실대로 말할 수가 없었다.

"이제 어쩌지? 바위 위로 올라가 보려 했는데, 잘 안 되네."

"나도 그랬어. 밖으로 나가는 터널은 어떻게 됐어?"

"막혔어."

나는 목청을 가다듬고 최대한 침착하고 씩씩한 것처럼 말하려고 애를 썼다. "우리가 왔던 길은 어때? 거기도 막혔어?"

루페의 숨소리가 사라졌고, 나는 루페가 동굴 반대편으로 가 통로를 확인하는 모습을 머릿속으로 그려보았다. 잠시 후, 루페의 목소리가 다시 들려왔다. "완전히 막혔어. 그런데 한쪽 천장 부근에 작은 틈이 있긴 해. 내 생각에 돌을 좀 들어내면……." 루페는 무척 지친 것 같았다.

나는 마음을 단단히 먹었다. 하지만 루페는 쉬지 않고 계속 말했다.

"일단 내가 한번 해볼게. 그리고 네가 이쪽으로 넘어와. 그런 다음에 같이 원래 길로 돌아가서 또 다른 출구를 찾아보자."

"루페."

"그러면 여기를 벗어나 집에 갈 수 있을 거야. 지금 바로 시작할게."

"루페, 소용없어. 너 먼저 가."

하지만 루페는 잠긴 듯한 목소리로 더 빠르게 말을 이어갔다.

"나 할 수 있을 것 같아."

"괜찮아, 루페."

"아니, 할 거야. 지금은 팔이 좀 아픈데, 잠깐 쉬었다가……."
루페의 목소리가 점점 가늘어졌다.

"그래, 넌 지금 좀 쉬어야 해. 그런 다음에 왔던 길로 되돌아가."

"난 아무 데도 안 갈 거야! 그리고 너도, 아무 데도 안 간다고 약속해." 루페는 화가 난 듯한 목소리였다.

낮은 터널에서는 열기가 뿜어져나오고 있었다. 앞으로 뭘 할지는 이미 마음이 선 상태였다. 그걸 보자마자 결심한 일이었다. 그래서 나는 또 거짓말을 했다. "알았어. 어디 가지 않을게."

"좋아." 루페는 짐짓 어른스러운 목소리를 가장하면서 마치 자기가 처음 제안하는 것처럼 이렇게 말했다. "내 생각에는, 일단은 잠깐 쉬는 게 좋겠어. 너도 좀 자둘래?"

"그래, 좋아."

"이사?"

"응?"

"너 계속 거기 있을 거지? 그러니까 음성 전달관 옆에 말이야."

"그럴게."

루페의 두려움이 일을 쉽게 만드는 동시에 더 어렵게 만들었다. 나는 얼굴을 음성 전달관 근처에 둔 어색한 자세로 바닥에 누웠다. 그리고 루페가 잠들기를 기다렸다.

배에서 꼬르륵 소리가 나며 허기가 몰려왔다. 배를 살살 문지르면서 평소 아빠가 시장에서 사 온 생선과 빵으로 차려주던 간단한 식사를 떠올렸다. 그때는 그게 싫어 인상을 찌푸리고, 왜 우리는 이야기 속 사람들처럼 푸짐하게 먹을 수 없는 거냐고 투덜대곤 했었다. 하지만 지금은 그런 소박한 음식도 진수성찬인 듯 고마운 마음으로 먹을 수 있을 것 같았다.

나는 아빠가 들려준 이야기 중에서도 옛날 사람들이 먹었다던 음식에 관한 이야기를 특히 좋아했었다. 한번은 조야 섬의 여섯 마을 사람들이 지난 600년간의 평화를 축하하기 위해 그로메라에 모두 모인 적이 있었다고 했다. 아빠는 이야기를 들려줄 때만 내는 특유의 목소리로 이렇게 말했었다. '아린타가 등장하기도 전 일이었어. 그때 사람들이 가져온 갖가지 음식들이 정말 대단했었지. 간 고추와 식초로 맛을 내고 뿌리채소를 넣어 함께 요리한 멧돼지 고기에, 설탕 바구니에 담은 대추야자도 있었고, 진줏빛 껍질의 굴은 크기가 손바닥만큼이나 컸지. 삶은 게와 바닷가재는 레몬 향이 나는 버터와 함께 가득가득 쌓여 있고, 사람 키만 한 문어는 허브와 소금에 절여…….'

배에서 또 꼬르륵 소리가 났다. 바위 틈새로 들려온 루페의 코 고는 소리에 문득 정신을 차려보니, 눈앞의 잔치 음식은 사라지고 다시 어둠이 몰려왔다. 나는 힘겹게 몸을 일으켰다. 머리가 어지럽고 손끝은 저릿저릿했다. 속이 울렁거려 침을 꿀꺽 삼켜야 했다. 나는 낮은 터널 입구를 향해 짧게 다섯 걸음을 옮긴 후, 그 앞에서 눈을 꼭 감았다.

훅 끼쳐오는 열기를 얼굴로 느끼며, 나는 앞으로 걸어갔다.

## 21장

이 터널은 달랐다.

터널 주변 바위는 미궁 속 다른 터널을 이루는 바위와 같은 종류인 것 같았다. 하지만 뭔가 이상한 기운이 바닥에서 올라와 공기를 가득 채우고 있었다. 그 기운이 발을 타고 전해져 발바닥이 희한하게 따끔거렸다. 돌바닥이 아니라 바늘이 꽂힌 이불 위를 걷는 기분이었다.

길을 따라갈수록 통로가 좁아지면서 괴상한 소음도 점점 커지고 있었다. 이제는 익숙해질 법도 한데, 새삼스레 폐소 공포증이 몰려와 마음을 어지럽게 만들었다. 깨끗하고 신선한 공기 한 모금만 마실 수 있다면 다시는 이야기를 듣지 못한대도 괜찮을 것 같았다. 이 모든 일이 있기 전의 나는, 세상 무엇도 두려울 게 없는 아이였다. 그런데 이제는 무서운 것이 너무 많아졌고, 그중 하나가 어둠이었다.

길이 둥글게 원을 그리며 이어졌지만 내가 처음 출발한 곳으로 되돌아가지는 않는 걸 보니, 소라 껍데기처럼 빙글빙글 돌며 이어지는 모양이었다. 천장이 점점 낮아지더니, 이제는 손과 무릎을 바닥에 대고 기어가야 할 정도로 낮아졌다.

그때 불꽃이 보이기 시작했다.

처음에는 불꽃이 아주 작았지만, 안으로 들어갈수록 터널 바닥에 생긴 틈들이 커지면서 그 사이로 열기가 이글이글 올라오고 있었다. 나는 좀 더 빨리 기려고 지팡이 조각을 허리춤에 끼웠다. 갈라진 틈으로 불티가 날려 옷에 떨어지기도 했다. 작은 불똥 하나가 옷소매에 튀었다. 나는 허겁지겁 물병을 꺼내 그 위에 물을 조금 부었다.

피부에 닿은 서늘한 기운이 놀랄 만큼 시원했다. 그런데 그게 다가 아니었다. 물에 젖은 소매 주변으로 얇은 파란색 띠가 하늘하늘 생겨나는 것이 아닌가. 엄마 지도가 이 물에만 반응하는 걸 보고 평범한 물이 아니라고 생각은 했지만, 이건 정말이지 너무 놀라웠다. 물병을 살짝 흔들어 출렁거리는 소리를 들었다. 아직은 꽤 남았다는 걸 확인했다.

'아린타는 뜨거운 불길로부터 몸을 보호하기 위해 몸을 물에 적신 다음, 폭포 뒤에 있는 터널을 통해 땅속으로 들어갔어.'

팔에 물을 약간 붓고 잠시 기다렸더니, 이번에는 팔 위로 파란 띠가 생겨났다. 팔을 불꽃 위로 뻗었다. 불길이 살갗에 닿았는데도 미풍이 스친 것처럼 아픈 느낌이 전혀 들지 않았다. 나는 바닥에 웅크리고 앉았다. 손바닥에 물을 받아 피부와 옷에 물을 조심스럽게 문질러 묻혔지만, 등만 손이 닿지 않아 적실 수가 없었다. 계속 그렇게 했더니, 얇은 얼음층에 감싸인 것처럼 온몸에 파란 띠가 생겼다.

한번은 아빠가 빙산 이야기를 해준 적이 있었다. 총독이 섬에 오기 20년 전, 아빠가 여섯 살 때 얼어붙은 땅에서 빙산이 떠내려온 적이 있다고 했다. 유령선처럼 한밤중에 섬까지 떠밀려온 빙산이 그로메라 만에 부딪쳤는데, 섬의 일부가 뚝 떨어져나갈 만큼 충격이 컸다고 했다. 아빠가 새로운 땅을 여행하고 그곳을 지도에 담는 일에 그토록 매료된 건 그때부터였다고 했다. 그러니까 아빠는 빙산 때문에 지도 제작자가 된 셈이었다. '아무런 관련도 없는 것 같은 일들이 서로 연결된 걸 알고 나면 참 신기하단 말이야.' 아빠는 말하곤 했었다. 아빠는 운명을 믿지 않았지만, 사소한 결정 하나하나가 다가올 미래에 영향을 미친다고 말했었다. 마치 고함 한 번에 산사태가 일어나는 것처럼.

얼마나 많은 연결고리들이 나를 여기로 데려온 것일까? 천장은 자꾸 낮아지는데, 바닥에 생긴 틈은 더 커지고 있었다. 계속 이런 식으로 나간다면……. 생각만으로도 아찔했다. 터널이 나를 옥죄어 오듯 자꾸만 좁아지다 보니, 울퉁불퉁한 바위에 엉덩이뼈가 부딪히고 무릎은 다 벗겨졌다.

곧 터널의 경사가 아래로 급격히 기울었다. 두 팔로 터널 양옆을 잡고 버티기도 힘든 정도여서 몸이 빠르게 미끄러지기 시작했다. 발부터 내려갔어야 하는데, 라는 생각이 그제야 들었다. 자세를 바꾸려고 몸을 비틀어봤지만, 공간이 너무 좁아 허리를 구부릴 수도 없었다.

다시 몸을 돌려보려고 손바닥으로 바위를 짚었다가 죽 미끄러졌다. 뭐라도 잡고 매달리기 위해 미친 듯이 벽을 손으로 더듬었지만, 이미 늦은 것 같았다. 발목을 돌려 맨발을 바위 틈새에 간신히 쑤셔 넣은 뒤에야 발바닥으로 뭔가를 디딜 수 있었다. 입술을 깨물고 떨리는 가슴을 진정시켰다.

앞을 보니, 터널의 기울기는 거의 수직에 가까웠다. 양 무릎을 가슴까지 끌어올려 몸으로 버티면서 목을 쭉 빼 바닥을 보았다. 뭐가 있는지 잘 보이지는 않지만, 아래가 뻥 뚫려 있다는 건 알 수 있었다. 피어오른 연기가 터널 안에 가득 차 기침이 나기 시작했다. 어느 때보다 사납고 무시무시한 우르릉 소리가 좁은 통로를 따라 들려왔다.

나는 다리를 아래로 내리고 구멍 끝까지 미끄러져 내려갔다. 매캐한 연기 때문에 숨이 제대로 쉬어지지 않았다. 내 아래로 불길이 활활 타오르는 엄청나게 큰 구덩이가 입을 떡 벌리고 있었다. 열기로 번뜩거리는 벽 주변의 바위와 열렸다 닫혔다 하며 용암을 토해내는 불구덩이를 보고, 나는 세게 한 대 맞은 것처럼 큰 충격을 받았다.

얼굴이 벌겋게 달아올랐고, 살갗은 물론이고 내장까지도 다 익어버리는 기분이었다. 떨어지지 않게 터널 양쪽으로 다리를 걸친 채 몸을 위로 다시 끌어올렸다. 머리가 어질어질했고 주체할 수 없을 정도로 기침이 나고 몸이 떨렸다.

아주 긴 시간이 흐른 것처럼 느껴졌다. 하지만 사실은 루페를 두고 출발한 지 불과 몇 분 사이에 벌어진 일들이었다. 천 년 전 아린타가 그랬던 것처럼, 내가 지금 여기 요테의 은신처 바로 앞에 와 있다는 사실이 도무지 믿기지 않았다.

나는 미처 작별 인사도 하지 못하고 헤어진 사람들의 얼굴을 하나하나 떠올렸다. 데달로의 짙은 어둠 속에 있을 아빠, 강둑에서 쓰러진 파블로, 나를 믿고 저 위 동굴에서 잠든 루페. 이제 루페는 어떻게 될까? 혼자 살아서 이곳을 빠져나갈 수 있을까?

'생각은 그만.' 나는 요테가 있는 곳으로 더 가까이 가야 했다. 내가 비록 아린타는 아니지만, 조야 섬을 구하기 위해 할 수 있는 일이 있다면 한번 해보고 싶었다.

다리를 아래로 내리고 발을 디딜 만한 곳을 찾아보았다. 저 밑에 튀어나온 바위까지는 꽤 거리가 있었다. 막 손을 놓으려는데, 땅이 다시 흔들리기 시작했다. 그런데 수정 동굴이 흔들릴 때나 티비시나들이 달려들 때 느낀 진동과는 차원이 달랐다. 진동 폭도 훨씬 크면서 티비시나가 울부짖을 때보다 더 거칠고 사나웠다. 다리를 다시 위로 끌어당기려다가 그만 손이 미끄러졌고, 나는 다리부터 빠르게 심연 속으로 빨려 들어갔다.

튀어나온 바위에 엉덩이를 부딪히면서 떨어지는 속도가 조금 늦춰졌다. 어느 순간 정신을 차려 보니, 나는 바위를 두 팔로 감고 매달려 있었다. 다리를 휘저어도 발끝에 걸리는 건 아무것도 없이 몸만 더 심하게 흔들렸다. 바위를 손으로 긁어보았지만, 손톱만 부러질 뿐 소용이 없었다. 몸을 위로 끌어올릴 만한 힘이 내게는 없었다.

그런데 그때 누가 귓가에 대고 말하는 것처럼 어떤 목소리가 들렸다. '난 죽고 싶지 않아!'

루페 말이 맞았다. 나는 아린타가 아니었다. 특별한 사람도 아니었다. 루페가 지금 내 옆에 있어, 긴 팔로 나를 끌어올리면 좋겠다고 생각했다. 하지만 루페는 내 말만 믿고 저 위에 잠들어 있었다. 그리고 이제 나는 여기까지 온 목적을 달성할 수 없게 되었다. 루페도, 아빠도, 조야 섬도 누구도 구할 수 없었다.

바위를 잡은 팔에 힘이 풀렸다. 또 한 번 땅이 거칠게 진동하며 바위가 흔들렸고, 나는 곤두박질쳤다.

가슴이 터지는 듯한 강한 충격과 함께 바닥으로 떨어졌다. 척추가 부러진 것만 같았고, 두 다리와 목뒤 전체에서 살이 타는 것 같은 강한 통증이 느껴졌다. 1분쯤 지났는지, 아니면 그 이상이 지났는지 모르겠지만, 한동안 움직일 수가 없었다. 바닥이 단단하게 느껴졌지만, 내 몸 아래를 받치고 있는 것은 땅이 아니었다. 펄펄 끓는 용암이었다.

액체처럼 흐르는 검은 물질이 눈과 귀로 마구 들어왔다. 그리고 마침내 사방이 조용해졌다.

느리고 묵직한 진동이 점점 커지면서 밝은 별의 광선들이 번

쩍번쩍 사방으로 뻗어나갔다. 마치 지구 전체가 물로 이뤄진 것처럼 땅이 계속해서 일렁거리며, 물결치듯 내 주위로 밀려오는 걸 느낄 수 있었다. 정말로 느껴졌다. 이보다 확실한 느낌은 없었다. 그런데도 몸이 공중에 떠 있는 것처럼 여전히 내 밑에는 아무것도 없었다. 뇌의 한쪽은 고통과 소음으로 가득했지만 나머지 반은 아무것도 존재하지 않았다. 아예 거기에 있는 것 같지도 않았다.

너무 이상했다. 분명 일어나 앉을 수 없을 것 같았는데, 내가 몸을 일으키고 있었다. 몸을 움직이니, 허물이 벗겨지듯 남은 몸이 망토처럼 바닥에 그대로 누워 있었다. 고개를 돌려 축 늘어진 몸을 바라보지는 않았다. 하지만 거기 있다는 게 느껴졌다. 나는 바닥에 무릎이 까지는 걸 느끼면서도 바위 가장자리까지 기어가 고개를 들었다.

요테가 내 앞 허공에 있었다.

요테는 상상했던 것처럼 불구덩이를 가득 메운 꿈틀대는 연기나 용암 덩어리는 아니었다. 그보다는 사람에 가까운 형상을 하고 있었다. 다만 맹렬하게 타오르는 불기둥 위로 드러난 모습이 무척 거대했고, 재 구름이 자욱하게 소용돌이치는 몸통에는 팔이 여섯 개나 달려 있다는 게 특이했다.

요테가 입을 열자, 그의 몸 아래에서 솟구쳐 오른 연기가 빙글빙글 돌며 내 얼굴로 날아들었다. 숨이 막힐 것만 같았다. 그의 목에서는 티비시나가 최후의 발악을 하는 것 같은 거친 쇳소리가 났다. 바위 끝에 무릎을 꿇고 앉은 나의 눈 옆을 무언가가 강하게 압박했다. 그곳을 통해 요테의 말이 머릿속으로 파고들었다.

'여긴 왜 왔느냐?'

'아린타가 그랬던 것처럼 널 막으러 왔다.'

나는 무릎을 꿇고 있었고, 또 다른 나는 등을 대고 누워 있었다. 내 목소리는 하나의 나에서 또 다른 나로 날아가려 필사적으로 애를 썼지만, 목구멍에 걸려 나오지 않았다. 하지만 요테는 내 말을 알아들은 것 같았다. 또다시 뭔가가 세게 두개골을 짓눌렀다.

'이미 늦었다.'

요테의 손이 내 양쪽 어깨를 꽉 잡았다. 나는 떨어질 것을 각오하며 눈을 질끈 감았다.

## 22장

“정신 차려. 뭐 하고 있어?”

누군가 내 몸을 위로 일으켜 세우고 있었다.

“도대체 지금 왜 이러고 있는 거야?”

루페였다. 루페가 내 팔을 자기 어깨에 걸치고 나를 끌고 가면서 소리쳤다. 공기를 타고 전해진 열기가 우리 주위에서 뜨겁게 소용돌이쳤고, 벽의 균열이 커지고 있었다. 루페가 좁은 통로로 우리 둘의 몸을 밀어 넣어 나는 머리를 바위에 부딪혔다.

등과 어깨 전체에 고통이 느껴졌다. 다리와 머리도 찢어지는 것처럼 아파왔다. 이제는 엄마 지도가 망가졌다는 사실도 문제가 되지 않았다. 그 지도는 내 피부에 새겨진 거나 다름없었다. 긁힌 상처는 우리가 나아가야 할 길이었고 멍은 이미 지나온 장소였다. 그리고 요테가 했던 말은 낙인처럼 뇌에 새겨지고, 백열의 비즈로 장식돼 깊이 꿰매졌다.

‘이미 늦었다.’

땅이 심하게 뒤틀리면서 갈라지고 있었다. 그 와중에도 루페는 나를 계속 부축하며 조금이라도 더 앞으로 나가려고 애를 쓰고 있었다. 우리는 팔과 팔로 서로를 꽉 끌어안은 채 돌처럼 한 덩어리가 되어 추락했다.

바위 위로 내동댕이쳐지든 불구덩이 속으로 떨어지든, 차라리 마지막 순간이 빨리 왔으면 좋겠다고 생각했다. 하지만 여기저기 부딪히며 계속 아래로 떨어지기만 할 뿐, 미궁은 우리를 쉽게 놓아주지 않았다. 요테는 우리를 어떤 빛도 닿지 않는, 자신의 동굴 깊은 곳으로 데려가려 하고 있었다.

등 밑에 깔린 바위가 매끄럽게 느껴졌다. 물, 불, 바람, 이 모두가 서로 뒤섞여 몰아치는 것처럼 요란한 소리가 들려왔다. 하지만 땅은 더 이상 흔들리지 않았고, 우리도 더는 굴러떨어지지 않았다.

허리춤에 끼운 지팡이 조각 때문에 눌린 엉덩이 부위가 몹시 아팠고, 머리는 빙빙 돌며 어지러웠다. 옆으로 몸을 돌리니 루페가 있었다. 우리는 또 다른 동굴에 와 있었는데, 이번에는 머리 위 공간이 어찌나 높은지 천장이 보이지도 않았다.

"루페, 괜찮아?"

"떨어지는 데 점점 익숙해지고 있는 것 같아. 그래도 이젠 제발 땅이 그만 좀 흔들렸으면 좋겠어." 그렇게 말하는 루페의 얼굴이 몹시 창백했다.

"나 있는 데까지는 어떻게 온 거야?"

"바윗돌을 치웠지." 그 말을 들으니, 그제야 루페의 부르튼 손과 갈라진 손톱, 여기저기 긁혀 상처투성이가 된 다리가 눈에 들어왔다. 이렇게 다친 몸으로 루페 혼자 어떻게 나를 들었던 걸까?

"이사, 아까 거기서 무슨 일이 있었던 거야? 난 네가 죽은 줄 알았어."

"나도 내가 죽은 줄 알았어." 이런 상황에서도 루페를 만나니 농담이 나왔다. 하지만 정신을 차려보니 몸이 둘로 분리돼 있었고 그런 상태로 요테를 만났었다는 말까지는 차마 할 수가 없었다. 말한다 한들 믿지 않을 것 같았다. 나조차 내 기억을 믿을 수가 없었다. "아마도 거기서 기절했던 것 같아."

더 자세한 설명은 필요 없었다. 루페의 관심이 이미 다른 데로 향했기 때문이었다. 루페는 내 뒤의 뭔가를 뚫어져라 보고 있었는데, 수정 동굴에서 그랬던 것처럼 넋을 잃은 표정을 짓고 있었다. "이사, 뒤를 봐." 내가 루페의 시선을 따라 고개를 돌린 순간, 내 입도 떡 벌어지고 말았다.

내 뒤, 멀지 않은 거리에서 검은 불이 폭포처럼 떨어지고 있었다. 절벽에서 쏟아지는 물줄기, 아니 불줄기는 곧게 아래로만 흐르는 것이 아니라 위와 옆, 사방으로 튀고 솟구치며 떨어졌는데, 다행히 어떤 보이지 않는 벽에 의해 우리 쪽으로는 불길이 번지지 않고 있었다. 마치 거칠게 파도치는 불바다를 바다 밑에서 유리를 통해 들여다보고 있는 것 같았다.

유리? 뭔가 짚이는 게 있어 나는 앞으로 기어갔다.

"안 돼! 뭐 하는 거야?" 루페가 소리쳤다.

"괜찮아. 자, 잘 봐." 내가 말했다.

나는 검은 불을 향해 지팡이 조각을 천천히 갖다 댔다. 우유 더껑이를 막대로 누른 것처럼 표면이 살짝 들어가는 걸 보고 루페도 깜짝 놀라며 앞으로 다가왔다. 우리는 나란히 배를 대고 엎드렸다. "이거 정말 신기하다! 이게 뭘까?"

"유리야." 나는 대답했다.

"유리라고? 우리 집 창문에 끼워져 있는 유리 말이야?" 루페가 얼굴을 찡그리며 물었다.

"맞아."

"하지만 이게 어떻게 여기 있는 거지?"

뭔가가 몰아치는 듯한 우르릉 소리가 들렸다. 나는 그게 바다에서 나는 소리 같다고 생각했다.

"모래가 녹은 거야. 우리 아빠한테 들었는데……."

"그렇겠지. 당연히 너희 아빠한테 들은 거겠지. 그런데 내가 궁금한 건, 어떻게 모래가 여기 있을 수 있는 거냐고."

"아무래도 우리가 있는 곳이 해변 아래인 것 같아. 정확히 어떤 원리인지는 모르겠지만 바다의 모래가 녹으면 유리가 된다고 들었거든. 유리가 검은색을 띠는 건 모래에 섞인 조개껍데기의 어떤 성분 때문인 것 같고."

"모래는 다 조개껍데기로 만들어진 거 아니었어?"

"그거만 있는 게 아니야. 암석 결정처럼 다른 것도 섞여 있어.” 나는 루페를 보며 얼굴을 찡그렸다. “그런데 자꾸 끼어들면 어떻게 설명하라는 거야?”

“알았어. 가만히 있을게.”

“우리 아빠 말이, 유리를 아주 가까이서 들여다보면 그걸 이루는 성분이 다 함께 녹아 있는 게 보일 거라고 했어. 모래도 똑같대. 자세히 보면 돌의 작은 알갱이나 조개껍데기 파편들이 모여 있는 게 보일 거랬어.”

“너희 아빠는 어떻게 그런 걸 다 알아?”

루페의 질문에 나는 얼굴을 붉히며 대답했다. “우리 아빠도 그냥 추측한 거야. 하지만 다 그럴듯한 얘기라고 생각해.”

내 대답을 듣고 나를 놀릴 줄 알았는데, 루페는 그냥 이렇게만 말했다. “모래를 가까이서 한번 보고 싶어.”

우리는 한동안 아무 말 없이 거세게 소용돌이치는 불바다만 바라보고 있었다. 그때 루페가 물었다. “그러면 유리도 녹겠지?”

루페가 그렇게 묻는 의도를 알 것 같았다.

“녹아서 유리가 된 거라면 당연히 다시 녹아 처음 상태로 되돌아갈 수도 있지 않을까?”

“그렇겠지? 바다에 이렇게 가까이 있는데도 닿을 수 없다는 게, 어쩐지 억울해. 그렇지 않아?” 루페가 말했다.

“그로메라 상황하고 비슷하네.” 내가 말했다.

루페의 얼굴에서 웃음기가 사라졌다. “네 말이 맞아.”

우리는 유리를 계속 지켜보았다. 시간이 얼마 없었다. 이제 곧 유리가 산산이 부서지거나 녹아버릴 것이고, 그렇게 되면 우리는 꼼짝없이 요테의 불꽃 속에 잠기고 말 터였다.

"기절한 다음에는 어떻게 됐어? 떨어진 거야? 아니면……?" 루페는 마치 원래 하던 얘기로 돌아가기라도 하듯 조금 전 있었던 일을 다시 물었다.

"나도 모르겠어." 나는 조용히 말했다. 그때 내 몸은 둘로 분리됐었고, 요테의 목소리를 들은 것도 분명했다. 상식적으로 가능한 얘기는 아니었지만, 이제는 아무래도 상관없었다. 지금 내게 중요한 건 아무것도 없었다. "그 얘기는 하고 싶지 않아."

루페가 내 손을 잡았다. "그럼 내가 이야기 하나 해줄까?"

"이야기야, 신화야?" 나는 장난스럽게 물었다.

하지만 루페의 표정은 사뭇 진지했다. "당연히 이야기지."

"그래, 해줘."

루페는 흠흠 하고 과장스럽게 헛기침을 했다.

"옛날 옛적에 한 소녀가 살았어. 지도 제작자의 딸이었는데, 지도를 만드는 일에 대한 자부심이 엄청났어. 그리고 자기 얘기가 늘 최고라고 생각해서 다른 사람이 의심이라도 하면 불같이 화를……."

나는 루페의 옆구리를 세게 쿡 찔렀다.

루페가 캑캑거리며 웃었다. "장난이야. 사실은 다른 이야기야!"

"그래야지."

유리에서 나는 '끼익' 소리에 우리는 둘 다 깜짝 놀랐다. 아직 금이 가지는 않았지만, 조만간 깨지거나 흘러내리는 건 확실해 보였다.

"빨리 말하는 게 좋겠어." 내가 말했다.

우리는 서로 마주 본 채 책상다리를 하고 앉았다. 루페가 다시 시작했다.

"옛날 어느 나라에 훌륭한 성품을 가진 왕과 왕비가 살았는데, 어느 날 왕비는 자신이 다스리는 나라를 직접 둘러보기로 마음먹었어. 말 타는 데 능숙했던 왕비는 혼자 말을 타고 떠났어. 그런데 며칠 뒤, 왕비가 제일 먼저 방문하기로 한 마을에서 전갈이 왔는데, 아무리 기다려도 왕비가 도착하질 않는다는 거야.

왕은 사람들을 모아 수색대를 꾸렸어. 그러고는 말을 타고 마을마다 돌아다니며 왕비를 찾았지. 일주일이 지나도 왕비의 모습은 보이지 않고, 왕은 지쳐 쓰러졌어.

아내를 잃은 상실감에 왕은 미쳐버렸어. 나무는 열매를 맺지 않았고, 강물도 황토색으로 변해버렸지. 백성들도 고통받으며 잿빛 하늘처럼 시들어갔지만, 그래도 왕은 정신을 차리지 못했어. 세금을 더 많이 걷어 군대를 조직하고 인근 다른 나라까지 수색대를 보냈어. 그리고 지도 제작자들을 불러 모아 자기 땅의 지도를 그리는 데 집착했어.

전국의 지도 제작자들이 모여들었지만, 왕의 마음에 들 만큼 뛰어난 사람은 없었어. 왕은 더 크고 자세한 지도를 원했거든. 그때 부하들이 동쪽에서 온, 사려 깊고 영리한 지도 제작자 한 명을 왕에게 데리고 온 거야. 그는 왕의 마음이 얼마나 아픈지 알아차리고 최선을 다해 돕겠다고 맹세했지. 지도 제작자는 좋은 생각이 떠올랐다며, 축척을 사용하지 않고 실제와 정확히 일치하는 지도를 만들자고 제안했어."

"축척이란 말은 어떻게 알았어?" 나는 참지 못하고 물었다.

루페는 짜증 난다는 표정으로 나를 보았다. "나도 귀라는 게 있거든?"

마치 기다렸다는 듯 유리에서도 쩍 하고 갈라지는 소리가 났다. 나도 모르게 고개가 돌아갔지만, 루페가 내 팔을 잡았다.

"그냥 안 보는 게 좋겠어."

나는 루페의 눈을 바라보며 고개를 끄덕였다. 루페는 다시 내 손을 잡고 빠른 속도로 이야기를 이어갔다.

"지도를 만들기 위해 지도 제작자는 일단 종이와 잉크를 구해 달라고 했어. 그 남자가 별의 위치를 확인하며 별자리표를 만드는 동안 왕은 숲에 엄청나게 큰 그물을 치게 하고 벌레란 벌레는 모조리 잡아들였지. 그러고는 다양한 색상의 벌레를 말리고 빻아 지도 제작에 쓸 잉크를 백 통이나 만들었어. 먼 곳까지 훤히

볼 수 있게 숲의 나무들도 모두 베어버렸지. 베어낸 나무들을 엄청난 양의 강물과 섞어 펄프를 만들고 그 펄프로 종이도 만들었어. 동물이 전부 죽고, 사람들도 오염된 강물 때문에 병들었지만, 왕은 신경 쓰지 않았어. 오로지 아내를 찾아야 한다는 생각뿐이었어.

남자는 본격적으로 지도를 만들기 시작했어. 서해안에서부터 종이를 깔고, 집, 길, 강의 위치를 그대로 표시했지. 밭 위를 종이로 덮으니 햇빛을 받지 못한 농작물이 말라 죽었지만, 그래도 왕은 신경 쓰지 않았어. 폭정에 시달리던 백성들이 그곳을 떠나 다른 나라로 도망치기 시작했어.

곧 그 땅에는 왕과 지도 제작자만 남게 됐어. 지도가 거의 완성됐을 무렵, 지도 제작자는 멀리 떨어진 해안에서 죽은 말과 왕비의 해골을 찾아냈어. 그 사실을 왕에게 알리기 위해 그는 종이로 된 길을 말을 타고 달렸지.

슬픔을 주체할 수 없었던 왕은 심장이 점점 부풀어 오르기 시작했어. 의사도 이미 오래전에 달아났기 때문에 왕을 치료할 사람은 아무도 없었지. 그렇게 왕은 지도 제작자의 팔에 안긴 채 숨을 거뒀어."

루페의 이야기를 듣고 나는 몸을 부르르 떨었다.

"그 지도는 어떻게 됐어?"

루페는 어이없다는 듯 웃음을 터트리고는 말했다. "이 얘기를 듣고 궁금한 게 겨우 '지도는 어떻게 됐냐'는 거야?"

"그래서 지도는 어떻게 됐는데?"

루페는 어깨를 으쓱했다. "나도 몰라. 비가 와서 다 찢어졌거나 지도 제작자가 종이배를 만들어 타고 바다로 나갔겠지."

"정말?"

"그냥 이야기인 거 몰라서 그래?"

"알아." 나는 잠시 생각했다. "들어본 이야기 중에 제일 재밌었어. 그 얘기 어디서 들은 거야?"

루페는 씩 웃더니 말했다. "네가 해준 얘기잖아."

"아니, 난 아닌데."

"너 맞아." 루페는 좀 더 부드러운 말투로 똑같은 말만 반복했다.

내 표정은 진지해졌다. "진짜야?"

"내 생일날 네가 해준 얘기잖아. 3년 전, 우리가 처음 친구가 됐을 때. 그때 토끼 굴까지 가는 지도를 그려주고, 같이 토끼 굴에 가서 그 옆에 앉아 네가 이 얘기를 해줬었어. 이야기가 너무 재밌어서 난 집에 가자마자 종이에 적어놓기까지 했단 말이야. 정말 기억 안 나?"

나는 천천히 고개를 저었다. 루페의 생일인데 미처 선물을 준비하지 못했고, 그래서 생각나는 대로 이야기를 지어내 말해준 기억이 있을 뿐이었다. 루페가 그 이야기를 그렇게 좋아해 적어놓은 건 물론이고, 지금까지 기억하고 있을 거라고는 생각도 하지 못했다.

"집에서 심심할 때마다 그걸 읽어보곤 했어. 그 이야기에는 네가 좋아하는 게 다 들어 있잖아. 모험, 지도……."

"그리고 슬픈 결말도." 내가 덧붙였다.

"그래, 그것도."

유리에서 끽 소리가 났고, 이번에는 루페가 나를 말릴 새도 없이 내가 먼저 고개를 돌리고 말았다. 천장 가까운 곳, 가장 두꺼운 유리 부분에 금이 가 있었다. 갈라진 바위처럼 유리판에도 커다란 균열이 생겼고, 그곳에 불꽃이 닿자, 유리가 거품을 내며 녹아내리고 있었다.

우리는 겁을 먹고 뒤로 물러났다. 아직은 불꽃이 이쪽까지 넘어오진 않았지만, 유리 표면의 상당 부분이 녹아 바닥에 생긴 웅덩이에는 거품이 부글부글 끓어오르고 있었다.

나는 곧장 유리 벽과 반대 방향의 바위 벽으로 달아났다. 그러면서 뭔가에 머리를 찔렸다.

"아얏!" 머리를 손으로 만지니, 끈적한 피가 묻어났다.

루페가 치마 한 자락을 찢어 상처 부위를 눌러주며 물었다. "어쩌다 이런 거야?"

"머리를 부딪혔어."

"어디에?"

나는 허리춤에서 지팡이 조각을 꺼내 벽 가까이 가져다 댔다.

어떤 형체가 바위 위로 삐죽 튀어나와 있었는데, 얼핏 보기에는 좀 더 밝은색의 바위가 밖으로 돌출된 것처럼 보이기도 했다. 하지만 지팡이 조각을 바짝 들이댔더니, 표면이 빛을 반사해 번쩍거렸다.

그건 바위가 아니었다. 금속으로 된 어떤 것이었다.

## 23장

"설마…… 아린타의 검?" 나는 중얼거렸다.

분명 아린타의 검이었다. 오랜 기간 녹슬어 형태를 분명하게 알아볼 수는 없었지만, 금속 표면에 움푹 들어간 자국은 사람이 일부러 새겨 넣은 장식이 틀림없었다. 만약 이게 정말 아린타의 검이고, 이 바위 뒤가 바다인 게 맞다면…….

'불의 정령을 물리칠 수 있는 건 바다뿐이야.'

이건 천 년이라는 세월을 지나 우리에게 건네진 선물이자 마지막 기회였다. 유리는 바닷가 모래를 녹여 만든다고 아빠는 말했었다. 그 말은 곧, 우리가 바닷가 아래 있다는 뜻이었고, 어쩌면 그로메라 인근 해변일 수도 있을 거라는 생각이 들었다. 그리고 저 소리…… 바람, 불, 그리고 물이 함께 휘몰아치는 듯한 저 소리도 그 생각을 더욱 확고하게 해주었다.

손가락으로 검을 쓸어보았다. 표면은 무디고 무척 뜨거웠다. 손끝으로 강한 에너지 같은 게 전해지고 있었다. 거센 심장박동을 느끼며, 칼자루를 잡은 손에 힘을 주었다. 하지만 너무 뜨거워 오래 잡고 있을 수가 없었다. 입고 있던 튜닉으로 칼자루를 감싸고 다시 뽑아봐도 단단히 박힌 칼은 여전히 움직일 생각을 하지 않았다. 나는 계속해서 칼을 잡고 흔들거나 비틀어보았다.

어느새 옆으로 다가온 루페가 내 어깨에 가만히 손을 얹었다.

기운이 쭉 빠졌다. 더럽고 상기된 뺨을 따라 눈물이 흘러내렸다. "네 말이 맞아. 나는 아린타가 아니야." 비참해진 심정으로 나는 그렇게 말했다.

"하지만 검이 여기 있잖아!" 루페가 나를 끌어안았다. "진짜였어, 이사. 옛날이야기가 아니었어."

나는 코를 훌쩍거렸다. 언젠가는 이 검을 보게 될 거라고 꽤 오랫동안 생각했는데. 그게 바로 지금이었다.

강렬한 열기가 동굴 전체에 가득했다. 뒤에서 또다시 유리 깨지는 소리가 들려 고개를 돌렸다. 깨진 부위에 구멍이 뚫리고 있었다. 구멍이 작긴 해도 그 안이 순식간에 불꽃으로 채워지고 있었다. 굴속 온도가 높아지면서 수분이 빠르게 증발했고, 동굴 안 공기도 구멍을 통해 빨려 들어가는 듯했다. 녹은 유리가 촛농처럼 뚝뚝 떨어졌다. 균열은 점점 커지면서 틈새로 용암이 조금씩 흘러들기 시작했다.

루페를 향해 몸을 돌렸다. 그런데 루페가 손으로 칼자루를 틀어쥐고 있었다. 살이 타는 냄새가 진동했다.

"루페, 그만해!" 루페의 손을 떼어 내려 했지만, 루페는 오히려 나를 밀쳤다. 루페의 눈에서 불길이 이글이글 타오르고 있었다.

"이사, 내가 해야 해! 잘못을 바로잡아야 해!"

"무슨 잘못?"

"우리 아빠가 한 잘못."

"무슨 말인지 모르겠어." 내가 루페에게 손을 뻗자, 루페는 뒤로 물러섰다. 루페는 화난 사람처럼 몸을 벌벌 떨고 있었다.

"우리 아빠는 알고 있었어. 믿지 않았지만, 요테에 관해 알고 있었다고."

나는 머리가 멍해져 루페를 쳐다보았다.

"편지에 그렇게 적혀 있었어." 루페는 물집 잡힌 손바닥의 피부가 다 벗겨질 정도로 주먹을 꽉 쥐고 있었다. "우리 아빠가 여기 온 건 그래서였어. 할아버지를 살해한 벌로 여기로 보내진 거였어. 착한 일을 해서 죄를 갚으라고."

"속죄가 그런 뜻이었다니." 나는 낮게 웅얼거렸지만, 루페는 내 말을 듣지 못했다.

"처음에는 주민들이 이 섬을 떠나도록 돕는 게 아빠가 할 일이었어. 약속한 천 년이 지나면 섬을 집어삼킬 요테를 피해 사람들을 탈출시키기로 되어 있었던 거야. 그런데 아빠는 그냥 섬을 차지해버렸어. 그러고는 아무것도 그로메라 안으로 들어오지 못하게 막기만 하면 된다고 생각한 거지. 그래놓고 우리 가족만 데리고 도망치려고 했어. 네 말대로 우리 아빠는 썩어빠졌어."

"그게 네 잘못은 아니잖아." 나는 신중하게 대답하면서 한편으로는 루페의 말을 이해하려고 애를 썼다. 총독은 요테에 관한 이야기가 단순히 신화가 아니란 걸 알고 있었단 말인가? 하지만 내가 더 묻기도 전에 루페는 칼자루를 다시 잡았다. 루페의 손바닥이 닿은 곳에서 치익 소리가 났다.

"루페, 그러지 마!"

루페에게로 팔을 뻗었을 때 루페가 급히 외쳤다.

"검이 움직여!"

검이 조금씩 돌아가고 있었다.

한 번 움직이기 시작한 칼은 천 년의 무게에서 너무나도 순식간에 풀려났고, 그 찰나의 장면은 내 머릿속에 각인되어 평생 잊지 못할 순간이 되었다.

바위틈에서 쉭 소리가 나는가 싶더니, 가는 물줄기가 뿜어져 나오기 시작했다. 그리고 다음 순간 엄청난 물이 머리 위로 솟구쳤다.

귀청을 찢을 듯이 요란한 굉음과 함께 불길이 유리 너머로 솟아오른 바로 그때, 물줄기가 마구 쏟아져 들어왔다. 우리는 밀려오는 바닷물에 몸을 가누지 못하고 쓰러졌다.

그러면서도 서로의 손을 놓치지 않았다.

세상이 뒤집혀 어디가 위이고 어디가 아래인지도 알 수 없었다. 땅은 갈라지고 찢기고 뜯어져나갔다. 뜨거운 칼을 잡고 돌리느라 루페의 손이 엉망이 됐을 걸 알면서도 나는 루페의 손을 더 꽉 잡았고, 루페 역시 내 손을 세게 맞잡았다. 바닷물이 우리를 덮치며 더 깊은 곳으로 내리눌렀다.

귀가 먹먹해지고 눈이 튀어나왔다. 숨이 막혔다. 우리는 그렇게 물속으로 가라앉았다.

바다가 천 년 묵은 요테의 미궁을 너무도 쉽게 박살 내버렸다. 우리는 미궁을 따라 흐르는 조류에 휩쓸리다가 어느 순간 그 흐름에서 벗어날 수 있었다. 하지만 루페의 손을 더 단단히 잡는 것 말고는 지금 내가 할 수 있는 건 없었다. 지금 이 순간 내가 기대고 의지할 수 있는 유일한 사람은 루페뿐이었다.

세상이 뒤집어질 때처럼 별안간 내 몸이 똑바로 다시 섰다.

몸이 수면 위로 떠오르면서 머리가 단단한 바위에 부딪혔다. 나는 물과 피를 토하며 캑캑거렸다. 깨문 혀가 얼얼했다. 루페도 내 옆에서 고개를 내밀었다. 내 팔 역시 물 위에 떠 있는 것을 보고, 그제야 어떻게 된 건지 깨달았다. 그건 내가 계속 지팡이 조각을 잡고 있었기 때문이었다. 폭풍에도 가라앉지 않았다던 증조할아버지의 배처럼 지팡이가 거친 물살 속에서도 우리를 위로 떠오르게 했다.

나는 루페를 앞으로 끌어당겨 지팡이 조각을 같이 잡게 했다. 우리는 한 손으로는 지팡이 조각을, 다른 손으로는 서로의 손을 잡은 채 김이 모락모락 피어오르는 바닷물 위를 정처 없이 떠다녔다. 미궁 속 어딘가라는 것만 추측할 수 있을 뿐, 이곳이 정확히 어디쯤인지는 알 수가 없었다. 티비시나의 흔적은 어디에도 보이지 않았다. 요테나 불꽃도 마찬가지였다. 바다에 휩쓸려 모두 사라진 듯했다.

비록 지팡이 조각 덕분에 물 위에 떠 있기는 해도 수면 아래로 흐르는 물살이 어찌나 센지 다리가 이리저리 쓸리거나 비틀려 금방이라도 발목이 부러질 것만 같았다.

우리는 천장이 높은 동굴로 떠밀려 들어갔다. 바위와 바위 사이 물살이 빨라진 곳으로 발이 휩쓸리며 틈새에 걸렸고, 나는 다급하게 루페의 이름을 불렀다. 루페가 내 발을 발로 밀어 빼주었다. 얼핏 머리 위로 뭔가가 지나간다고 생각한 찰나, 곧이어 항아리 깨지는 것처럼 둔탁한 '탁' 소리가 들렸다. 그러면서 우리는 급류에서 벗어났다.

나는 삼킨 물을 토해내며 루페를 보았다. "루페, 괜찮아?"

루페 역시 물을 많이 먹었는지 한참 구역질을 했다. 그러다 잡고 있던 지팡이 조각을 놓칠 뻔하기도 했다. 나를 보는 루페의 눈은 무척 지쳐 보였고, 어딘가 다친 듯 눈빛이 흔들리고 있었다.

"꽉 잡아!" 나는 루페의 손을 내 손으로 감싼 뒤, 미친 듯이 주위를 둘러보았다. 몇 미터 떨어진 곳의 천장에 사람이 지나갈 만한 구멍이 뚫려 있었다.

나는 기뻐서 소리치다가 소금물을 한입 가득 삼켰다.

"저길 봐!"

루페의 시선이 위로 향하며 고개를 끄덕이는 듯했다. 하지만 뭔가 이상했다. 마치 밤의 어둠이 루페의 눈 속으로 미끄러져 들어간 것처럼 동공이 크게 확장돼 있었다. 물결에 휩쓸려 다리가 이리저리 흔들리는 중에도 나는 루페를 계속 발로 차 깨우려고 했다. 아무래도 머리를 부딪힌 모양이었다.

나는 루페의 귀에 입을 대고 크게 소리쳤다. "조금만 더 버텨. 내가 집으로 가는 길을 곧 찾아낼게."

수위가 빠르게 높아지면서 천장까지 물이 차올랐고, 우리는 계속 숨을 쉬기 위해 고개를 뒤로 젖혀야만 했다. 나는 한 손으로 루페의 허리를 감싼 채 구멍이 있는 쪽으로 계속 물장구를 쳤다.

구멍은 마치 사람이 돌을 파 만든 것처럼 정확히 동그란 모양을 하고 있었다. 천 조각, 그리고 뼈처럼 보이는 이상한 물체들이 물 위에 뜬 채로 까딱거리고 있었다. 뭔가가 내 얼굴을 찔러 나는 손으로 그걸 밀어냈다. 빛을 향해 더 가까이 헤엄치려고 안간힘을 썼다. 벽이 있는 가장자리로 가기만 해도 좋을 것 같았다.

물이 머리 위까지 차오르기 직전에 나는 겨우 구멍 입구에 도달했다. 루페를 내 옆으로 끌어당겼고, 우리는 숨을 헐떡이며 공기를 들이마셨다. 우리 위 터널은 아주 높이까지 이어져 끝이 보이질 않았다. 그리로 나가면 출구가 있을 것 같았다.

하지만 공간이 다시 좁아져 혼자서도 통과하기가 힘들 정도였다. 많은 양의 물이 한꺼번에 밀려오면서 우리는 돌연 아래로 가라앉았다. 위로 떠오르려 하는 지팡이를 잡고 있는 탓에 손목이 거칠게 비틀리고 있었다.

물속으로 머리를 넣어 아래를 보니, 루페의 치맛단이 어깨까지 올라와 있었다. 드레스가 어딘가에 걸린 모양이었다. 루페를 잡아당겨도 보고 치마를 찢어보려고도 했지만, 이미 루페의 몸이 바위 틈새에 끼어 빠지질 않았다.

시간이 없었다. 물이 머리 위로 차오르고 있었다. 나는 숨이 막혔고 내 몸은 경련하기 시작했다. 그때 루페가 나를 밀어냈다. 입을 달싹여 뭐라고 말하는 루페를 보며 나는 고개를 저었다. 루페의 말을 알아들을 수 없었다.

루페가 슬픈 표정으로 미소 지으며 다시 입술을 움직였다. 입에서 보글보글 거품이 올라왔다. '아직도 우리 반에서 네가 제일 작아…….'

그리고 루페가 지팡이 조각을 놓았다.

나는 그런 루페의 손을 움켜잡았다. '안 돼.'

소용돌이치는 물속에서 우리는 흐릿하게 보이는 서로의 눈을 한동안 가만히 바라보았다. 시간이 멈춘 것처럼 느껴졌다. 지끈거리는 머리는 텅 빈 것 같으면서 동시에 터질 것 같았다. 숨이 모자란 내 가슴이 비명을 질렀다. 눈앞에 다시 밝은 별들이 떠오를 때였다.

루페가 내 손을 부드럽게 한 번 꼭 쥐었다 놓았다. 그리고 지팡이 조각의 뾰족한 끝으로 내 어깨를 세게 찔렀다.

나는 숨이 막힌 채로 거품처럼 빠르게 물 위로 떠올랐다. 내 손가락 사이로 빠져나가는 루페가 느껴졌다.

온몸의 신경이 어깨의 통증으로 향했다. 어깨에 박힌 지팡이 조각을 빼보려고 했지만, 뜻대로 되지 않았다. 벌겋게 물든 시야 너머로 아래를 보았다. 루페의 팔은 위로 들려 있었고, 손목에 감긴 팔찌가 반짝였다. 그 어느 때보다 평온한 표정을 짓고 있는 루페의 입에서 마지막 공기 방울이 보글보글 빠져나갔다.

루페가 내 곁을 떠났다.

# 24장

물살이 나를 구멍 위로 밀어 올렸다.

내 몸은 공중으로 떠올랐다가 흙바닥이 아닌 바위 위로 세게 내동댕이쳐졌다. 떨어질 때의 충격으로 어깨에 꽂혔던 지팡이 조각이 빠지면서 엄청난 고통이 몰려왔고, 따뜻한 피가 튜닉 위로 서서히 번져나갔다. 그때 사람들의 목소리가 나를 향해 파도처럼 밀려왔다.

"여기 아이가 있어요!"

"어떻게 된 거지?"

"어디서 물이 들어오는 거죠?"

소금 때문에 피부가 따끔거리는 걸 느끼면서 나는 바닷물을 게웠다. 머리 근처 바닥의 둥근 구멍으로부터 더 많은 물이 솟구쳐 오르고 있었다. 여러 개의 손이 나를 옆으로 끌어냈다.

누군가 겨드랑이 밑으로 팔을 넣어 일으킨 덕분에 나는 두 다리로 설 수 있었다. 물이 발목까지 올라와 찰랑거리는 걸 느끼며 제자리에 선 채로 휘청거렸다. 목소리가 사방에서 울려 퍼졌고, 뭔가가 썩는 끔찍한 악취와 곰팡내가 콧속을 파고들었다. 맡아본 적이 있는 냄새였다. 눈을 떴다.

나를 바라보는, 어리둥절한 표정의 얼굴 여럿이 눈에 들어왔다. 그들은 흐릿한 지팡이 불빛도 눈이 부신 듯 눈을 깜빡이고 있었다.

나는 데달로에 들어와 있었다.

"땅 밑에 빈 공간이 있었어요!" 한 남자가 흥분한 목소리로 외쳤다.

"이사벨라예요!" 또 다른 목소리에 나는 재빨리 주위를 둘러보았다. 저 목소리는……!

파블로가 불쑥 내 앞에 나타났고, 바로 옆에는 마샤 아주머니가 서 있었다. 마샤 아주머니의 허리는 전보다 더 심하게 굽어 있었다. 파블로가 어떻게 여기 있지? 파블로는 이마와 턱에 심하게 벌어진 상처 부위를 대충 꿰맨 흔적이 남아 있었지만, 그래도 나를 보며 웃고 있었다. 한 할머니가 두르고 있던 숄을 풀더니, 그걸로 내 어깨의 상처 부위를 단단히 묶어주었다.

"얘야, 너 괜찮은 거니? 아니, 어쩌다가……?"

"저길 보세요!" 조금 전 흥분해서 소리쳤던 남자가 아래를 가리켰다.

구멍에서 물이 계속 올라오고 있었다. 지팡이 조각이 물에 뜬 채 내 종아리 부위에서 흔들리는 걸 보고, 나는 다치지 않은 손으로 그걸 집어 들었다. 사람들이 모두 한 방향으로 달리기 시작했다. 파블로는, 싫다는 마샤 아주머니를 번쩍 들어 어깨에 들쳐 메고 내 손을 잡았다.

"가자!"

너무 벅찬 일들이 연속으로 일어나니, 도망칠 마음조차 생기지 않았다. 내가 파블로에게 잡힌 손을 빼려고 할 때, 희미한 빛 속에서 익숙한 얼굴 하나가 나타났다. 그 사람은 다리를 절뚝거리며 내게로 걸어와 두 팔로 나를 힘껏 부둥켜안았다.

아빠.

나는 다치지 않은 팔로 아빠를 꼭 끌어안았다. 정말로 아빠가 여기 있고, 마침내 만났다는 확신이 든 뒤에야 나는 팔을 풀었다. 하고 싶은 말이 너무 많았지만, 목이 메어 말이 나오지 않았다. 아빠는 내 손에서 지팡이 조각을 받아 들고 다른 손으로 내 손을 잡았다.

우리도 서둘러 다른 사람들을 따라가기 시작했다. 아빠는 내 어깨에 기대긴 했지만, 평소보다는 훨씬 빠른 걸음으로 움직이고 있었다. 이곳의 통로도 미궁만큼이나 좁았다. 우왕좌왕하는 사람들의 외침 소리가 이쪽저쪽에서 들려왔고, 보이지 않던 곳에서 점점 더 많은 사람이 몰려들고 있었다.

이제 물은 내 엉덩이 높이까지 올라와 있었다. 위를 올려다본 나는 새로운 공포가 파도처럼 밀려오는 걸 느꼈다. 좁고 가파른 계단이 벽을 따라 길게 뻗어 있었는데, 계단 위는 이미 사람들로 가득 차 발 디딜 틈도 없을 정도였다. 도와달라는 외침 소리와 쿵쿵거리며 천장에 달린 문을 두드리는 소리가 저 위 높은 곳에서 들려오고 있었다.

"무슨 일이에요?" 앞쪽에서 한 여자가 외쳤다.

여자의 질문이 메아리가 되어 퍼져나갔다. 몇 초 후, 위에서 누군가가 대답했다.

"문이 열리질 않아요! 잠겼어요!"

여기저기서 한숨과 탄성이 흘러나왔다. 뒤에 있던 사람들이 차오르는 바닷물을 피해 조금이라도 위로 올라가려고 앞사람을 계속 밀고 있었다. 계단 끝에는 난간 대신 얇은 밧줄 하나만 걸쳐 놓은 상태였다. 뒤에서 계속 이렇게 밀어 대면 위에 있던 사람들도 떠밀려 계단 아래로 떨어질 수 있는 위험한 상황이었다.

"그만 밀어요!" 아빠가 소리쳤다. 하지만 이미 공포에 사로잡힌 사람들에게 그런 말이 들릴 리 없었다.

나는 어떻게 하면 좋을지 머리를 쥐어짰지만, 멍한 머리에서는 아무 생각도 떠오르지 않았다. 이제 물은 튜닉의 밑단까지 차올라 젖은 바지가 자꾸만 다리에 달라붙고 있었다. 그때 바지 위로 뭔가 튀어나온 게 느껴졌다. 주머니 속에 손을 넣으니 열쇠 꾸러미가 손가락 끝에 닿았다.

주머니에서 열쇠 꾸러미를 꺼냈다. 고리에는 루페의 로켓 열쇠 말고도 다른 열쇠 여섯 개가 더 걸려 있었다. 아빠를 부르려다 목소리가 나오지 않아 옷소매를 잡아당겼다. 내가 내민 열쇠 꾸러미를 보고, 아빠는 잠시 어리둥절한 표정을 지었다. 하지만 고리에 걸린 총독의 문장 장식을 보더니, 나를 앞으로 밀며 큰 소리로 외쳤다.

"어서, 이사벨라. 뛰어!"

온몸의 근육이 비명을 질렀지만, 나는 계속 뛰었다. 사람들 사이를 마구 헤치며 나아가느라 다른 사람의 발을 밟기도 하고 팔을 손톱으로 할퀴기도 했지만, 지금은 신경 쓸 겨를이 없었다. 계단이 끝도 없이 이어진 것처럼 느껴지며 다리가 후들거리기 시작할 무렵, 한 남자의 손에 들린 흔들리는 램프 불빛에 나가는 문이 보였다. 공포에 질린 남자는 나무 문을 세게 두드리고 있었고, 또 다른 남자는 손톱 밑으로 피까지 흘려가며 자물쇠를 손으로 후벼 파고 있었다. 하지만 문을 열어주러 오는 사람은 아무도 없었다.

남은 계단 몇 칸을 힘차게 뛰어올라 남자의 팔을 잡아당겼다. 성난 눈으로 나를 내려다보는 남자의 눈앞에 나는 열쇠 꾸러미를 들어 보였다. 그가 열쇠 꾸러미를 잡았지만, 손이 심하게 떨려 열쇠를 떨어뜨리고 말았다. 열쇠가 계단 아래 사람들 발밑으로 떨어질 뻔한 것을 내가 얼른 낚아채 다시 잡았다.

계단 제일 아래쪽에서 들려오는 외마디 비명에 참지 못하고 고개를 돌렸다. 물이 어른의 허리 높이까지 차올라 있었다. 나는 머리를 흔들어 정신을 집중했다. 첫 번째 열쇠를 끼워보려고 팔을 올렸다. 어깨 근육이 찢어지는 것 같았지만, 이를 악물었다.

첫 번째 열쇠는 자물쇠 구멍에 들어가지 않았다.

두 번째 열쇠를 잡는데, 내 손가락이 부들부들 떨리고 있었다. 옆에 있던 남자가 잔뜩 겁에 질린 표정으로 나를 재촉하며 말했다. "얘야, 어서."

아래에서는 점점 더 많은 사람이 비명을 지르고 있었다. 키 작은 사람은 뭐라도 잡고 위로 올라가려고 안간힘을 썼고, 키 큰 사람이 다른 사람을 안아 들어주기도 했다. 두 번째 열쇠는 구멍에 들어가긴 했지만, 돌아가진 않았다. 세 번째도 마찬가지였다.

네 번째 열쇠를 끼웠을 때, 마침내 녹슨 자물쇠에서 금속 긁히는 거친 소리가 나며 열쇠가 돌아가기 시작했다. 흥분한 남자가 기뻐서 소리를 지르며 자물쇠 여는 걸 도와주었다. 그러고는 남자와 다른 두 사람이 합세해 문을 어깨로 받친 뒤, 있는 힘껏 위로 밀어 올렸다.

하지만 문은 열리지 않았다.

한 사람이 문 가장자리를 손으로 가리키며 소리쳤다. "밖에서 못을 박았어요!" 문 틈새로 녹슨 대못이 보였다.

그때 파블로가 남자를 옆으로 밀면서 앞으로 나오더니, 나무 문에 어깨를 갖다 댔다. 파블로가 힘을 줘 문을 들어 올리자, 얼굴의 꿰맨 상처 부위가 심하게 일그러졌다. 마침내 문짝을 고정하고 있던 경첩이 뜯어져나갔다.

머리 위로 빛이 파도처럼 쏟아져 들어왔다. 내 뒤에 있던 남자는 팔로 눈을 가리며 신음 소리를 냈다.

파블로가 먼저 복도로 뛰어나가 비틀거리는 나를 잡아주었다. 총독의 저택 복도에는 경비원 하나 서 있지 않고, 횃불들만 환히 불타고 있다는 걸 알아차리기까지는 그리 오래 걸리지 않았다. 파블로가 나를 와락 껴안는 바람에 입이 떡 벌어질 정도로 어깨가 아팠지만, 나도 잠시 가만히 안겨 있었다. 옷을 통해 전해지는 손의 온기가 그렇게 따뜻하게 느껴질 수가 없었다.

파블로는 나를 뒤쪽 벽 옆에 세워놓은 뒤, 밖으로 나오는 사람들을 도와주기 위해 다시 입구로 달려갔다.

네 개의 복도가 가득 찰 정도로 데달로에서 사람들이 끝도 없이 쏟아져나왔다. 노인들이나 다친 사람이 가파른 계단을 올라올 수 있게 도와주는 사람들도 있었다. 나중에 올라오는 사람일수록 옷도 더 많이 젖고 지친 표정도 역력했다.

"우리 아빠는?" 머리까지 젖은 한 아주머니를 돕는 파블로에게 나는 쉰 목소리로 물었다.

파블로는 내가 말리기도 전에 계단으로 뛰어가더니, 물이 출렁거리는 깜깜한 데달로 안으로 다시 사라져버렸다.

나도 뒤쫓아 가고 싶었지만, 다친 어깨가 심하게 욱신거려 벽에 기대 기다릴 수밖에 없었다. 반대편 벽에 나비 박제가 보였다. 그 앞으로 사람들이 계속 지나갔지만, 나는 한동안 나비를 가만히 바라보았다. 어떻게 이렇게 많은 사람이 데달로 안에 갇힐 수 있었을까? 앞이 보이지 않는 나이든 할아버지가 긴 수염을 자기 팔에 감은 채 문밖으로 걸어 나왔다. 그 뒤로 휘청거리며 나오는 마샤 아주머니의 모습도 확인했다.

마침내 물에 젖어 착 달라붙은 검은 머리의 파블로가 입구 위로 모습을 드러냈다. 파블로가 팔을 잡고 끌어올린 사람은 다름 아닌 아빠였다. 아빠는 온몸에서 물이 뚝뚝 떨어졌고, 몹시 괴로운 표정을 짓고 있었다. 파블로가 아빠를 부축하며 걸었다. 그 모습을 보니 미궁 속에서 나를 부축해주던 루페의 얼굴이 떠올랐다. 그 뒤로 두 사람이 더 나왔고, 더는 나올 사람이 없는지 함께 힘을 합쳐 문을 들어 올려 다시 닫았다.

지금 이 순간, 내 눈에 보이는 사람은 오로지 아빠뿐이었다. 나는 아빠를 부르며 힘겹게 일어서 몇 걸음을 떼다가 아빠의 품에 쓰러지듯 안겼다.

귀청을 찢을 듯한 삐걱 소리가 집 전체에 울려 퍼지더니 집이 거칠게 흔들리기 시작했다. 벽에 걸려 있던 램프들이 바닥으로 떨어지며 카펫 위로 불길이 번지고 있었다. 중심을 잃고 쓰러진 나와 아빠를 향해 파블로가 달려와 일어서는 걸 도와주었다.

개미집에서 탈출하는 개미들처럼 우리는 복도를 따라 도망치기 시작했다. 카펫을 타고 활활 타오르는 불길이 벽에 걸린 우아한 태피스트리와 그림들까지 순식간에 집어삼켰다. 마치 요테의 은신처로 다시 돌아간 것만 같은 기분이었다. 여기저기서 벽과 천장이 무너져 내리는 통에 불에 타죽기 전에 벽에 깔려 죽을 수도 있겠다는 생각이 들었다.

바닥이 뒤틀리고 집이 다시 흔들렸다. 복도 벽에 커다란 균열이 생기며 갈라졌고, 발밑으로 느껴지는 진동에 내 다리도 벌벌 떨렸다. 어느 순간 정신을 차려보니, 우리는 마구간 옆 안마당에 나와 있었고, 하늘에서는 지금껏 보지 못한 굵은 빗줄기가 세차게 쏟아지고 있었다.

진창이 된 땅이 꿈틀꿈틀 움직이고, 또 어찌나 세게 흔들리는지 서 있을 수가 없었다. 넘어져 바닥에 손을 짚으니 땅의 진동이 온몸을 타고 전해지는 기분이었다.

뭔가가 부러지는 듯한 굉음이 천둥 치는 것처럼 허공을 가르며 울려 퍼졌다. 멀리 보이는, 광장 시장의 가판대들이 부서지면서 억수같이 쏟아지는 빗줄기 속으로 먼지를 뿜어내고 있었다. 아린타라의 강둑은 진작에 터져 강물이 북쪽으로 범람하고 있었다. 광장 중앙의 우물도 분수처럼 하늘로 물줄기를 뿜어내며 사방으로 넘쳐흘렀다.

진흙으로 입이 엉망이 된 아빠가 외쳤다. "바다, 바다가 조야섬을 끌어당기고 있어!"

바다가 최후의 엄청난 힘으로 섬을 끌어당기는 듯 땅이 좌우로 흔들리고 있었다. 아래를 보니, 높은 파도가 만을 덮치면서 무너진 집들을 바닷속으로 쓸어가고 있었다. 검게 타 뼈대만 남은 총독의 배가 계류용 밧줄에 묶인 채 위아래로 요동칠 뿐, 다른 작은 배들은 다 사라지고 보이지 않았다.

거친 바람에 입은 옷이 펄럭거렸다. 그때 마치 커튼을 열어젖히듯 서서히 비구름이 걷히기 시작했다. 바람이 잦아들면서 비도 그쳤다. 돌연 파란 하늘이 펼쳐지면서 눈부신 태양이 구름 사이로 모습을 드러냈다.

진동도 서서히 약해지다가 어느 순간 완전히 멎어버렸다. 섬이 안정을 되찾은 것처럼 땅은 더 이상 흔들리지 않았지만, 나는 계속해서 거친 숨을 몰아쉬었다. 주변 사람들이 하나둘 일어나 서로를 부르기 시작했다. 우리 뒤에 서 있던 총독의 저택은 지붕과 벽이 다 무너진 모습이었다.

"섬이 풀려났어. 조야 섬은 지금 바다 위에 떠 있는 거야. 이사벨라, 뭘 어떻게 한 거니?" 아빠가 물었다.

대답하려 입을 열었지만, 목소리는 여전히 나오지 않았다. 이게 다 루페가 칼을 뽑아 물줄기를 터트린 덕분이었다. 섬 밑으로 들어온 바닷물이 수련의 가지를 꺾듯 섬을 고정하고 있던 돌기둥을 도려냈을 거라는 생각이 들었다. 항해하는 배처럼 해류가 이끄는 대로 세계를 돌아다니는, 떠다니는 섬에 관해 들은 적이 있었다. 예전의 나는 그 이야기에 완전히 매료되어 언젠가는 꼭 그 섬에 가보고 말겠다고 다짐했었다.

지금 내 머리 위로는 조야의 파란 하늘이, 섬 밑은 깊이를 알 수 없는 넓은 바다가 펼쳐져 있었지만, 이제 그런 건 아무래도 상관없었다. 나는 눈을 감았다. 그리고 울었다.

4부

# 서해 어딘가

1년 뒤

## 25장

바다 위를 떠다니는 섬은 과연 어느 정도의 빠르기로 움직일까? 나는 그 답을 안다.

어떤 날의 조야 섬은 자고 있는 거대한 바다거북의 등에 올라탄 것처럼 느리게 움직였다. 보름달이 크게 뜬 어떤 밤에는 집채만 한 파도가 일면서 바람처럼 빠르게 움직이기도 했다. 그런 날에는 펩이 밤새 신경질적으로 울어댔다.

그러니까 한마디로, 떠다니는 섬의 속도는 '그때그때 다르다' 정도로 정리할 수 있을 것이다.

지금쯤이면 조야 섬이 다른 대륙에 도착할 때가 됐다고 생각했는데, 아빠 역시 나와 같은 생각을 하는 모양이었다. 아빠의 계산에 따르면 현재 조류는 서쪽, 암리카를 향해 흐르고 있었다. 지나는 배를 잡아타면 그곳까지 더 빨리 갈 수도 있을 텐데, 아빠는 그러지 않았다. "우리는 집이 배나 마찬가진데, 뭣 하러 남의 배를 얻어 타겠니? 머지않아 우리도 거기에 도착하게 될 거야." 아빠는 말했다. 아빠는 서쪽 바다를 가로질러 우리가 지나온 길을 벽에 붙은 지도에 매일 표시하고 있었다. 섬이 계속 원을 그리며 움직이다 보니, 지도에 표시된 경로가 미스 라의 발자국만큼이나 어지럽고 산만해 보였다.

그때 아린탄 폭포에서 헤어졌던 미스 라는 결국 파블로를 따라 집으로 돌아왔다. 한편 파블로는 루페와 내가 미궁 안으로 들어간 이후 의식을 되찾았는데, 아무리 불러도 대답이 없자, 우리가 죽은 줄 알고 혼자 그로메라로 돌아왔다고 했다. 파블로는 총독의 부하들을 찾아가 무슨 일이 있었는지 알리고, 사람들을 구조하러 가야 한다고 말했지만, 아무도 자기 말을 믿어주지 않았다고 했다. 그렇게 파블로는 데달로에 다시 갇히게 된 거였다. 추방된 자들 중 겨우 살아남은 사람들이 마을에 나타난 뒤에야 그들도 파블로의 말이 사실임을 알게 되었다.

총독의 부하들은 데달로로 통하는 문에 못을 박고, 배란 배는 모조리 타고서 아프릭으로 도망쳐버렸다. 그중에는 아도리 부인도 있었는데, 엄마가 딸도 버리고 도망쳤다는 말을 들으니, 이 사실을 루페가 알지 못해 차라리 다행이라는 생각마저 하게 되었다.

그 외에는 달라진 점이 생각보다 많지 않았다. 지난 1년 동안 머리카락이 좀 더 자랐고, 어깨의 상처는 거의 아물어 아프지 않았다. 결국 목소리도 돌아오긴 했지만, 여전히 말하는 게 썩 내키지 않아 꼭 필요한 말이 아니면 거의 입을 열지 않았다. 파블로의 얼굴에는 굵은 흉터 두 개가 그대로 남았는데, 나는 늙어서 주름이 생긴 것 같다고 놀리곤 했다. 하지만 사실 흉하다고 생각해본 적은 한 번도 없었다.

⁂

아빠가 작업실로 쓰라며 골풀과 진흙을 사용해 마당에 작은 집을 지어주었다. 나는 반 친구들을 불러 집을 칠해달라고 부탁했다. 물론 외벽만 칠하고, 안쪽 벽은 내가 직접 지도를 그려 채워가는 중이다.

마을의 집은 예전과 똑같은 모양으로 대부분 다시 지어졌고, 항구가 개방되어 지나가는 선박과 다시 거래할 수 있게 되었다. 아빠는 새 문을 칠할 초록색 염료를 사고, 차리나에서 온 범선에서 각종 새가 든 큰 새장도 통째로 샀다. 지난주 마당에 새들을 풀어줬더니, 이제는 나무마다 앉아 고운 소리로 지저귀는 새들의 노랫소리를 들을 수 있게 되었다. 그중 금빛이 도는 파란색의 작은 새는 가보의 타바이바 나무가 마음에 드는지 꼭 그 나무에 앉아 맑은 소리로 노래를 부른다. 타바이바 나무에는 다시 꽃이 피고 있다. 폭풍 때문에 꽃과 나무들이 많이 뽑히고 죽었지만, 이 나무는 계속 쑥쑥 잘 자라고 있다. 나는 총독의 열쇠 꾸러미를 이 나무 아래 묻어두었다.

미궁 속에서 벌어졌던 일들이 진짜인지 꿈인지 솔직히 나도 잘 모르겠다. 티비시나와 엄마 지도에 숨겨져 있던 땅굴 지도에 관해 가능한 한 그대로 아빠에게 설명하긴 했지만, 그때 일을 달리 증명할 길이 없기 때문이다. 지도는 다 망가졌고, 지옥의 개

들은 사라져 보이지 않았다. 바다가 요테를 삼켜버리면서 티비시나들도 전부 휩쓸어 갔겠거니, 추측할 뿐이었다.

그때 일 때문에 섬이 지금처럼 떠다니게 됐을 거라고 생각은 하지만, 진실이 뭔지 아는 사람은 아무도 없다. 하지만 내가 확실히 아는 한 가지는, 루페가 자신을 희생해 내 목숨을 구해줬다는 사실이다. 대략 천 년 전 아린타가 그랬던 것처럼 루페는 조야 섬을 구했고, 우리 모두의 목숨을 살려냈다.

루페에게 작별 인사를 할 기회는 영영 사라져버렸다. 그래서 나는 루페를 자주 떠올리며 고마운 마음을 품기라도 해야겠다고 생각했다. 이제 곧 조야 섬의 현재 모습을 담은 지도가 완성될 예정이다. 미처 보지 못한 섬의 구석구석을 둘러보기 위해 그동안 아빠와 함께 세 번이나 여행을 떠났다가 돌아왔다. 일부 마을에는 사람들이 다시 돌아와 살고 있는 것도 직접 확인할 수 있었다.

검은 숲은 다시 울창하고 푸른 숲으로 되돌아왔다. 유로파에서 배가 왔을 때, 그로메라 사람들이 다 같이 멧돼지와 사슴을 사서 섬에 풀어준 적이 있었다. 그래서인지 저번 여행에서는 아린탄 폭포 아래 물웅덩이에서 물을 마시고 있는 새끼 사슴도 볼 수 있었다. 폭포도 수량이 늘어 예전처럼 시원하게 물줄기를 떨어트리고 있다. 하지만 차마 폭포 뒤로 들어가 우리가 떨어졌던 장소를 확인하는 건 할 수 없었다. 별이 보이지 않는 어둠 속으로 다시는 들어가고 싶지 않기 때문이다.

사람들은 총독의 저택이 있던 자리에 용혈수 한 그루를 심었다. 그 나무는 하루가 다르게 쑥쑥 자라면서 데달로가 있던 땅속으로 힘차게 뿌리를 뻗어나가는 중이다.

나는 이곳을 지도에 표시하지 않고 일부러 끝까지 남겨두었다. 그러다가 루페의 팔찌를 만들 때 썼던 같은 종류의 금실을 사용해 한 땀 한 땀 수를 놓아 폭발하는 별 모양을 새겨 넣었다.

'넌 너무 마음이 여려서 탈이야.' 루페의 말이 귓가에 들리는 듯했다.

수놓은 별 옆에는 이렇게 썼다.

'루페 나무'

나는 눈을 깜빡이며 허리를 폈다. 너무 여러 날 지도 앞에 웅크리고 앉아 있었더니, 눈이 침침해진 기분이었다. 쑤시는 어깨를 주무르며 다시 지도로 눈을 돌렸다. 초록색의 숲, 파란색 강줄기, 실로 흐릿하게 표시해둔 별자리 같은 걸 하나하나 눈으로 좇다 보니, 이건 단순히 종이에 잉크와 실로 표시한 것들이 아니라는 생각이 들었다. 뭔가 다른 것, 아빠가 만든 지도에서 느껴지는 그런 생명력 같은 게 여기에도 들어 있었다.

'너무 자만하는 건 좋지 않아.' 루페가 경고했다.

"이사벨라! 아침 준비 다 됐다." 부엌에서 아빠가 나를 불렀다. 늘 그렇듯 죽에서는 탄 냄새가 났다.

"갈게요."

울어야 할지 웃어야 할지 헷갈리는 기분으로 완성된 지도를 내려다보았다.

'그냥 한자리에 머물러 있는 건 의미가 없어.'

알 수 없는 조류를 따라 떠다니는 조야 섬에 사는 한, 나 역시 한자리에 가만히 머무를 일은 없을 거라고, 나는 혼자 생각했다.

# 조야에 내린 첫눈

너무 조용하니 기분이 묘했다. 적막이 흐르고 난 뒤에는 꼭 뭔가가 사라지거나 아니면 날카로운 이빨에 이글거리는 눈을 가진 뭔가가 달려들었는데. 적어도 내 경험으로는 그랬다. 그날 아침은 아무 소리도 들리지 않으니 도리어 이상해서 눈이 떠졌고, 곧이어 덜컥 두려운 마음부터 일기 시작했다.

밖의 상황을 인지하기까지는 시간이 좀 걸렸다. 요즘 조야 섬에서는 나무마다 지저귀는 새소리를 들을 수 있었다. 담장이나 지붕에서도 새가 울었다. 바람 부는 소리, 비 오는 소리처럼 이제는 섬의 일부가 되었고, 떠다니는 섬에서의 삶이 자연스러운 일상이 된 것만큼 늘 들리는 소리가 새소리였다. 그런데 눈을 떴을 때 새소리가 들리지 않으니, 뭔가가 잘못됐다는 생각이 먼저 들었다. 목덜미의 머리카락은 헝클어져 있었고, 평소처럼 펩은 내 가슴에 머리를 기댄 채 잠들어 있었다. 어제저녁, 아빠가 간만에 만든 스튜가 역시나 타는 바람에 생긴 냄새도 공기 중에 그대로 남아 있었다. 새들이 어디로 간 거지?

일어나 앉으며 이불을 걷어 젖히니, 펩이 불만스럽게 그르렁거리다가 이불 밑으로 슬그머니 들어갔다. 아직 이른 시각이었는데도 겉창 틈새로 푸른 기가 도는 흐릿한 빛이 새어 들고 있었다. 발에 닿은 방바닥이 차갑게 느껴졌다. 어슴푸레한 어둠 속으로 걸어가면서 몸이 오들오들 떨리는 게 단순히 두려움 때문이 아니라는 걸 그제야 깨달았다. 공기가 평소와는 다르게 얼음처럼 차가웠다. 금속으로 된 문손잡이를 잡으니, 손바닥이 에일 듯 시린 느낌이었다.

심장이 쿵쿵대기 시작했다. 다리에 힘이 풀리면서 등에서 식은땀이 흘렀다. 아빠는 그걸 '공황 증상'이라고 했고, 그럴 때는 '심호흡'을 하라고 했다. 하지만 나는 '감각이 예민'하기 때문이라고 느꼈고, 그럴 때는 일단 '뛰어야' 한다고 생각했다. 뭔가가 잘못되면 몸이 먼저 알아차렸다. 하지만 또한 숨는 게 좋은 해결책은 아니라는 걸 경험으로 알고 있었다. 정면으로 돌파해야 했다. 문손잡이를 돌렸다.

벽에 붙은 지도들이 바스락거리다가 이내 조용해졌다. 겉창이 닫혀 있는 걸 보니, 아빠는 아직 주무시는 모양이었다. 아빠 방까지 살금살금 다가가 문을 살짝 열어보고서야 조금은 마음을 놓을 수 있었다. 베개에 얼굴을 묻고 이불 속에서 몸을 웅크린 아빠가 거기 있었다. 벽에 기대 세워둔 지팡이 윗부분이 어둠 속에서 은은하게 빛을 내고 있었다. 루페가 나를 살리기 위해 썼던 바로 그 지팡이 조각이었다. 그걸 보니 어깨가 욱신욱신 쑤시는 기분이었다.

갑자기 문에서 '쿵' 소리가 들려왔다. 조용하고 이른 시간인데도 어쩐지 천으로 감싼 주먹으로 치는 듯 작게 들리는 소리였다. 문을 두드리려던 사람이 너무 이른 시간에 찾아왔나, 하며 마음을 바꾼 건가 싶기도 했다. 나는 아빠 방의 문을 닫았다. 추워서 현관으로 가기 전, 아빠의 멜빵바지를 덧입었다. '쿵.' 멜빵바지 앞주머니에 팔레트 나이프가 들어 있는 걸 보고, 손에 쥐어 들었다. '쿵.'

문을 벌컥 열었다.

너무 순식간이라 제대로 보지는 못했지만, 온 세상이 새하얗게 변해 있었다. 그리고 눈부신 풍경 앞으로 커다랗고 시커먼 덩치가 불쑥 나타나더니 곧이어 뭔가가 날아왔다.

얼굴을 정통으로 맞은 나는 뒤로 비틀거리며 소리를 질렀다. 그러면서 동시에 나를 공격한 놈이 가까이 오지 못하게 팔레트 나이프를 마구 휘둘러댔다. 그런데 처음에는 돌멩이라고 생각했던, 얼굴을 덮은 그것이 손가락 사이로 뚝뚝 떨어지는 게 아닌가? 나는 손으로 얼굴을 문질렀다. 물기가 축축했지만 피는 아니었다.

누군가 큰 소리로 웃었다. 때마침 뒤에서 아빠가 방문을 열고 차가운 바닥을 지팡이로 짚으며 서둘러 걸어오는 소리가 들렸다.

"이사, 너 괜찮은……?"

아빠는 헉 소리를 내며 말을 잇지 못했다. 아빠의 놀란 얼굴에 나도 문밖으로 고개를 돌렸다. 허리 높이까지 수북이 쌓인 하얀 물질이 냉기를 내뿜고 있었다. 길 건너 마샤 아주머니의 집은 마치 밀가루로 덮인 것 같았고, 그 집 앞에는 나를 공격한 그 사람이 서서 또다시 나를 향해 팔을 들어 올리고 있었다.

이번에는 재빨리 고개를 숙여 피했다. 파블로가 힘껏 던진 눈뭉치가 내 머리 위를 지나 아빠의 얼굴을 때렸다.

"앗!" 아빠는 외마디 비명을 지르며 허리를 굽혔지만, 쓰러지지는 않았다.

"아빠!" 나는 서둘러 아빠에게 달려갔다. 내 뒤에서 파블로가 조그맣게 욕을 하고는 우리를 향해 달려오는 소리가 들려왔다. 무거운 장화에 눈이 밟힐 때마다 뽀드득뽀드득 소리가 났다. 허리를 편 아빠는 웃고 있었다. 얼굴에 묻은 눈 뭉치가 턱수염 아래로 뚝뚝 흘러내렸다.

"정말 잘 던지는구나, 파블로. 넌 진짜 타고났다니까." 아빠가 웃었다.

나는 고개를 홱 돌리며 눈을 부라렸다. "아빠가 다칠 뻔했잖아."

미안해서 어쩔 줄 모르겠다는 표정으로 서 있는 파블로를 보니, 옷을 어찌나 많이 껴입었는지 포장지로 겹겹이 싼 선물 같았다. 목에는 아주머니의 스카프로 보이는 것도 두르고 있었는데,

보나 마나 따뜻하게 입어야 한다고 아주머니가 억지로 두르게 한 게 분명했다. 그 모습을 보니 슬그머니 웃음이 났다.

“옷차림 한번 멋진데?” 나는 코웃음을 치며 말했다.

“너도 못지않아.”

나는 아빠의 멜빵바지를 입고 한 바퀴 돌았다. “알아봐 줘서 고마워.” 나는 파블로를 지나쳐 문 옆에 쌓인 눈을 향해 다가갔다. 얼음처럼 차가운 가루에서는 새 종이에서 나는 깨끗한 냄새가 났다. “그러니까 이게 눈이란 말이죠?”

“그래, 이게 눈이야. 인디아의 고산 지역에서 본 후로 나도 얼마 만에 보는 눈인지 모르겠구나.” 가슴이 벅찬 듯 목이 멘 소리로 아빠가 말했다.

“거 봐요, 아빠 생각보다 우리가 북쪽에 훨씬 더 가까이 와 있다고 제가 말씀드렸죠?” 나는 손가락 사이로 흩어지는 눈가루를 보다가 얼른 겨드랑이 밑에 손을 끼웠다. 파블로가 왜 그렇게 옷을 많이 껴입었는지 알 것 같았다.

“그래, 그래. 이번에도 네가 맞았구나, 이사.” 아빠가 웃으며 말했다.

“맨날 자기 말만 옳다지. 어휴, 저 잘난 척.” 파블로가 눈을 굴리며 말했다.

나는 슬그머니 손으로 눈을 뭉쳤다. 그러고는 파블로를 향해 휙 돌아서며 눈 뭉치를 힘껏 던졌다. 하지만 반사 신경이 좋은 파블로는 쉽게 피했고, 이번에도 아빠 얼굴이 눈 범벅이 되어버렸다.

"죄송해요." 나와 파블로가 동시에 말했고, 우리 셋은 함께 웃음을 터트렸다.

"아무래도 학교는 오늘 쉬지 않을까?" 아빠의 말에 파블로가 고개를 끄덕였다. 지방 의회가 섬을 통치하기 시작한 후로 파블로는 다시 학교에 다니게 됐다. 특정 연령 이하의 미성년자는 일을 하면 안 된다는 법령이 생긴 덕분이었다.

"그럼, 바람 쐬고 오렴. 대신 너무 늦지는 말고." 아빠가 등을 떠밀며 말했다. "아빠 모자랑 장갑 가져가고. 아, 그리고 미스 라를 데려가는 건 어떠니? 무척 좋아할 거 같은데."

마치 우리 얘기를 듣기라도 한 듯 미스 라가 뒷문 밖에서 야단법석을 피우고 있었다. 미스 라는 넓은 세상을 보고 온 뒤부터 틈만 나면 자꾸 밖으로 나가고 싶어 했다. 나는 한숨을 쉬고는 아빠의 장갑과 모자를 집어 들었다. 가죽 장화도 챙겨 신었는데, 아빠가 유로파 사람에게 고향 지도를 만들어주고 얻은 것이었다. 나는 고리에 걸려 있던 목줄을 챙겨 세상에서 가장 포악하고 늙은 닭을 데리러 안마당으로 나갔다.

안마당에도 눈이 하얗게 빛나고 있었다. 가보의 타바이바 나무에도 눈이 쌓여 꽃들이 바닥으로 축 늘어져 있었다. 미스 라가 눈밭을 헤치며 나를 향해 달려오는데, 그 모습이 마치 물살을 가르며 달려드는 바다 괴물 같았다. 빨리 산책이나 가자는 듯 미스 라가 발목을 쪼아댔지만, 나는 발목 높이의 눈을 헤치고 걸어가 꽃 위에 쌓인 눈부터 털어주었다. 작업실 오두막을 돌아보니, 지붕은 하얗고 벽은 서리가 덮여 반짝이고 있었다.

그 안으로 들어가 작업 중인 지도에 수를 놓아 조야 섬이 북쪽으로 이동한 경로를 표시할 생각을 하니, 손이 근질거리는 기분이었다. 요 며칠 밤 별자리를 보며 확인한 경로가 거의 정확하다는 뜻이어서 뿌듯한 마음이 더 컸다. 이렇게 빨리 추운 곳으로 온 걸 보면 간밤에 조야 섬이 순풍을 탄 게 틀림없었다. 내가 신은 장화 버클 사이에서 틈을 발견한 미스 라가 그곳을 쪼아대기 시작했다.

나는 몸을 숙여 미스 라의 몸에 목줄을 채웠다. 손에 장갑을 낀 덕분에 쪼일 염려가 없어 그나마 다행이었다. 목줄을 좋아하지 않는 미스 라가 내 손과 줄을 사납게 쪼아댔지만, 이제 목줄 없이는 미스 라를 밖으로 데리고 나갈 수가 없게 되었다. 지난번 시장에서 마주친 펠리스 선생님의 얼굴을 향해 미스 라가 달려든 후로 선생님의 눈썹은 아직도 다 자라지 않고 있었다.

"자, 나가 보자." 미스 라가 집 안에서 불을 피우는 아빠 옆을 지나, 눈 덮인 거리로 나를 끌고 나갔다. 밖에서는 파블로가 나를 기다리며 서 있었다. 어디로 갈지 굳이 물어볼 필요도 없었다.

하늘은 눈부시도록 하얬고, 해는 눈구름에 가려 보이지 않았다. 거리에는 눈 뭉치를 던지거나 눈사람을 만들며 깔깔거리는 아이들로 가득했다. 노느라 정신없던 아이들이 우리를 보자, 얼른 옆으로 비키며 길을 내주었다. 이게 다 엄청난 명성을 얻게 된 미스 라 덕분이었다. 우리가 잊힌 땅이라 불리던 곳에서 돌아온 후로 사람들 사이에서는 조야 섬을 해방시키는 데 미스 라가 한몫했다는 이상한 소문이 퍼지기 시작했다. 그 소문은 시간이 갈수록 점점 부풀려지고 왜곡되더니, 어느새 미스 라는 사납고 별난 닭에서 지옥의 개를 죽이고 돌아온 영웅이 되어 있었다.

이런 상황이 벌어진 게 전부 미스 라 때문이라고 하면 마음이 편하긴 했지만, 사실은 아이들이 나와 파블로도 지켜보고 있다는 걸 나도 알고 있었다. 나는 그때 있었던 일을 의회 사람들에게 이야기했다. 의원들은 특별 회의를 열어 마을 사람들에게도 알렸음에도 불구하고 대다수가 그 일을 그냥 이야기처럼 치부했다. 그러면서 내용이 너무나 쉽게 변질되거나 추가되기도 했다. 나는 나에 관한 이야기, 또는 파블로에 관한 소문들 때문에 화가 나기도 했고, 심지어 루페에 관해 떠도는 어떤 소문을 듣고는 무척 슬퍼한 적도 있었다. 하지만 그때 일을 잘못 알고 있는 사람들을 일일이 찾아다니며 정정하는 것은 아무 의미도 없다고 아빠는 내게 말해주었다. 미궁에서 벌어졌던 일들을 나조차 정확히 이해할 수 없었기에 진실을 밝히기는 더더욱 어려웠다.

언덕 꼭대기에 서니, 배들로 빼곡한 항구가 한눈에 내려다보였다. 섬의 경계를 따라 해빙이 생겼지만, 항구가 폐쇄된 건 아니었다. 떠다니는 섬을 한자리에 묶어놓는 건 큰 노력이 드는 일이었고, 그 역할을 하던 게 불의 정령 요테였다. 총독의 저택이 있던 자리, 건물의 잔해 사이에 뿌리를 내린 루페 나무도 보였다. 서리가 하얗게 내린 나뭇잎이 햇살을 받아 반짝이고 있었다. 하지만 파블로도 나도 그쪽으로는 가고 싶지 않았다. 부모의 기대 때문에 저택 안에 갇혀 지내던 루페의 모습을 떠올리면 기분이 좋지 않았다. 그렇다고 루페와 헤어진 마지막 장소를 떠올리는 것 역시 쉽지 않았지만…….

검은 물과 입안에 느껴지던 피 맛, 물에 젖어 무겁게 흐느적대던 호박단 드레스의 영상이 순간 눈앞을 스쳐 지나갔다.

항구 쪽으로 가려는 미스 라를 못 본 체하며 나는 뒤돌아섰다. 파블로가 커다란 손을 내 어깨에 올렸다. 침묵해야 할 때를 잘 아는 파블로는 내 아픈 곳을 만져도 괜찮은 유일한 사람이었다. 내가 검은 물속으로 가라앉던 루페를 떠올리자, 파블로는 마치 내 속마음을 보기라도 한 것처럼 내 손에 들린 미스 라의 목줄을 빼앗아 들더니 저만치 앞장서 걷기 시작했다. 우리는 마을을 등지고 한때 잊힌 땅이었던 곳의 경계를 향해 천천히 걸어갔다.

경고용 종들이 녹슬어가고 있었다. 섬으로 이주해오는 사람들이 늘자, 상인들 몇이 종에 달린 추를 떼어내고 녹여 새 이웃들이 사용할 열쇠와 자물쇠를 만들기도 했었다.

하지만 기후가 너무 달라진 지금은, 다 잘려나간 가시덤불 사이에 덩그러니 놓인 채 덩굴로 뒤덮인 바위처럼 그냥 그곳에 남아 있게 되었다. 나는 오래된 친구를 만난 듯 종에 가만히 손을 대보았다. 처음 이 경계선을 넘어가던 때의 기억이 다시금 떠올랐다. 앞으로 무슨 일이 생길지 미리 알았다면 그때 나는 돌아섰을까? 알았더라도 돌아서지 못했을 거라고 나는 생각했다. 나는 고개를 들어 내 앞에서 걷고 있는 성격 괴팍한 닭과 덩치 큰 소년을 바라보았다. 이제 저 둘이 내 가장 친한 친구라고 해도 과언이 아니었다. 파블로 역시 자신이 한 결정과 선택에 대해 똑같이 느끼고 있을까, 문득 궁금해졌다.

이제 검은 숲은 더 이상 검지 않았다. 단순히 눈에 덮여 그런 게 아니었다. 지하로 흐르는 맑은 물과 바닷물을 빨아들인 나무의 껍질은 소금 결정처럼 하얗고 반들반들하게 광택이 돌았고, 나무에 달린 씁쓸하면서도 달콤한 과일은 조야의 특산품을 찾아 자기 나라로 가져가려는 상인들에게 좋은 평가를 받았다. 나뭇잎에 쌓인 눈이 떨어지면서 얼굴과 목뒤로 눈가루를 흩뿌렸다. 나는 부지런히 파블로를 쫓아가 어깨를 나란히 하고 걸었다. 그로메라와 나머지 마을을 잇는 산길은 예전보다 훨씬 넓어져 있었다.

"강물이 얼었어." 파블로가 앞을 손가락으로 가리키며 말했다. 강둑으로 서둘러 다가갔다. 물이 흐르고 있긴 했지만, 두꺼운 얼음장으로 단단히 덮여 있어 발로 세게 내리쳐도 깨지지 않았다.

강둑을 기어 올라온 미스 라가 부리로 얼음을 콕콕 쪼아대고 있었다. "폭포 물은 여전히 맑고 투명하겠지?" 내가 말했다.

아린탄 폭포. 자주 가는 곳인데도, 폭포를 떠올리면 늘 기분이 좋지 않았다. 우리는 계속 걸었다.

"그 애가 거기 있을 거라고 생각해?" 파블로가 물었다.

"아마도. 그 앤 모르는 게 없는 것 같아."

❄

폭포 가까이 다가가자, 물 떨어지는 소리가 평소보다 약하게 들려왔다. 물웅덩이 옆 바위 위에 그 애가 앉아 있었다. 키가 크고 마른 몸의 그 애는 처음 봤을 때 입었던 것과 비슷한 옷차림이었지만, 그래도 바느질 자국이 전보다는 훨씬 깔끔해진 옷을 입고 있었다. 그리고 어깨에는 두툼한 가죽 망토를 걸치고 있었다.

"도체!" 내가 이름을 부르자, 그 애가 고개를 돌렸다. 심각했던 얼굴에 미소가 번졌다. 우리는 누가 먼저랄 것도 없이 달려가 서로를 꼭 끌어안았다. 가는 팔에 붙은 탄탄한 근육이 손바닥으로 느껴졌다. 파블로의 팔이 밧줄이라면 도체의 팔은 가는 실 수준이었지만, 팔 힘은 거의 비슷할 것 같았다. 도체가 내 뺨에 뽀뽀하자, 얼핏 이끼와 눈 냄새가 풍기는 듯했다. 추방된 자들 대부분과 마찬가지로 도체도 마을 생활이 맞지 않다며 숲에서 사는 것을 택했다. 몇몇 마을 사람들이 숲을 개간해 농장으로 만들려고 했지만, 의회는 숲을 보전하기로 결정했다. 그래서 일단은 추방된 자들이 숲에서 자유롭게 살 수 있게 되었다.

"아얏! 너도 잘 있었지?" 미스 라가 괜히 도체의 발을 쪼아대며 아는 척을 하자, 도체도 웃으며 인사를 건넸다. 파블로가 어색하게 손을 흔들었다. 파블로는 도체가 가까이 있으면 유난히 더 부끄러워하는 눈치였다.

"오늘 네가 올 것 같았어. 이 눈은 대체 어떻게 된 거야?" 도체는 나무껍질 같은 갈색 눈을 빛내며 즐거운 표정으로 말했다.

"춥지 않아?" 파블로가 도체의 맨발을 보고 야단치듯 물었다.

도체는 어깨를 으쓱하고는 말했다. "어, 조금. 불 피워 놨어. 그리로 가자."

우리는 손을 잡고 모닥불이 있는 곳으로 걸어갔다. 도체의 손을 잡고 있으면 폭포 가까이 가는 게 조금은 덜 힘들게 느껴졌다. 그때 일만 아니라면 거침없이 떨어지는 물소리를 들으며 폭포를 바라보는 게 무척 마음 편안해지는 경험이라고 느꼈을 테지만, 나는 여기 오면 제일 먼저 루페 생각부터 났다. 그리고 형태가 바뀌던 지도와 지옥의 개, 끝도 없이 이어지던 터널, 그런 장면들이 폭포 위로 겹쳐졌다. 그리고 내 손을 잡던 루페의 손도.

도체가 잡은 손에 힘을 주며 내게 물었다. "괜찮은 거지?"

나는 활활 타오르는 모닥불 옆 바위에 앉으며 고개를 끄덕였다. 우리 말고는 근처에 아무도 없었기에 나는 미스 라의 목줄을 풀어주었다. 미스 라는 시끄럽게 울면서 눈밭에 발자국을 찍으며 쉴 새 없이 돌아다녔다.

"저 닭은 확실히 제정신이 아니야." 도체가 한숨 쉬듯 말했다. 그러고는 나무 꼬치에 끼운 음식을 우리에게 내밀었다. "연어 먹을래?"

우리는 둘러앉아 아무 말 없이 연어를 먹었다. 침묵 속에서 싹튼 우정이라니, 루페라면 절대 이해하지 못할 것 같았다. 하지만 지금 우리 셋에게는 이 조용한 시간이 무엇보다 필요했다. 특히 모든 걸 정확히 기억하고 싶은 나는 더더욱 그랬다. 루페뿐 아니라 캐타, 도체의 어머니, 함께 죽은 수많은 추방된 자들, 심지어 총독까지 나는 기억하고 싶었다. 강물에는 특별한 힘이 있어서 그 옆에 조용히 앉아 있기만 해도 기억이 자연스럽게 흘렀다. 마주하기 힘든 감정들이 물과 함께 쓸려 내려갔다. 아빠는 내가 기억해야 한다고 말했다. 억지로 잊으려 하는 건 오히려 내 속을 곪고 썩게 할 뿐이라고 했다. 루페의 그 말이 지금도 내 귓가에 생생히 들리는 듯했다. '난 썩지 않았다는 걸 보여줄 거야.'

눈물이 흘러 눈이 따끔거렸다. 추운 날 흘리는 눈물은 더욱 시리고 아팠다. 내가 힘들게 깨달은 또 한 가지는 바로 이것이었다. 내가 울고 싶든 그렇지 않든 눈물은 흐른다는 것. 그러니 눈물이 날 때는 그냥 울어야 한다는 것이었다.

도체가 내 어깨에 팔을 두르며 이마에 부드럽게 입을 맞췄다. 내가 울어도 도체는 울지 말라는 말을 하지 않았다. 슬픈 감정이 다 지나갈 때까지 내 옆에 그냥 가만히 앉아 있기만 했다. 그래서 내가 도체를 더 좋아하는지도 몰랐다.

눈 내린 아린탄 폭포는 정말 아름다웠다. 어떤 곳은 얼음이 얼기도 했지만, 바위 가장자리를 따라서는 아직 물이 흐르고 있었다. 여기저기 튄 물이 얼면서 마치 반짝이는 보석 목걸이처럼 바위를 따라 동그랗게 고드름을 매달고 있었다. 눈물 맺힌 눈으로 보는 세상은 뿌연 안개에 덮여 더욱 빛나는 것 같았다. 그때 고드름 하나의 뿌리 부분이 금빛으로 반짝였다. 그것은 내 시야를 뚫고 별처럼 빛을 냈다. 손으로 눈물을 닦고 다시 봤는데도 환영은 사라지지 않았다.

나는 허리를 똑바로 폈다.

"왜 그래? 미스 라한테 쪼였어?" 파블로가 걱정스러운 표정으로 물었지만, 그런 말이 지금은 귀에 들어오지 않았다. 나는 바위를 짚고 일어나 폭포를 향해 서둘러 다가갔다. 심장이 금방이라도 튀어나올 것처럼 빠르게 뛰고 있었다.

도체가 내 표정을 살피며 옆으로 다가왔다. 구릿빛이 도는 도체의 뺨이 추위 때문에 빨갛게 얼어 있었다. "이사? 뭔데 그래?"

그걸 가리키는 내 손가락이 덜덜 떨리고 있었다. 그런 나를 보면서 도체와 파블로가 서로 걱정스러운 눈빛을 주고받았다. 한때 루페가 죽었다는 사실을 온전히 받아들이지 못하고, 자꾸만 루페를 찾으러 동굴 속으로 달려가려고 하던 그런 시기가 있었다. 밤에 자려고 누우면 아직 살아 있는 루페가 동굴 속에 갇혀 괴로워하는 모습이 자꾸 꿈에 보였기 때문이었다.

"거기 아무것도 없어." 파블로가 우리 옆으로 다가오며 말했다.

나 때문에 두 사람이 걱정하고 있다는 걸 알면서도 목이 메어 목소리가 나오지 않았다. 나는 고드름을 다시 손으로 가리켰다. 폭포 중간쯤, 손이 닿지 않는 곳에 매달린 고드름이 금빛으로 반짝이고 있었다. 마침내 도체도 그걸 보았다. 도체의 입에서 헉 소리가 새어 나왔다.

"뭔데 그래?" 파블로가 즉시 경계 태세를 취했다. 무기로 쓸 만한 돌을 찾느라 눈밭을 파헤치는 소리가 내게도 들렸다.

"저거……?" 도체가 나를 향해 고개를 돌렸지만, 나는 눈도 깜빡이지 않고 그것만 보고 있었다.

"루페의 로켓이야." 나는 웅얼거렸다.

⁂

그게 바다로 흘러가지 않고 거기 남아 있는 건 갑작스레 찾아온 한파 때문인 것 같았다.

"아무래도 바위 같은 데 걸려서, 떠내려가지 않고 이렇게 오래 남아 있었나 봐. 그러다 바위 틈새에 물이 얼면서 바위가 쪼개진 거지." 우리 중 몸놀림이 가장 민첩한 도체가 폭포를 기어 올라가는 사이, 파블로가 말했다.

기적 같은 일이 벌어지면 파블로는 항상 어떻게든 그걸 논리적으로 설명하고 싶어 했다. 물론 파블로의 설명이 사실이라고 해서 놀라움이 사라지는 건 아니었지만, 어쩐지 나는 이걸 루페가 한 일이라고 생각하고 싶어졌다. 루페가 장난스러운 표정을 지으며 등 뒤에서 웃고 있을 것만 같았다.

도체가 고드름을 뚝 떼어 냈다. 목걸이가 길게 늘어진 채로 고드름이 생긴 걸 보면, 먼저 바위에 걸려 있던 목걸이를 따라 물이 흐르면서 얼음이 언 것 같았다. 높은 데서 사뿐하게 뛰어내리는 도체를 보니, 꽤 오래전 여기서 뛰어내리던 루페의 모습이 눈앞에 겹쳐지는 것 같았다. 도체가 내게 고드름을 내밀었다.

우리는 모닥불 앞으로 돌아갔다. 미스 라가 그 옆에서 졸고 있었다. 미스 라는 무슨 꿈이라도 꾸는지 자면서도 주위 바닥을 발톱으로 짜증스럽게 긁어대고 있었다. 아마도 펠리스 선생님의 다른 편 눈썹을 공격하기라도 하는 모양이었다.

나는 장갑을 벗고, 맨손으로 고드름을 감싸 불 가까이 가져갔다. 얼음이 금세 녹기 시작해 손가락 사이로 물이 뚝뚝 떨어졌다. 얼어붙어 단단히 고정되어 있던 체인 부분까지 얼음이 다 녹자, 이제 손바닥에는 차갑고 묵직한 로켓만 남게 되었다. 루페 것이 아닐 수도 있다고 생각했지만, 로켓을 뒤집어 아프릭 고유의 문양을 본 순간, 그 생각은 사라졌다.

뭔가에 찔린 듯한 강한 충격에 온몸이 떨려왔다. 여기 루페의 로켓이 있다. 꽤 긴 시간이 흐른 뒤, 루페의 일부를 다시 만나게 되니 얼떨떨하기만 했다.

"아직 잠겨 있어?" 파블로가 물었다. 루페가 이걸 열었고, 이 안에 든 편지를 읽었던 일을 파블로는 모르고 있었다. 편지는 여전히 이 안에 들어 있겠지? 루페의 마지막 비밀인 편지에 관해 남들에게 말하는 건 어쩐지 배신처럼 느껴져, 나는 아무한테도 그 얘기를 하지 않았었다.

"열쇠 꾸러미는 너희 집 타바이바 나무 밑에 묻었다고 하지 않았어?" 파블로가 다시 물었다.

나는 고개를 끄덕였지만, 이걸 열기 위해 굳이 열쇠를 찾으러 갈 필요는 없어 보였다. 바위를 쪼갤 만큼 강한 얼음이 금으로 된 장신구를 망가뜨리는 건 일도 아니었을 터였다. 로켓 안에 물이 들어가 잠금장치가 다 망가진 듯했다. 틈새에 손톱을 넣어 당기니 덮개가 쉽게 열렸다.

"아." 파블로가 나지막이 외쳤다. 로켓 안에는 꽤 오래전 루페가 읽고 대충 접어 넣은 종이가 그대로 남아 있었다. 파블로가 꺼내려고 하자, 도체가 파블로의 손을 잡았다.

"이사벨라한테 맡기자."

하지만 확신이 서지 않았다. 그때 루페는 내게 편지를 보여주지 않으려 했었다. 지금은 어떨지 알 수가 없었다. 한편으로는 아도리 총독이 자기 딸에게 어떤 편지를 남겼는지 궁금하기도 했다. 대체 뭐라고 썼기에 루페가 그토록 죄책감을 느끼게 됐는지, 루페가 자신을 기꺼이 희생하려 했던 이유를 알고 싶었다.

"이사? 어떻게 할 거야?" 도체가 침착한 목소리로 물었다.

옳지 않다고 생각하면서도 도저히 참을 수가 없었다. 나는 종잇조각을 꺼내 조심스럽게 펼쳤다.

손 안에서 종이가 찢어졌다.

안도감과 실망감이 한꺼번에 밀려왔다. 종이가 물에 잠기면서 잉크가 다 씻긴 건지, 찢어진 조각에도 글자는 하나도 보이지 않았다.

"뭐야? 이게 다야?" 파블로가 실망스러운 듯 말했다.

도체가 혀를 차며 말했다. "'이게 다'인 건 아니지. 루페의 로켓을 찾은 거잖아. 그거 어떻게 할 거야, 이사? 분명 루페는 네가 가지고 있길 바랄 것 같은데."

하지만 나는 고개를 저었다.

다른 건 몰라도 우리의 이별을 떠올리게 하는 로켓을 내가 목에 걸고 다니길 루페가 바랐을 것 같지는 않았다. 오히려 이건 루페가 보낸 선물 같았다. 내가 마지막으로 직접 만져보고, 루페를 떠나보낼 수 있도록. 물도 그런 역할을 했다. 폭포에 오면 나는 비명을 지르며 눈물을 흘렸지만, 한편으로는 그렇게 해서 루페와의 기억을 흘려보낼 수 있었다는 생각이 들었다. 그런 의미에서 루페를 편히 쉬게 할 크고 넓은 곳은 그곳, 바다뿐이라는 확신이 들었다.

⁂

그로메라 마을이 저녁 어스름 속에 환하게 빛나고 있었다. 구름이 걷힌 짙푸른 하늘에는 하나둘 별이 반짝이기 시작했다. 우리는 일단 미스 라를 집에 데려다놓고, 어른들에게는 조금 늦을지도 모르니 기다리지 말라고 미리 말해두었다. 아빠도 도체가 무척 어른스럽고 나를 아낀다는 걸 잘 알기에 도체와 함께 있을 때는 그다지 걱정하지 않고 내버려두었다.

우리는 가파른 언덕을 숨이 차도록 달려 항구에 이르렀다. 긴 부두를 따라 횃불이 켜져 있었다. 우리는 조약돌이 깔린, 조금은 어두운 해변을 향해 걸어갔다. 죽은 동물들이 파도에 흔들리고, 총독의 배가 불길에 휩싸였던 바로 그곳이었다.

이제는 그곳을 통해 사람들이 섬으로 들어오고 나갔고, 바다에서는 아이들이 수영을 했다. 다시 한번 넓은 세상으로 나갈 수 있다는 걸 알게 된 노인들이 감격에 겨워 그 앞에서 큰 소리로 울기도 했다. 이제 바다는 더 이상 두렵고 무서운 곳이 아닌 무한한 기회가 펼쳐진 공간이었다. 그동안 조야 섬은 조류를 따라 멋지고 아름다운 장소를 수없이 많이 옮겨 다녔다. 그 길에 폭풍이 몰아치기도 했고, 날아가는 철새와 거대한 고래 떼를 만나기도 했다. 그리고 이제 북쪽으로 와 첫눈까지 보게 되었다. 나는 내 가장 친한 친구의 마지막 조각을 바다로 돌려줄 마음의 준비를 했다. 루페가 이곳에서 편히 쉴 수 있게 모두 놓아주고 싶었다.

천천히 바닷물에 발을 담갔다. 어찌나 차가운지 조약돌을 밟은 발가락이 오그라들면서 살갗이 일제히 비명을 질러대고 있었다. 조류가 나를 자꾸만 바다 쪽으로 끌어당기는 듯한 느낌이 들었다. 몇 걸음만 더 걸어 들어가도 섬과 이어진 해저가 끊기면서 아주 깊은 바다에 빠지게 된다는 걸 알고 있었다. 나는 허리를 구부려 흐르는 조류 속에 로켓을 담갔다. 마치 자유로워지기를 원하는 것처럼 묵직한 금덩어리가 손바닥 위에서 살짝 떠올랐다. 눈을 감았다. 환영처럼 루페의 모습이 떠올랐다.

토끼처럼 빠르게 내 앞으로 달려나가던 루페, 불꽃놀이 아래서 빙빙 돌던 루페, 어둠 속을 더듬어 내 손을 잡던 루페의 손.

"이사!"

내 어깨를 잡은 도체의 손길에 얼른 고개를 들었다. 눈앞에 펼쳐진 신비스러운 광경에 입이 떡 벌어지고 말았다. 초록색과 자주색의 일렁이는 불빛이 머리 위에서 춤을 추며 하늘을 가득 채우고 바다를 환히 비췄다. 마치 소리 없이 터지는 불꽃놀이 같았다.

"오로라야!" 파블로가 흥분해서 외쳤다. "아저씨가 오로라에 관해 말하시는 걸 들은 적이 있어! 빛이 얼음 결정에 갇혀서……."

하지만 나는 듣고 있지 않았다. 파블로의 말이 맞을 테지만, 나는 내 식대로 생각하고 싶었다.

"고마워, 루페." 나는 작은 소리로 속삭였다. 그리고 로켓을 바다로 보내주었다.

## ✶ 감사의 말

원래 책 한 권을 만드는 데는 여러 사람의 노력이 필요하기 마련이지만, 이 책은 특히 더 그랬던 것 같습니다. 감사하고 싶은 사람이 많으니 조금만 참고 들어주시길 바랄게요.

제일 먼저, 사랑하는 부모님 앤드리아와 마튼, 그리고 동생 존에게 고맙다는 인사를 전하고 싶군요. 세계 이곳저곳과 내 머릿속 곳곳을 여행하게 해주고, 내가 글을 쓸 수 있게 응원과 지원을 아끼지 않았죠. 친구가 되어주고, 편집과 교정을 도와주고, 칵테일을 만들어주고, 함께 여행해주고, 경쟁 상대가 되어주며, 내가 뭐든 할 수 있다고 믿어준 가족이 있었기에 이 모든 걸 해낼 수 있었어요.

평범한 조부모님들과는 아주 달라서 더 특별하고 고마운 나의 할머니, 할아버지 이본과 존. 화성에 간 첫 여성 과학자부터 시인까지, 제가 아무리 엉뚱한 걸 하겠다고 나서도 늘 응원해주시는 두 분이 계셔서 얼마나 감사한지 몰라요.

좋아할 만한 이야기를 쓰고 싶게 해준 사빈에게도 고마운 마음을 전합니다.

책을 보내주고 이야기를 들려주며 많은 영감을 주었던, 전세계 하그레이브, 밀우드, 캐럴, 칵컬, 슬로만 가문의 친척, 친지 분들에게도 감사의 인사를 보냅니다.

늘 나를 응원해주고, 소설의 여주인공을 만들 때 모델이 되어준 이지, 해티, 세실리, 루스, 제스 고마워요(그리고 이름도 빌려줬죠!).

정말 긴 초고를 다듬고 수정해 탄생한 게 이 소설입니다. 처음 소설을 시작할 수 있게 도와준 아말 샤터지, 시작한 이야기를 마무리할 수 있게 도구를 마련해준 레베카 에이브람스에게 감사드립니다.

출간 전, 여러 번 초고를 읽고 의견을 주었던 앤드리아 밀우드하그레이브, 톰 디 프레스턴, 재니스 커서리, 미란다 디 프레스턴, 매들레인 퍼니벌, 맥스 바튼, 데이지 존슨, 사르밧 해신, 조 브래디, 에이미 웨이트 모두에게 감사의 말을 전합니다. 스페인어와 관련해 도움을 준 파블로 드 오레야나. 늘 나를 믿어주고, 친절하게 대해주는 톰 콜빗. 책을 읽고 냉정한 비평을 해준 언룰리 라이터스 회원들, 그리고 이미 정말 많은 도움을 주고 있는 작가, 리뷰어, 블로거 모두에게도 감사의 인사를 전합니다. 특히 아비 엘핀스톤, 멀린다 솔즈베리, 엠마 캐롤, 실리아 리스, 리사 히스필드, 루시 색슨, 피오나 노블 정말 고마워요.

책을 쓰면서 사르밧과 데이지, 두 사람 같은 친구를 사귀고 함께 글을 쓸 수 있어 정말 행복했어요. 두 사람의 재능을 질투, 아니 자랑스럽게 생각하고 있어요.

그리고 영국과 미국에서 저를 담당해주시는 출판사 관계자 분들께도 감사의 인사를 드립니다. 먼저 크노프, 랜덤하우스의 멜라니와 팀원들, 여러분이 도와준 덕분에 제 인생이 바뀌었어요. 빅토 응아이, 볼 때마다 기분이 좋아지는 표지를 만들어줘서 고마워요. 곧 다시 만나게 되길 바랍니다!

멋지게 협력하며 책을 출간해준 치킨하우스 담당자 분들께도 감사의 말을 전하고 싶군요. 배리, 레이철 L., 레이철 H., 엘리노어, 재즈, 로라 S., 케시아 책을 만드는 매순간 정말 많은 도움과 지지를 받으며 한 팀으로 일한다는 느낌을 받았어요. 정말 고마워요. 레이철 H.와 헬렌, 마음에 쏙 드는 표지를 만들어줘서 고마워요. 뛰어난 실력을 갖춘 편집자 다프니, 참을성 많고 너무 많은 도움을 줬던 출판 매니저 로라, 격려와 응원을 아끼지 않았던 동료 소속 작가 M. G. 레너드에게도 감사의 인사를 보냅니다.

엉망진창인 원고에서 가능성을 보아준 배리, 원고를 내가 정말 바라던 소설로 만들어준 레이철 L. 두 사람에게도 감사의 마음을 전합니다. 책에 대해 할 말이 있다면 일요일 저녁이라도 상관없으니 언제든 전화 주세요. 전 항상 들을 준비가 되어 있어요!

제 글이 출간될 수 있게 좋은 출판사를 찾아준 담당 에이전트 헬리 오그든과 컬비 킴, 그리고 잰클로 앤드 네스빗의 모든 직원 분께도 감사 인사를 드립니다. 헬리, 당신이 그렇게 확신을 갖고 나를 믿어준 덕분에 저도 제 자신을 믿을 수 있었어요.

이 책을 읽어준 독자 여러분, 정말 감사합니다.

마지막으로 나의 가장 친한 친구이자 늘 많은 영감을 주며 글쓰기를 비롯해 많은 걸 할 수 있게 해주는 톰, 이 책이 탄생할 수 있었던 건 당신 덕이 컸다는 걸 말해주고 싶었어. "너무 게을러서 소설 쓰긴 글렀다"고 했지만, 아니라는 걸 꼭 보여주고 싶었거든.